Ein Gefühl der Zuneigung

Von


Mareike Kleber

Mareike Kleber

# Ein Gefühl der Zuneigung

Roman

Impressum

Bibliografische Information der Deutschen
Nationalbibliothek:
Die Deutsche Nationalbibliothek verzeichnet diese
Publikation in der Deutschen Nationalbibliografie;
detaillierte bibliografische Daten sind im Internet über
http://dnb.dnb.de abrufbar.

© 2023 Mareike Kleber

Herstellung und Verlag: BoD – Books on Demand,
Norderstedt

ISBN: 978-3-74815-697-0

Erster Teil

## Das Weiß des Kleides

Das Weiß ihres Kleides strahlte so schön wie das Lächeln in ihrem Gesicht. Samanthas Lidschatten war schlicht und ihre Lippen trugen ein leichtes Rot. Die Kosmetikerin meinte, es sei noch zu früh für ein knalliges Make Up. Samantha war überglücklich, als sie mit ihrem zukünftigen Ehemann vor den Altar trat, um den ewigen Bund der Ehe einzugehen. Die Standesbeamte wirkte gesetzt, und etwas streng. Mohamed hatte keine deutsche Staatsangehörigkeit, und auch Samantha war keine Deutsche. Sie dachte, die Mentalität der Deutschen rührt von ihrer verbissenen Arbeitsmoral her, der sie selbst nur wenig abgewinnen konnte. Ihre Mutter und ihr Bruder waren nicht gekommen, aber ihr Vater saß in den hinteren Reihen des wunderschönen hellen Saals. Die Stühle waren türkis gepolstert. Alles schien hell und einfach richtig. Mohamed hatte keine Familie in Deutschland. Er stammte aus Ägypten. Angesichts der Zeiten war es für die Familie schwierig, ein Visum zu bekommen. Seine Mutter war sehr traurig darüber gewesen – während Samanthas Mutter sich hochmütig von ihr abgewandt hatte. Sie sagte sie müsse arbeiten. Mohamed hatte einen Freund als Trauzeugen mitgebracht. Ismail, ein Kollege von ihm, den auch Samantha kannte. Sie kannte nicht viele Freunde von ihm, aber sie wusste, dass er viele hatte, angesichts der unzähligen Telefonate, die er den Tag über so führte.

Die Standesbeamte machte eine schnippische Bemerkung über die Anzahl der Gäste. Allerdings wusste Samantha, dass es ausreichte, zwei Trauzeugen und einen Wali[1] zur Hochzeit mitzubringen, damit die Ehe gültig war. Darüber hinaus, hatte sie Mohamed schon in der Moschee geheiratet, was bedeutete, dass er eigentlich schon ihr Mann war.

Ging es am Ende nicht um das Glück in der Ehe, und nicht um das drum herum oder um das, wonach es aussah?

Haben oder sein, eines der Bücher, die Samantha gelesen hatte. Sie war Studentin und früher ging sie immer davon aus, dass man als Studentin gern lesen müsse, aber jetzt an der Uni merkte sie, dass es auch ohne Interesse an Büchern ging. Wenn es auch manchmal mühsam war.


Sams Brautstrauß bestand aus weißen Rosen durchmischt von leicht rosa Gerbera. Ihn zu werfen würde keinen Sinn machen, da auch keine ihrer Freundinnen heute Zeit gehabt hatte.

Verständlich an einem Freitagmorgen. Dazu kam, dass sie den Termin ziemlich kurzfristig bekommen hatten.

„Hiermit erkläre ich sie zu Mann und Frau.", sagte die Standesbeamte und quälte sich endlich mal ein Lächeln heraus.

„Ich wünsch euch alles Gute meine Liebe!", ihr Vater umarmte sie herzlich, er war den Tränen nah, aber das verbarg er geschickt. Er würde es nicht wagen in der Öffentlichkeit zu weinen, dafür war er zu stolz. Er drückte sie fest, sah ihr in die Augen, und hielt ihre Schultern. Dann gab er ihr einen Umschlag in die Hand.

---

[1] Muslimischer Vormund

„Das ist von mir für euch. Ich glaube an eure Ehe, ich bin sehr dankbar, dass du einen Mann wie Mohamed gefunden hast und dass er jetzt Teil unserer Familie ist. Es ist nicht viel, aber es soll euch helfen, für den Anfang.", Claudius lächelte zuversichtlich.

Sam bedankte sich. Sie war sich sicher mit Mohamed, aber durch die Abwesenheit ihrer Familie, konnte sie die Vollkommenheit ihrer Familie nicht spüren. Ihr Vater gab ihr ein Stück davon und sie empfand dadurch eine Sicherheit, für die sie ihm sehr dankbar war.

Sie hatte ihrem Vater immer nahegestanden. Er arbeitete viel und war selten zu Hause, aber sie wollte immer, dass es ihm gut ging, denn Sam war verständnisvoll. Sie war ihm dankbar für das, was er für die Familie tat.

Die beiden Gäste kannten einander nicht, aber Sam und Mohamed war es wichtig, dass sie noch gemeinsam etwas essen gingen, da es noch früh war, sollte ein Frühstück ausreichen.

### Ein Gefühl der Zuneigung

Wenigstens hatte sie nicht sein Alter erwähnt, dachte Samantha als sie ihre Mutter so ansah. Sam saß mit dem Gesicht zum Fenster gedreht am Küchentisch, als würde sie nachdenken. Dabei wollte sie einfach dem aus dem Weg gehen, was jetzt kommen würde.

„Ich hoffe du kannst mich eines Tages verstehen Mama.", Samantha sah demütig zu Boden. Sie fühlte sich nicht gut. Ihr wäre es auch lieber gewesen, ihre Mutter stünde hinter ihrer Entscheidung.

„Ich kann nicht verstehen, dass du einen Mann geheiratet hast, der dein Vater sein könnte."

Jetzt erwähnte sie doch sein Alter. Samantha wollte das nicht mehr hören. Lange genug hatte sie versucht, ihrer Mutter alles recht zu machen. Es war das erste Mal, dass sie das Gefühl hatte, nur auf ihr eigenes, Innerstes zu hören. Es fühlte sich richtig an.

„So alt ist er nun auch wieder nicht.", erwiderte Samantha genervt.

„Weißt du Samantha…", fing ihre Mutter mit zittriger Stimme an, zu erzählen.

Samantha war sich nicht sicher, ob sie wusste oder ob sie das hören wollte, aber jetzt gehen konnte sie auch nicht. Abschiede sind immer schwer und es ist besser mit einem guten Schlusswort zu gehen. Aber war das möglich? Zumindest sollte man es versuchen. Das war Sams Anspruch an sich selbst.

„Mann ist nicht gleich Mann. Jeder tickt anders. Ich traue diesem Mann nicht. Sieh mal, er ist schon einmal geschieden. Hast du mal seine Ex Frau gefragt, was der Grund dafür war?", fragte Sams Mutter mit einer Dreistigkeit, die Sam befremdlich fand.

„Wieso sollte ich denn sowas tun?", unterbrach Samantha sie aufgebracht.

Sie schüttelte den Kopf. Nein, es konnte nicht besser werden. Es konnte nur schlimmer werden. Und bevor es schlimmer würde, beschloss sie, lieber zu gehen. Sie nahm ihre Tasche und stand auf.

„Warte mein Liebes.", ihre Mutter hielt sanft ihren Arm fest, stand auf und umarmte Samantha. Sie roch wie früher. Samantha musste kurz daran denken, wie sie einmal mit ihrer Mutter ganz allein einkaufen war. Seit ihr kleiner Bruder James auf der Welt gewesen war, stand er immer im Mittelpunkt. Aber nicht an diesem Tag. Sie kauften Kuchen und Erdbeeren und als sie zu Hause waren aßen sie gemeinsam und anschließend hatte ihre Mutter ihr gezeigt, wie man eine Schleife macht. Samantha muss sechs Jahre alt gewesen sein.

„Ich liebe dich.", sagte ihre Mutter.

„Ich liebe dich auch." Erwiderte Samantha, die jetzt den Tränen nahestand. Den warmen Worten folgte eine weitere, kurze Umarmung. Dann verließ Samantha den Raum, ging durch den Flur. Ohne sich noch einmal umzudrehen öffnete sie die Haustür ihres Elternhauses und ging entschlossen hinaus auf die Straße.

Es war schon dunkel draußen. Der Wind wehte leicht, aber stark genug, um ein paar Blätter vom Boden aufzuwirbeln. Die Straßenlaternen beleuchteten den Weg mit abgedämpftem Licht. Es sah sehr romantisch aus. Samantha fühlte sich wohl. Es war eine laue Spätsommernacht und das erste Mal in ihrem Leben hatte sie das Gefühl ganz autonom gehandelt zu haben.

Sie nahm den Bus, er fuhr sie direkt zu ihrem Mann in ein neues Leben. Mohamed hatte sie abholen wollen, aber Samantha wollte nicht, dass er und ihre Mutter aufeinandertrafen.

Er war ein guter Mann. Er war ehrlich, treu und humorvoll. Samantha dachte daran, wie er sie immer aufmunterte, wenn sie mit ihm Probleme machte. Er gab ihr eine Leichtigkeit, die sie von ihrer Familie nie erfahren hatte. Und auch, wenn Mohamed schon eine Ehe hinter sich hatte, hieß das nicht, dass er ein schlechter Kerl war. Viel eher könnte er daraus gelernt haben. Und wenn sie so weiterdachte, wusste man doch nie, ob die Entscheidungen, die man trifft, die richtigen sind. Und schon gar nicht, wenn es um den Mann geht, mit dem man sein Leben verbringen will. Mohamed gab ihr keinen Anlass, an seiner Liebe zu ihr zu zweifeln. Davon abgesehen hatte sie ein Gefühl ihm gegenüber, ein Gefühl, dass sie stark zu ihm hinzog. Ein Gefühl der Zuneigung.

„Windröschen Weg."

Hörte sie den Busfahrer sagen. Er hatte eine angenehme Stimme. Samantha fühlte sich gut. Sie nahm ihre Tasche und stieg aus dem Bus. Die Gegend, in der Mohamed wohnte war nicht gehoben aber auch nicht ghettoisiert. Man könnte sagen es war eine Mittelklasse Wohngegend, in der es viele Familien und ältere Menschen gab. Sie überquerte die Straße, die um diese Zeit nicht mehr so stark befahren war. Es war sehr ruhig jetzt hier draußen. Links und rechts von der Straße raschelten die zahlreichen und satten Baumkronen, angelegt als eine Art Allee. Hier in der Nähe befand sich auch der Britzer Garten. Eine Wohlfühloase, wie Samantha fand. Er umfasste eine riesige Grünfläche mit vielen angelegten Wiesen und Blumen, die je nach Jahreszeit variierten. Sicher würde sie ihn öfter besuchen, jetzt wo sie seine Nachbarin seine würde. Auf der rechten Seite der Allee befanden sich Schrebergärten. Auf der linken Seite war viel Grünfläche und nach ca. 500m Fußweg erreichte sie eine kleine Wohnsiedlung. Hier gab es ca. zehn Mehrfamilienhäuser, mit jeweils neun Mietparteien.

Samantha klopfte das Herz vor Aufregung. Sie spürte einen Adrenalinstoß als sie zu Mohameds Wohnhaus kam. Sie freute sich wahnsinnig auf ihn und war gespannt, was sie erwartete. Es dauerte etwas, bis er ihr die Tür öffnete. Der Fahrstuhl war sauber und sah zuverlässig aus. Samantha war sehr aufgeregt. Schließlich sollte das ihr neues Heim werden. Mohamed wohnte ganz oben im dritten Stock. Als sie aus dem Fahrstuhl kam, empfing er sie an der Tür mit seinem breiten, charmanten Lächeln, das ihr ein Gefühl von Geborgenheit vermittelte. Er lächelte immer.

„Mein Schatz.", sagte er zärtlich und begrüßte sie mit einer innigen Umarmung.

Sie betraten seine Wohnung. Es roch nach Essen. Er hatte gekocht. Sie setzten sich auf das rote Sofa, das inmitten des großen Zimmers stand. Die Wohnung hatte nur einen Raum, sodass, das Schlafzimmer nur eine kleine Nische, abgetrennt durch gelbe Satinvorhänge, im Wohnzimmer bildete. Der Fernseher lief. Es kamen die Nachrichten. In der Küche köchelte das Essen, das Licht war leicht gedämpft, ähnlich wie das der Straßenlaternen und Samantha hatte das Gefühl, sehr willkommen zu sein.

„Wie geht's dir? Ist alles gut mit deiner Mutter?", fragte Mohamed.

„Mir geht's es gut. Meine Mutter ist nicht begeistert, dass ich hier bin, aber was soll ich machen? Sie hat Zweifel, aber das sind ihre eigenen Zweifel. Vielleicht ist sie selbst nicht mit ihrem Leben zufrieden. Vielleicht hat sie aber auch einfach Angst, mich loszulassen. Vielleicht hat sie Angst davor, allein zu sein. Dabei ist sie das gar nicht. Sie hat meinen Vater und mein Bruder wohnt auch noch bei ihr. Mir geht es gut. Ich bin froh, dass ich jetzt bei dir bin."

Wieder lächelte er, denn er mochte was sie sagte.

„Mein Habibi.", sagte er.

Habibi ist arabisch und heißt „mein Schatz". Er war ein schöner Mann, mit sehr schönen, dunkeln Augen. Er war Araber. Vielleicht war es auch das, was ihre Familie an ihm störte. Sie redeten zwar nicht offen darüber, aber seit Samantha Mohamed kannte, war es ihr schon öfter passiert, dass die Menschen ihnen mit Rassismus begegneten, auch wenn er perfekt deutsch sprach. Rassismus war schon immer Samanthas Feind gewesen. Ihre Mutter stammte aus Amerika und Samantha hatte sich lange mit der Geschichte Amerikas beschäftigt. Vor allem aber mit der Geschichte des Rassismus in Amerika, der Sklavenhaltung und damit, wie stark das noch heute in den Köpfen der Menschen verankert war. Sie glaubte, wenn es den Menschen nur schlecht genug ginge, dann könnte sich so eine Geschichte wie sie damals im dritten Reich sich abgespielt hatte, jederzeit wiederholen. Spätestens seit sie Mohamed kannte, erlebte sie, wie sehr Rassismus noch immer in Deutschland verbreitet war.

„Es gibt Hähnchen. Magst du?", fragte Mohamed.

„Ja natürlich. Ich habe großen Hunger." Sam liebte sein Essen.

„Hast du doch immer.", sagte er schelmisch mit einem Augenzwinkern und verließ den Raum, um nach dem Essen zu sehen.

„Kann ich meine Sachen irgendwo lassen?", rief Samantha ihm nach. Sie hatte nicht viel eingepackt. Nur das Nötigste. Einen Tag würde sie nochmal nach Hause gehen, um ihre restlichen Sachen abzuholen.

Mohamed kam aus der Küche mit einem dampfenden Topf.

„Warte meine Süße, das machen wir nicht jetzt. Setz dich. Lass uns erst zusammen essen!"

Sie liebte was er tat. Er war so herzlich und die Atmosphäre, wenn sie mit ihm zusammen war, war immer von Wärme und Geborgenheit geprägt. Er tat gar nicht so viel, aber was er tat war gut und richtig.

Nach dem Essen räumte er den Tisch ab. Samantha wurde müde und wollte sich bettfertig machen.

„Im Bad ist so ein lachsfarbenes Handtuch. Das hat meine Mama geschickt. Alhamdulilahh[2], das wird noch nicht alles gewesen sein. Sie ist überglücklich, dass du mich geheiratet hast."

An diesem Abend schlief Samantha überglücklich in Mohameds Armen ein.

---

[2] Arabische Lautschrift: Alles Lob gebührt Allah

## Das Ach unter dem Dach

Manchmal hatte Samantha ein schlechtes Gewissen, glücklich zu sein. Ihre Familie hatte eine schwierige Geschichte hinter sich, auch wenn sie nach außen hin nicht so wirkten. Aber wie hieß es so schön? Unter jedem Dach ein Ach, wenn nicht sogar ein sorgenvolles Seufzen. Samanthas Mutter war sehr früh schwanger geworden. Da ihre Eltern in Amerika lebten, hatte sie keinerlei Unterstützung gehabt. Mit ihrer Schwiegermutter hatte sie große Schwierigkeiten gehabt. Samantha selbst empfand ihre Oma als zugewandt und offen, während ihre Mutter kein gutes Haar an ihr ließ. Sie redete immer schlecht über sie, sogar vor Samanthas Vater. Manchmal, wenn sie das tat, fühlte Samantha eine riesige Wut in sich aufsteigen. Sie hatte das Gefühl, ihre Mutter tat ihrer Oma Unrecht und oft, versuchte sie auch, ihre Oma zu verteidigen, allerdings artete das meistens in Streit aus. Samanthas Mutter begann stark zu trinken, als Samantha acht Jahre alt war. Immer wieder gab es Streitereien, manchmal blieb sie die Nacht über weg und kam erst am nächsten Morgen wieder. James war damals fünf gewesen. Sam brachte ihn sehr oft ins Bett zu dieser Zeit, weil ihr Vater immer viel arbeitete. Jetzt fragte Sam sich, wie und warum ihr Vater das alles mitgemacht hatte. Sie liebte ihren Vater sehr, und nicht nur, weil er alles für seine Familie tat, sondern auch weil er sie liebte. Und auch wenn er viel arbeitete, oft Stress mit seiner Frau hatte, so zeigte er Sam immer, dass er sie liebte. Er war nie böse oder unfair, obwohl er allen Grund dazu gehabt hätte. Ihre Mutter dagegen wurde oft unfair, aber trotzdem war sie eine liebevolle Frau. Sam hatte immer das Gefühl, sich um sie kümmern zu müssen. Vielleicht war das der Grund dafür, dass sie Psychologie studierte.

Vielleicht war es aber einfach auch ganz normal, dass man für seine Mama Fürsorge empfand.

Als sie am nächsten Morgen aufwachte, war Mohamed schon im Bad und machte sich fertig. Er war schon fertig mit dem Studium und arbeitete zurzeit in einer Psychiatrie. Sam hatte dasselbe Ziel.

Die Sonne schien durch die hellblauen Vorhänge, die Mohamed ihr zuliebe noch zugelassen hatte.

„Hamoudi?", das war sein Spitzname, rief sie, um sich zu vergewissern, dass er noch da war, obwohl sie seine Geräusche im Bad deutlich vernahm.

Keine Antwort.

Vermutlich war er selbst zu laut, sodass er sie nicht hören konnte. Sie sah auf ihr Handy. Drei Anrufe in Abwesenheit von James. Was wollte er denn? Der erste war um vier Uhr morgens. Die anderen beiden von heute früh um sieben Uhr. Mailbox, sie rief ihre Mailbox an.

„Sam, wenn du das abhörst, ruf mich bitte sofort zurück. Es…es geht um Mama. Bitte Sam. Ich weiß du bist noch sauer auf mich, aber es ist dringend." Seine Stimme klang besorgt.

„Habibi." Mohamed kam aus dem Bad mit einem großzügigen Lächeln. Er sah sehr schön aus. Fertig für die Arbeit. Er trug eine dunkelblaue Jeans und dazu ein himmelblaues Hemd. Seine schwarzen Haare waren gegelt und nach hinten gekämmt. Er duftete nach Parfüm. Er setzte sich neben sie auf die Bettkante.

„Ich muss leider schon los, Schönste." Für einen Moment vergaß Sam alles und legte ihren Kopf auf seinen Schoß.

„Ich liebe dich so sehr." Sie umarmte ihn. Er küsste ihre Stirn. Sam fühlte nichts als reine Liebe. Geborgenheit. Sie hätte ewig so mit ihm liegen können. Wenn er bei ihr war, hatte sie das Gefühl, dass alles vollkommen war, sie begehrte nichts darüber hinaus.

Mit einem sanften Kuss auf die Stirn verabschiedete er sich und verließ die Wohnung. Seine Wärme und das Gefühl, das Sam hatte, blieben noch bis nach dem Frühstück.

Dann machte sie sich auf den Weg dahin, wo sie gestern hergekommen war – nach Hause, wobei, das ja gar nicht mehr ihr zu Hause war.


Als sie vor ihrem Haus stand, erschrak sie. Die Fensterscheibe der Küche war eingeschlagen. Sie beschleunigte ihren Schritt, sie hatte ja nicht mit ernsthaften Problemen gerechnet. Sie schloss die Tür mit unruhiger Hektik auf und das dauerte natürlich entsprechend länger.

„Hallo?", rief sie laut, als sie das Haus betrat. Es war leer. Bis auf das kaputte Fenster war alles wie immer. Der weiße Wohnzimmertisch war bis auf ein Weinglas komplett abgeräumt. Die Zierkissen auf dem Sofa sahen so aus, als wären sie gerade erst aufgeschüttelt worden. Ihre Mutter räumte immer genauso auf, bevor sie das Haus verließ.

„Hallo?!", rief sie nochmals etwas lauter. Sie durchsuchte alle Räume im Erdgeschoß und ging dann die Treppe hinauf. Es schien leer zu sein im Haus. Samantha war beunruhigt. Was war nur passiert? Vielleicht hatte jemand eingebrochen und ihrer Mutter etwas angetan.

Mit zittrigen Händen kramte sie ihr Handy aus der Handtasche und rief ihren Bruder an. Nach zwei Freizeichen erschien ein Besetztzeichen. Was sollte das denn jetzt?! Spielte er mit ihr? Sie versuchte es nochmal.

„Ja?", diesmal nahm er ab.

„Hey, hier ist Sam. Ist alles ok bei euch? Ich bin zu Hause. Ich habe das Fenster gesehen und deinen Anruf. Ich mach mir Sorgen."

„Ja, warum rufst du so spät zurück? Mama geht es nicht gut. Sie ist im Krankenhaus."

Sam schoss das Adrenalin durch den ganzen Körper.

„Was ist passiert?!"

„Heute Nacht kamen irgendwelche Leute, sie haben einen Stein in die Küche geworfen."

„Wo genau seid ihr jetzt?", fragte Samantha mit Entschlossenheit.

„Im Klinikum am Berg. Psychiatrische Station 81. Mama liegt in Zimmer 12."James legte auf.

Er war so unberechenbar. Manchmal war er nett, manchmal war er einfach nur fies. Typisch kleiner Bruder.

Sie nahm den Bus und anschließend die U-Bahn. Wieso waren sie denn soweit weggefahren? Es gab ein Krankenhaus, das war mit dem Bus nur fünfzehn Minuten entfernt, das hatte auch eine psychiatrische Station. Das Klinikum am Berg lag mitten in der Stadt. Sam würde sicher eine Stunde dorthin brauchen. Und wo war ihr Vater eigentlich? Sie rief ihn an, aber er nahm nicht ab. Eigentlich war er um diese Zeit arbeiten, aber wenn es Mama nicht gut ging, dann würde er sicher bei ihr im Krankenhaus sein.

Auf dem großen Krankenhausgelände entdeckte sie James, glücklicherweise sofort. Er stand an einer Bank und rauchte eine Zigarette. Sie war froh, ihn zu sehen.

„Na, wie geht es der frisch Vermählten?", fragte er mit einem Lächeln.

„Woher weißt du eigentlich, dass ich vermählt bin? Zeuge warst du offensichtlich nicht." Entgegnete sie. „Mir geht es gut." Ergänzte sie und umarmte ihren Bruder zur Begrüßung.

„Es tut mir leid, dass ich dich nicht früher zurückgerufen habe.", sagte sie.

„Ist schon ok.", James schüttelte den Kopf und machte mit der Hand eine winkende Bewegung, damit Samantha sich nicht schuldig fühlte. Er zog an seiner selbstgedrehten Zigarette.

„Wann hörst du endlich auf mit dem Mist? Das macht dich noch krank." Ermahnte Sam ihren kleinen Bruder.

„Sind wir nicht alle ein bisschen krank?", James zwinkerte ihr zu und trat dann die Zigarette aus, nachdem er noch ein letztes Mal mit einem intensiven Zug den Rauch inhalierte.

„Wie geht's Mama?"

„Ich weiß es nicht. Sie ist ok, aber sie wirkt sehr müde. War gestern irgendwas?", fragte James.

„Was meinst du?" Woher sollte Sam das denn wissen, sie war doch schließlich gar nicht da gewesen.

„Na zwischen euch? Habt ihr euch gestritten? Ihr streitet doch öfter mal. Du bist gestern ausgezogen, das ist nicht leicht für sie. Keine Ahnung, sie hat schon lange nicht mehr getrunken.", sagte er mit ernstem Ton.

„Was willst du denn damit sagen? Was meinst du? Hat sie etwa getrunken?", Sam war verwirrt.

„Lass uns erstmal zu ihr gehen. Ich erzähl dir später alles." James lief schnellen Schrittes vor und Sam folgte ihm. Das Krankenhausgelände war einladend, gerade wie ein Schlosspark, gepflegt und hübsch angelegt. Durch die Mitte verlief ein kleiner Fluss, überall standen Bänke und es herrschte eine angenehme Ruhe auf dem gesamten Gelände.

Als James und Sam das Krankenhaus betraten verschwand das angenehme Gefühl, das durch den einladenden Garten entstanden war, sofort schlagartig, als hätte es jemand desinfiziert und eliminiert.

Alles war weiß und kahl. Der Geruch von Desinfektionsmittel zog sich durch den gesamten Flur der großen Eingangshalle. Das musste so sein, das war Sam bewusst, dennoch mochte sie es nicht.

„Wir müssen in den zweiten Stock.", sagte James und holte den Fahrstuhl.

Auf Station angekommen gingen sie ins Zimmer, in dem ihre Mutter lag. Es war ein Einzelzimmer. Ihre Mutter hatte einen weiß-blauen Krankenhauskittel an und lag im Bett, sie hatte aus dem Fenster gesehen, als Sam und James das Zimmer betraten, lächelte sie erleichtert.

„Sam, meine Liebe.", sagte sie mit sanfter Stimme.

Sam ging auf sie zu und umarmte sie. Sie roch nach Erbrochenem. Sam wollte sie nicht in Verlegenheit bringen, deswegen erwähnte sie es nicht.

„Wie geht's dir Mama?", Sam nahm sich einen Stuhl und setzte sich neben ihre Mutter an das Bett.

„Mir geht es jetzt gut. Ich musste mich mehrmals übergeben, aber es ist alles okay. Sie werden mich bis morgen noch hierbehalten. Ich hab nicht nachgedacht."

„Warum bist du hier?", Sam konnte mit der Frage nicht zurückhalten, obwohl sie ihre Mutter nicht aufwühlen wollte, wollte sie trotzdem wissen, was passiert war. James warf ihr einen bösen Blick zu.

„Mama, ich habe dir von unten eine Cola mitgebracht.", sagte er, bevor seine Mutter auf Sams Frage antworten konnte und überreichte ihr eine Dose Cola, die er die ganze Zeit in der Hand gehalten hatte. Sie dürfte mittlerweile warm sein, dachte sich Sam.

„Danke mein Süßer das ist lieb von dir.", antwortete sie.

„Brauchst du noch etwas Mama?", wollte Sam wissen und nahm ihre Hand.

„Nein, bitte mach dir keine Sorgen, es ist alles gut. Ich liebe dich sehr Sam, das musst du wissen. Ich möchte nicht mit dir streiten."

„Alles okay, Mama mach dir keine Gedanken."

James stand am Fenster und sah nach draußen.

„Sam und James, bitte erzählt eurem Vater nichts davon. Es ist mir sehr unangenehm, was passiert ist. Ich will ihn nicht unnötig beunruhigen.", sagte ihre Mutter.

Sam sah James besorgt an und musste sich auf die Zunge beißen, um nicht noch weitere Fragen zu stellen.

„Natürlich Mama.", sagte James.

„Es ist sehr nett von euch, dass ihr gekommen seid. Ich werde morgen entlassen, vielleicht könnt ihr Papa sagen, dass ich bei einer Freundin bin, weil ihr Hund gestorben ist?"

James musste lachen. „Das ist ja eine glaubwürdige Geschichte.", sagte er mit ironischem Ton.

Jetzt mussten alle drei lachen.

„Ich lass mir was einfallen.", beruhigte sie James.

„Ich bin sehr müde, es ist besser, wenn ihr jetzt geht."

Sam drückte ihre Mutter fest und dann verließen sie das Zimmer.

Auf dem Gang kam ihnen eine Schwester entgegen.

„Seid ihr die Kinder von Susan Logan?"

„Ja, können sie mir sagen, was passiert ist?" endlich konnte Sam ihre Fragen stellen. Sie war fast geplatzt vor Sorge und Neugier.

„Hallo, ich bin Schwester Helena." Die Schwester schüttelte Sam die Hand, „Es ist halb so wild. Eure Mutter hat gestern Abend ein Schlafmittel eingenommen und dann zu viel Rotwein getrunken. Aber es ist jetzt alles okay, sie schwebt nicht in Gefahr oder so. Den Magen mussten wir nicht auspumpen. Sie hat sich von allein übergeben. Wir mussten einen Selbstmordversuch ausschließen, deswegen ist sie hier und soll noch bis morgen bleiben. Der Doktor hat allerdings eher den Eindruck, dass es keine Absicht war. Oder habt ihr noch etwas dazu zu sagen?", die Schwester redete sehr schnell.

Wie bitte? Einen Selbstmordversuch ausschließen? Hatte Sam ihrer Mutter das angetan? War ihre Mutter durchgedreht, weil Sam ausgezogen war? Sam fing an, sich große Sorgen zu machen.

„Können wir mit dem Doktor sprechen?", fragte Sam.

„Das ist jetzt schlecht, er hat Visite. Heute Nachmittag wäre es möglich, oder morgen, wenn ihr sie abholt. Sie braucht viel Ruhe und soll sich gut ausschlafen. Morgen Vormittag könnt ihr sie dann abholen."

„Ich danke ihnen.", Sam gab der Schwester nochmals die Hand, dann gingen sie den Flur entlang zum Fahrstuhl.


Unten angekommen im Schlosspark des Krankenhauses zündete sich James wieder eine Zigarette an. Sie liefen gemeinsam Richtung U-Bahn. James war mit dem Auto und parkte in der Nähe des U-Bahnhofes. Bis zu seinem roten BMW herrschte ein unbehagliches Schweigen.

„Was ist passiert James?", fragte Samantha ein letztes Mal.

„Also Sam, ehrlich gesagt ich war gestern sehr spät zu Hause. Besser gesagt war ich erst heute Morgen zu Hause, also ich wollte einfach Mama nicht begegnen, sie war ein bisschen traurig wegen deinem Auszug und so. Sie hatte mich abends angerufen, weil ich noch nicht zu Hause war und ich hatte schon an ihrer Stimme gehört, dass sie etwas getrunken hat. Deswegen wollte ich nicht nach Hause gehen." James zog an seiner Zigarette während er zu Boden sah.

Samantha spürte, dass er sich schämte.

„Und dann?", fragte sie.

„Ja als ich heute Morgen dann gegen 4:30 Uhr nach Hause kam, da war diese Fensterscheibe eingeschlagen. Mama lag im Bett und hat geschlafen. Ich habe sie kaum wach bekommen, sie war total benommen. Ich hatte keine Ahnung, dass sie auch ein Schlafmittel genommen hatte, das habe ich selbst auch eben erst von der Schwester erfahren. Ich hab sie dann gleich in die Klinik gefahren."

„Darf ich mal erfahren wo du die ganze Nacht gewesen bist?", fragte Sam vorwurfsvoll.

„Bist du jetzt meine Mutter oder was?!", James schüttelte den Kopf und trat seine Zigarette aus.

„Und was ist mit Papa? Wo ist denn Papa?", wollte Samantha wissen.

„Der ist doch dieses Wochenende in Magdeburg auf Fortbildung. Das muss Mama vergessen haben vorhin. Ich hatte ihn auch erst angerufen, aber dann wollte ich ihn nicht beunruhigen und hab es nicht nochmal versucht.", antwortete James.

„Was ist das mit der kaputten Fensterscheibe? Sollten wir nicht die Polizei rufen?", Sam wusste nicht was sie denken sollte. Sie war sehr besorgt und beunruhigt. So etwas war ihr noch nie passiert. So viele Dinge auf einmal, sie wusste nicht, wo ihr der Kopf stand.

„Nein komm schon Sam, das ist übertrieben, das waren bestimmt nur irgendwelche Kinder, die lange Weile hatten. Mama hat das ja nicht mal mitbekommen. Ich hab' schon einen Fensterbauer angerufen, der kommt heute am frühen Abend und dann setzt er eine neue Scheibe ein. Ach so, du musst mir Geld leihen.", erwähnte er nebenbei.

Sam unterbrach ihn. „James, wäre es nicht besser, wenn wir die Polizei rufen? Die können vielleicht herausfinden wer das war. Was wenn ihr in Gefahr seid?"

James lächelte. „Sam, ich glaub du guckst zu viele Krimis. Wer sollte uns denn etwas anhaben wollen? Ich hab keine Feinde, du etwa? Mohamed vielleicht. Vielleicht war das ja seine Ex Frau, die von eurer Hochzeit erfahren hat."

„Haha, sehr witzig." Sam hatte keine Nerven für seine Witze. Sie brauchte Ruhe, um alles sacken zu lassen.

„Bitte Sam! Lass es uns so machen. Ich hab mich um alles gekümmert. Wenn Mama und Papa morgen nach Hause kommen, werden sie von nichts erfahren und die Sache ist erledigt."

Sam seufzte tief. „Du tust ja geradezu so als wäre das alles deine Schuld." Sie hielt kurz inne. „Was denkst du denn wird der Fensterbauer kosten?"

„Er sagte am Telefon etwas von 550 bis 650€"

„Wie bitte?!!", Sam erschrak.

„Ja, Wochenendzuschlag, und noch einen Aufpreis weil er so kurzfristig kommt. Ich weiß das ist viel Geld, aber vielleicht können wir es teilen, ich geb dir die Hälfte dann zurück. In Raten." James wirkte verzweifelt.

Samantha hatte von ihrem Vater zur Hochzeit 2000€ bekommen, davon konnte sie das Geld erstmal nehmen.

„Ja okay, aber dann fahr mich nach Hause, ich hab das Geld zu Hause."


Im Windröschenweg angekommen parkte James auf dem Mieterparkplatz. Sie stiegen aus dem Auto und James zündete sich eine Zigarette an. „Ich warte hier.", sagte er.

„Mannomann du rauchst ja Kette mein Lieber.", Sam machte sich schnell auf den Weg nach oben. In der Wohnung war noch niemand. So ohne Mohamed wirkte sie ganz anders die Wohnung. Still und staubig. Sie ging an den Nachtschrank, holte den Umschlag mit dem Geld und nahm 700€ heraus. Dann ging wieder zu James nach unten.

„Hier James hast du 700€. Wir sagen Mama und Papa erstmal nichts von dem kaputten Fenster, aber bitte sag mir Bescheid, wenn dir noch etwas auffällt oder so. Ich mach mir Sorgen.

Auch um Mama. Ich komm morgen Nachmittag und sehe nach ihr."

„Alles gut, ich glaub das waren Jugendliche. Manchmal, gerade am Wochenende kommen die auf so dumme Ideen.", James wollte seine Schwester beruhigen. „Morgen ist ja auch Papa wieder da.", ergänzte er und machte die Beruhigung komplett.

„Okay. Wir sehen uns morgen." Sam verabschiedete ihren Bruder mit einer Umarmung und ging in die Wohnung.


Am Abend kam Mohamed spät nach Hause.

„A salam aleikum[3].", sagte er, als er die Wohnung betrat.

Sam hatte sich hingelegt und den ganzen Tag nichts mehr gemacht. Sie hatte schon auf Mohamed gewartet.

„Wa aleikum Salam[4].", erwiderte sie seine Begrüßung. Sie lag auf dem roten, gemütlichen Sofa und hatte sich in eine Decke eingekuschelt. Sie fühlte sich erschöpft nach allem was passiert war.

„Habibi, ich hab' Hunger, haben wir was zu essen?", Mohamed zog seine Schuhe im Flur aus, und kam mit seiner Arzttasche in das Wohnzimmer. Er lehnte am Türrahmen und lächelte. Er lächelte immer. Samantha liebte das. Er sah so schön aus, wenn er lächelte.

---

[3] Arabische Lautschrift heißt: „Friede sei mit dir." Das ist die Begrüßung unter Muslimen
[4] Erwiderung des Friedensgruß; Übersetzung: „Und Friede sei mit dir."

„Ja, nein ich war nicht einkaufen heute, es ist so viel passiert.", antwortete sie mit einem müden Lächeln.

„Was ist passiert Habibi? Warte erzähl es mir gleich, ich bestell uns erst eine Pizza."

## Zwischen Rosen und Orchideen

James saß im Zimmer des Oberarztes der psychiatrischen Station des Klinikums am Berg. Dr. Ruben also, Ruben hatte ein alter Klassenkamerad von ihm geheißen. Ob er das war? Wohl kaum, schließlich konnte der auch nicht älter als achtzehn sein so wie James. Außerdem war er in der Schule immer sehr chaotisch gewesen, so wie James. Vielleicht war er hochintelligent, jemand, der mehrere Klassen übersprungen, und dann sehr schnell promoviert hatte. Nein, das war eher unwahrscheinlich. James dachte über seine Mutter nach. War sie wirklich so nachlässig mit selbst, dass sie den Tod riskieren würde? Schließlich ging es ihr schon immer ein wenig schlecht. Seit James denken konnte, war sie labil. Sie war nicht immer traurig, aber sie war auch nicht immer glücklich. Wer war das schon? Sie hatte manchmal sehr negative Gedanken, das war James schon aufgefallen, aber sollte er mit dem Arzt wirklich darüber reden? Das waren schließlich private Familienangelegenheiten, zudem noch von seiner geliebten Mutter. Seine Mutter hatte sich immer gut um ihn gekümmert. Er liebte sie über alles. Er nahm es Sam übel, dass sie so plötzlich geheiratet hatte und ausgezogen war. Das machte seiner Mutter schwer zu schaffen, umso schlimmer von ihm selbst, dass er gestern Abend nicht bei ihr gewesen war, um ihr beizustehen.

„Guten Tag, mein Name ist Dr. Ruben.", der Oberarzt hatte das Zimmer betreten und riss James aus seinen Gedanken.

James erschrak.

„Hallo, James Regenhardt." James und Samantha trugen den Nachnamen ihres Vaters. Er erhob sich kurz von seinem Stuhl, schüttelte Dr. Ruben die Hand und setzte sich wieder. Es war nicht sein Klassenkamerad, er war sehr groß, sicher 1,90m oder noch größer. Er war noch jung, ein Anfänger vielleicht. James war noch nie bei einem Psychiater gewesen, er kannte sich nicht aus, was auch der Grund dafür war, dass er sich etwas unwohl fühlte.

„So, sie sind also der Sohn von Susan Logan.", Dr. Ruben setzte sich hinter seinen Schreibtisch und sah in eine Akte.

„Ja.", antwortete James kurz. Er wollte nichts Falsches sagen.

„Susan Logan…", der Arzt machte eine nachdenkliche Geste, während er die Akte durchsah. „Aaahja.", fuhr er fort. „Frau Logan wurde gestern von ihnen gebracht, weil sie ein Schlafmittel zusammen mit zu viel Alkohol eingenommen hatte.", begann der Doktor.

„Ja genau." James blieb wortkarg. Was für eine Show, dachte er sich.

„Folgendes Herr Regenhardt. Ich kann ihre Mutter heute entlassen. Ich habe aber Bedenken. Ich habe mit ihr gestern Gespräche geführt und auch einige Tests gemacht. Sie ist eine sehr liebe Frau. Aber ich habe den Eindruck, dass sie leicht depressive Züge hat.", merkte der Doktor an.

Seine Mutter war nicht immer glücklich, aber wer war das schon? Es kam ihm komisch vor, dass der Arzt so redete, er kannte sie doch gar nicht. Woher wollte er das nach einem Tag wissen?

„Wie kommen sie darauf?", fragte er vorsichtig und hielt seinen aufsteigenden Zorn zurück.

„Ich habe sie befragt nach ihrem Leben nach ihren Gefühlen. Sie scheint mir sehr belastet zu sein, etwas, das sie selbst nicht so genau sagen kann. Das ist das Schwierige, wissen sie, wenn wir unseren Gefühlen nicht unmittelbar Ausdruck verleihen, kann es dazu kommen, dass sie durch andere Handlungen ans Tageslicht kommen, unsere Gefühle. Verstehen sie?", versuchte Dr. Ruben zu erklären.

„Worauf genau, wollen sie hinaus? Also was wollen sie jetzt von mir?", James wusste, dass er unhöflich war, aber er hatte das Gefühl, dass sich jemand in etwas reindrängte, was ihn nichts anging.

„Ich wollte sie zum einen darüber informieren und sie zum anderen fragen, ob in den letzten Tagen oder Wochen etwas vorgefallen ist, was diese starke emotionale Reaktion ihrer Mutter ausgelöst haben könnte.", Dr. Ruben blieb erstaunlich ruhig, während James mit seinen Gefühlen in einen Zweikampf geriet. Natürlich war etwas vorgefallen, Sam war weg, sie war jetzt verheiratet mit jemandem, den sie alle kaum kannten. Sie hatte nicht auf die Worte ihrer Mutter gehört. Aber ging es diesen Psychodoktor etwas an?! Nein sicher nicht.

„Also, ehrlich gesagt, ist alles wie immer.", entgegnete James und bemühte sich um ein Poker Face.

Dr. Ruben notierte sich etwas in seiner Akte. „Hm, okay, haben sie erstmal vielen Dank. Ich habe mit ihrer Mutter besprochen, dass sie zu mir zu regelmäßigen Gesprächen kommt. Den ersten Monat werden sie zweimal wöchentlich stattfinden, danach sehen wir weiter. Ich fände es schön, wenn sie ihre Mutter dahingehend unterstützen, um zu vermeiden, dass so etwas nochmal passiert." Dr. Ruben sah von seiner Akte auf und James in die Augen. James fühlte sich ertappt. Er fühlte sich schuldig. Er fühlte sich schuldig und ertappt.

„Wissen sie, die meisten schämen sich, wenn es um psychische Krankheiten geht. Besonders Menschen, wie ihre Mutter, die ansonsten immer erfolgreich im Leben waren. Es ist keine Schande, Schwäche zu zeigen. Es wäre schön, wenn sie ihrer Mutter das vermitteln würden. Ich habe ihr außerdem empfohlen, sich zunächst krankschreiben zu lassen. Sie ist ja Grundschullehrerin, wenn ich richtig informiert bin. Das ist eine sehr belastende Arbeit und kaum zu meistern, wenn man nicht 100%ig fit ist. Die Familienangehörigen spielen in so einer Krise eine große Rolle. Vermitteln sie ihr, dass sie hinter ihr stehen und dass sie Geduld mir ihr haben." Dr. Ruben klappte die Akte zu. Das war wohl sein letzter Satz. Sehr eindringlich wie James fand. Als würde er seiner Mutter nichts Gutes vermitteln. Er hatte das Gefühl, dass jemand in sein Privatleben eingedrungen war. Und was sollte das mit der Krise bedeuten? Seine Mutter hatte doch keine Krise.

„Okay, alles klar, ich danke ihnen." James stand auf und reichte Dr. Ruben die Hand, um sich schnell zu verabschieden und diesem unangenehmen Gespräch ein Ende zu bereiten. Dr. Ruben nahm seine Hand entgegen und sagte: „Bitte schicken sie ihre Mutter nochmal kurz herein, ich möchte ihr noch ein Rezept ausstellen." James nickte und verließ den Raum. Als er aus der Tür trat hatte er das Gefühl seinen Hals von Fesseln zu befreien, die ihn bis eben fast erwürgt hätten. Je weiter er sich von dem Zimmer entfernte, desto besser fühlte er sich. Seine Mutter saß fertig angezogen auf dem Gang. Ohne sie nochmal zu Dr. Ruben zu schicken, verließ er mit ihr das Krankenhaus.

Sam und Alehandra liefen derweil die alte Einkaufsstraße in Zehlendorf entlang. Sam fand diesen Ort sehr romantisch. Die Straße ging leicht bergab. Alles war aus Kopfsteinpflastern und wurde links und rechts von alten Straßenlaternen geschmückt. Sie fühlte sich wie in einem französischen Liebesfilm. Vielleicht sollte sie mal mit Mohamed herkommen. Sie hatten den Vormittag an der Uni verbracht und genossen nun ihren sonnigen Feierabend.

„Ich will so schönes Geschirr mit Rosen drauf oder so.", sagte Sam während sie sich nach dem richtigen Geschäft umsah.

„Findest du das nicht ein bisschen kitschig, oder steht Mohamed auf so einen Kitsch?!", wollte Alehandra wissen. Sam kannte sie von der Uni. Sie hatten fast exakt dieselben Kurse belegt. Alehandra sprach wie ihr der Mund gewachsen war. Man könnte sagen, ihr lag das Herz auf der Zunge. Sam kannte sie seit zwei Jahren und sie mochte sie sehr. Besonders wegen ihrer direkten Art. Das kam ihr, als Halbamerikanerin nahe, denn viele Deutsche verschleierten ihre wahren

Gefühle durch überhöfliche Worte, wie Sam fand. Alehandra war da anders. Sam mochte sie sehr und sie vertraute ihr.

„Nein, ich weiß nicht. Ich mag das halt. Ich will ein schönes zu Hause für uns. Ich will auch mehr kochen und so. In der Moschee haben sie gesagt wir sollen darum wetteifern, wer den anderen mehr liebt. Ich liebe ihn so sehr und ich will, dass er das fühlt."

„Wow, das klingt überromantisch. Das ist viel für mich, ich brauch erstmal einen Kaffee." Alehandra war nicht verheiratet. Nach allem, was Sam wusste, war sie gewillt, hatte aber den Richtigen noch nicht gefunden.

„Sieh mal!", Sam entdeckte auf der anderen Seite der Straße einen kleinen Laden, der Haushaltsbedarf verkaufte. Der sah nach genau dem aus, was Sam suchte. Sie zog ihre Freundin am Arm und schleifte sie über die Straße. Alehandra verdrehte künstlich die Augen.

„Also doch keinen Kaffee."

„Ja doch,", sagte Sam voller Eifer. „aber eben erst in dreißig Minuten."

„Dreißig Minuten? Dein Ernst? So lange willst zu nach Geschirr sehen??" Alehandra hob voller Entsetzung beide Augenbrauen. Dabei fiel ihre Sonnenbrille, die bis jetzt auf ihrem Kopf platziert war, auf ihre Nase. Sie lachten beide und betraten den kleinen Laden mit dem Klang einer Glocke. Sam sah sofort ein Geschirrset, das ihr zusagte. Es war weiß mit rosafarbigen Orchideen am Rand der Teller und Schalen drauf. Es war schön und schlicht.

„Kann ich Ihnen helfen?" die Verkäuferin stand direkt hinter ihnen.

„Ich suche ein Geschirrset…", begann Sam.

„Ja, wir haben ein paar da. An was haben sie so gedacht? Ich sehe schon, sie stehen vor der Orchidee, mögen sie Blumen? Wir haben da gerade ein wunderbares Angebot von Maison Alouette. Das ist mit Rosen. Ich zeig es ihnen, kommen sie!" Die Verkäuferin hatte ein scharfes Auge, dachte sich Sam. Es konnte ja nicht schaden. Sam und Alehandra folgten ihr. Sie schlängelten sich durch die engen Gänge des Ladens. Sam hatte Angst, etwas kaputt zu machen so eng war es. Jetzt wäre es gut, etwas schmaler zu sein oder fliegen zu können, dachte sich Sam. Sie war froh, als sie vor dem Regal standen, in dem das besagte Porzellan stand.

„Sehen sie mal! Das ist ein wenig im Landhausstil, ein leichtes beige und eine wunderschöne rosafarbene Rose, mit ihren hellgrünen Blättern. Jeder Teller sieht aus wie ein einziges Gemälde. Sehr schön und es ist mikrowellen- und geschirrspülfest. Das ist ja heutzutage immer wichtig."

So alt sah die Verkäuferin noch gar nicht aus, dass sie von „heutzutage" reden konnte, Sam verkniff sich ein Lachen. Das Geschirr gefiel ihr tatsächlich. Es war um einiges schöner als das mit der Orchidee. Warum nur stand es so weit hinten im Laden, so dass man sich erst durch den Porzellan-Glas-Jungle kämpfen musste, um zu ihm zu gelangen?

„Und was soll der Spaß kosten?", fragte Alehandra schnippisch.

Sam sah warf ihr ein schmunzelndes Lächeln zu. Sie kannte Alehandras Art und war ihr manchmal dankbar dafür. Sam war eher der nette Typ. Sie hatte auch ihre Meinung, aber es fiel ihr manchmal schwer, sich durchzusetzen. Sie war heute allerdings gewillt, ein schönes Geschirrset zu kaufen, ohne dabei geizig zu sein. Schönheit hatte nun mal seinen Preis, das galt doch nicht nur für Kosmetik und Mode.

„Ja genau, gut, dass sie fragen. Das Set ist heute noch im Angebot. Heruntergesetzt von 299€ auf 149€. Also um fünfzig Prozent reduziert. Das Angebot ist aus der Werbung und gilt nur noch heute. Morgen liegt es dann wieder beim alten Preis. Mein Chef sagt immer, er hofft, dass es nicht für den niedrigen Preis weggeht, weil es dafür zu schade sei." Die Verkäuferin wirkte wirklich engagiert.

„Wow, das ist aber trotzdem noch doppelt so teuer wie das mit der Orchidee.", sagte Alehandra.

„Und dafür ist aber das mit der Orchidee aber nur halb so schön.", entgegnete Sam. „Ich nehme es." Sam war entschlossen, weil sie das Geld von ihrem Vater hatte.

Die Verkäuferin nickte und holte einen Karton aus dem Lager. Sam hatte nicht bedacht, dass es schwer zu tragen sein wird.

„Kannst du mich später nach Hause fahren?", fragte sie Alehandra.

„Ja, wenn ich jetzt endlich meinen Kaffee kriege." Alehandra lächelte.

„149€ bitte!", sagte die Kassiererin, während sie den großen Karton in eine noch größere Tüte packte.

Sam hatte heute Morgen einfach den Briefumschlag mit dem Geld ihres Vaters eingesteckt. Als sie bezahlen wollte, fiel ihr auf, dass etwas von dem Geld fehlte. Sie runzelte sie Stirn und wurde nervös.

„Alles okay?" Alehandra merkte sofort, dass etwas nicht stimmte.

„Ja, ja…", sagte Samantha zögerlich und bezahlte. Wo konnte das Geld nur sein? Es kann ja wohl kaum jemand in ihre Wohnung eingebrochen sein, und es genommen haben. Es konnte ja nur Mohamed genommen haben. Es hatte ja schließlich die ganze Zeit in der Wohnung gelegen.

Als sie den Laden verließen, hakte Alehandra ihren Arm unter Samanthas.

„Süße, was ist los? Ich sehe dir an, dass du etwas hast.", fragte Alehandra ihre Freundin.

„Da fehlt Geld in meinem Umschlag.", sagte Sam mit einer Fassungslosigkeit.

„Was?!", Alehandra war ebenso fassungslos. „Wieviel?", fragte sie.

„Ich weiß es nicht, ich muss mal nachsehen." Sam blieb kurz auf dem Gehweg stehen und sah in ihren Umschlag, um das Geld zu zählen. Es war ihr unangenehm, dass so auf offener Straße zu machen und versuchte, es so unauffällig wie möglich zu tun, damit niemand es mitbekam.

„Das sind fünfhundert Euro die fehlen. Das ist voll komisch, ich versteh das gar nicht. Außer mir und Hamoudi war doch gar kelner in der Wohnung." Sam war verwirrt. Plötzlich fiel ihr die kaputte Fensterscheibe wieder ein. Was wenn es da einen Zusammenhang gab?

„Vielleicht hat dein Mann es genommen. Frag ihn mal erst, bevor du wilde Theorien aufstellst!" Eine gute Freundin, die außerdem Psychologie studiert ist Gold wert, dachte Sam in dem Moment, in dem sie zum Telefon griff, um Mohamed anzurufen.

„Ya Habibi?", er klang wie immer.

„Ya Hamoudi, sag mal, hast du Geld aus dem Umschlag genommen?", Sam fiel direkt mit der Tür ins Haus. Sie war über allen Maßen verwirrt, dass sie sich nicht zurückhalten konnte.

„Ach das. Ja, tut mir leid ich hab vergessen, es dir zu sagen. Ich musste Geld schicken heute Morgen, weil Mama zum Arzt muss. Ich hatte es nicht mehr zur Bank geschafft und…", es klang wie eine Selbstverständlichkeit.

„Es wäre besser, wenn du mit mir darüber geredet hättest. Ich bin voll verwirrt jetzt. Ich hab mich einfach voll erschrocken, ich dachte vielleicht ist jemand bei uns eingebrochen oder so.", unterbrach ihn Sam.

„Sam Schatzi, lass uns heute Abend darüber reden. Ich hab jetzt gleich einen Patienten und keine Zeit für Streit oder so, ich liebe dich."

„Ja okay.", sagte Sam nur, und legte auf. Sie fühlte sich abgewimmelt und eigenartig. Etwas war anders als sonst. Sie kannte das nicht, so ein Verhalten, das war ihr fremd und auf einmal schien Mohamed ihr fremd. Er hatte einfach das Geld genommen und sie dann abgewimmelt. Sie stand wie verloren auf der Straße mit ihrer riesengroßen Tüte Geschirr im Landhausstil und hätte weinen können.

„Und was sagt er?", Alehandra war neugierig. Neugier war etwas Verabscheuenswürdiges wie Samantha fand. Das hatte etwas von einer niedrigen Bedürfnisbefriedigung. Wenn jetzt jemand, jemand anderes aus Neugierde töten würde, dann wären das, niedrige Beweggründe, so dachte Samantha. Aber wir waren ja alle nur Menschen. Das Sam sich fühlte, als würde man ihr Herz in Stücke reißen, konnte Alehandra ja nicht ahnen.

„Ja, er hat das Geld genommen.", sagte sie leise während sie das Handy zurück in ihre Tasche beförderte.

„Krass, wieso macht er denn sowas? Ist das nicht dein Geld? Schämt er sich nicht? Ich meine ehrlich gesagt müsste er doch genug verdienen als Psychologe.", brachte Alehandra ein.

„Psychiater.", korrigierte Sam sie leise, fast flüsternd. Und nein, eigentlich war es nicht allein ihr Geld gewesen. Schließlich hatte Sams Vater es ihnen beiden zur Hochzeit geschenkt und somit gehörte es genauso Mohamed. Dieser Gedanke befreite Samantha von ihrem traurigen Gefühl. Sie fühlte sich dennoch etwas beschämt, weil ihre Freundin alles mitbekommen hatte. Sie wollte nicht, dass irgendjemand schlecht über ihren Mann dachte. Es hatten alle Vorurteile, weil er schonmal verheiratet gewesen, und weil er Araber war. Samantha kannte so eine Art von subtilem Rassismus nur aus dem Fernsehen, und bis sie Mohamed gekannt hatte, hatte sie nicht geglaubt, dass es das wirklich gab. Aber es existierte tatsächlich. Alehandra hatte so etwas bis jetzt nicht verlauten lassen, aber zu ihrer Hochzeit war sie auch nicht gekommen, Samantha würde gern, aber sie konnte das nicht vergessen.

„Komm, wir gehen jetzt deinen Kaffee trinken. In sha Allah[5] haben sie auch Schokokuchen.", sagte Sam um nicht weiter über das unangenehme Thema zu sprechen.

---

[5] Arabische Lautschrift: So Gott will

Am späten Nachmittag kam sie nach Hause. Mohamed war schon da. Als sie die Wohnung betrat, roch es nach Essen. Alhamdulilahh er hatte gekocht. Hatte er ein schlechtes Gewissen?

„Ya Habibi.", er begrüßte sie mit einer stürmischen Umarmung. Sam war geplättet vom Tag, sie war sehr müde und dachte daran, dass sie noch einmal zu ihrer Mutter fahren wollte. Sie war ihm nicht mehr böse. Aber so richtig glücklich war sie auch nicht.

„Ya Hamoudi. Wie geht's dir?", sie erwiderte seine Umarmung, aber sie hatte nicht halb so viel Kraft wie er, um ihn zu drücken, so wie sie es am liebsten getan hätte.

„Sam, es tut mir leid, das mit dem Geld, ich hätte dir das schneller gesagt, ich dachte nicht, dass du heute rangehst. Mama brauchte dringend Geld, ich musste das schnell schicken. Bitte sei nicht böse, ich hab manchmal keine Zeit, deswegen ich konnte nicht mehr zur Bank, ich hol es morgen ab und leg es in den Umschlag zurück okay?"

„Alles gut." Sam sah auf den Boden und machte eine winkende Handbewegung, die signalisieren sollte, dass sie es ihm nicht übelnahm. „Ich hatte mich nur erschrocken, das ist alles."

„Ja und genau das wollte ich nicht. Ich will nicht, dass du dich schlecht fühlst. Du bist meine Frau, du sollst keinen Stress haben oder Angst oder so etwas." Er drückte sie wieder. Er war euphorisch sie war kraftlos.

„Ich muss heute nochmal zu meiner Mutter.", assoziierte Sam den Begriff Angst.

„Nein, du bleibst zu Hause heute. Besser du ruhst dich aus, wir essen zusammen und schauen einen Film. Deine Mama kannst du morgen noch besuchen. Ruf sie an, wenn du dir Sorgen machst. Aber James ist bei ihr und Claudius. Sie hat Menschen, die sich kümmern." Während er das sagte, hielt er ihre Schultern und sah ihr in die Augen. Er hatte Recht. Sie vergaß sich manchmal selbst. Sam liebte, wie fürsorglich er war.

## Tunesien

Die Sonne stand kurz vor ihrem Untergang. Das warme Licht, das sie abgab verlieh Sam ein wohliges Gefühl. Das Café, in dem sie mit Mohamed saß, war nicht unweit vom Strand in Yasmin, Tunesien entfernt. Von hier aus konnten sie den Sonnenuntergang beobachten. Romantischer konnte es nicht sein. Sam fühlte sich gut. Mohamed saß ihr gegenüber und telefonierte. Sie hatten Tee bestellt. Der Kellner brachte ihn und Mohamed warf ihm eine Geste zu, die signalisieren sollte, dass er etwas zu knabbern bringen sollte.

„Wie geht's dir?", fragte er, nachdem er sein Telefonat beendet hatte.

„Es geht mir sehr gut, ich fühle mich sehr wohl, es ist gut, dass wir diese Reise gemacht haben. Der Stress der letzten Tage war zu viel irgendwie. Ich hoffe, dass sich alles gelegt hat, wenn wir wiederkommen." Sie trank von ihrem Tee. Marokkanische Minze mit viel Zucker. Das war anders als der Tee mit dem Beutel in Deutschland.

„In sha Allah in sha Allah.", nickte Mohamed ab.

„In sha Allah haben wir bald viele kleine Kinder, die hier um uns herumflitzen." Er redete das erste Mal von Kindern in ihrer Gegenwart. Sie war überrascht, aber es gefiel ihr. Jetzt wurde ihre Unterhaltung von orientalischer Musik untermalt. Sam fühlte grenzenloses Glück. Der Kellner brachte Nüsse und Salzstangen und stellte sie auf den runden Tisch, der einen Goldrand hatte. Die Tischplatte war silbern und der Tisch stand sehr niedrig, denn Sam und Mohamed saßen auf einer Art Matte auf dem Boden, so wie es in den arabischen Ländern üblich war. Sie hatte mal gehört, dass es für den Menschen nicht gut war, es zu bequem zu haben, da das seinen Charakter verschlechtern würde. Das Sitzen auf dem Boden und das Hin und Her Rutschen, um eine angenehme Haltung zu finden, seien mit erzieherischen Maßnahmen einhergehend. Allerdings war es gar nicht so unbequem, denn die Matte, auf der sie saß, war gut gepolstert.

Plötzlich tauchte Sams Mutter auf. Sie war sehr blass und sie hatte nur ein Nachthemd an.

„Sam, dieser Mann er ist nicht gut für dich. Besser wenn du nach Hause kommst. Alles ist so leer ohne dich und ich mach mir Sorgen. Ich flehe dich an.", noch während sie sprach kam Sams Vater und nahm sie bei der Hand.

„Habt Spaß ihr beiden. Mama wird es bald besser gehen, macht euch keine Sorgen. Komm Susan!" Die beiden verschwanden Richtung Stadtzentrum.

„Komm Habibi, wir gehen zum Strand. Die Sonne ist gleich weg, ich will mir mit dir den Sonnenuntergang ansehen." Mohamed nahm Sams Hand und sie liefen den endlosen, wunderschönen, kilometerlangen Sandstrand entlang. Die Sonne war fast untergegangen, die Wellen rauschten.

„Ich liebe dich meine Liebe!", sagte Mohamed und blieb stehen.

Plötzlich tauchte eine dunkelhaarige Frau mittleren Alters auf. Sie sah hübsch aus. Sie trug ein langes weißes Kleid, etwas zu schlicht für ein Hochzeitskleid, aber auch zu schick für den Strand war. Sie lief direkt auf Sam und Mohamed zu.

„Hamoudi!", rief sie. Und fiel ihm in die Arme.

Wer war das und wieso nannte sie ihn bei seinem Spitznamen? Fragte sich Sam, während die Eifersucht in ihr fast überkochte.

„Mein Liebes.", Mohamed erwiderte ihre Umarmung und sah ihr dann liebevoll ins Gesicht, bevor sein Blick wieder zu Sam schweifte.

„Sam, das ist Fatima. Meine Ex Frau. Also um ehrlich zu sein, ist sie nicht meine Ex Frau. Sie ist immer noch meine Frau.", sagte er mit einem strahlenden Lächeln.

„Ich weiß ich hätte es dir vorher sagen sollen, aber ich hatte Angst, dass du mich dann zurückweisen würdest. Du bist die Schönste für mich und meine Nummer eins, Fatima kam einfach nur vor dir. Deswegen bist du nur offiziell die Nummer zwei, aber die Nummer eins meines Herzens."

Schweißgebadet wachte Sam in ihrem Bett auf. Was für ein Alptraum. Sie spürte Angst. Wo war Mohamed? Die zweite Bettseite war leer. Sie tastete sich mit der Hand vor. Alles war dunkel. Sie war komplett nass, sie hatte das Gefühl, dass ihr Herz im Hals saß. Es klopfte wie verrückt.

„Hamoudi?", rief sie. „Hamoudi.", rief sie erneut etwas lauter.

Es kam keine Antwort. Sam schaltete das kleine Licht auf ihrem Nachtschrank an und trank einen großen Schluck Wasser. Sie hatte immer eine Flasche Wasser neben ihrem Bett zu stehen. Sie sah auf den Wecker, dessen digitale Uhr in roten Zahlen leuchtete. Es war 3:20 Uhr. Wo war Mohamed? Ihr Blick schweifte durch das halbbeleuchtete Zimmer jetzt fiel ihr auf, dass die Küchentür verschlossen war und dass durch den unteren Türschlitz Licht schien. Sie stand langsam auf und bewegte sich vorsichtig Richtung Küche. Die Küche schloss direkt an das Wohnzimmer an. Sie öffnete die Tür, Mohamed stand neben dem Herd und telefonierte. Er wirkte irritiert, als Sam plötzlich vor ihm stand. Er schaltete den Anruf auf stumm.

„Habibi was ist los?", fragte er besorgt.

„Warum bist du nicht im Bett?", entgegnete Sam etwas unfreundlich.

„Ich komm gleich, warte kurz ich muss nur fertig telefonieren.", sagte er und wandte sich wieder seinem Gespräch zu. Sam verließ die Küche und schloss die Tür hinter sich. Sie fühlte sich nicht richtig wach, aber dennoch hielt sie eine Dusche für das Beste. Sie fand es komisch wie Mohamed sich verhielt. Dieses Telefonieren um drei Uhr morgens, dann dieser Traum den sie hatte, diese Geschichte mit den 500€. Sie liebte ihn so sehr, sie wollte nicht, dass er sie hinterging oder dass etwas mit ihm nicht stimmte. Sie wollte einfach mit ihm glücklich sein. So wie in ihrem Traum. Bis auf das furchtbare Ende. Sie hatte das Bett neu bezogen, weil es vollgeschwitzt war und ging jetzt unter die Dusche. Sie fühlte sich besser und als sie aus der Dusche kam sah sie das lachsfarbene Handtuch, das Mohameds Mutter ihnen geschenkt hatte. Es war sicher alles halb so wild. Es bestand kein Grund misstrauisch zu sein, dachte sie.

Mohamed lag im Bett und lächelte. Er lächelte immer.

„Was ist los Sam?", fragte er sie. „Bist du eifersüchtig, weil ich telefoniere?", wollte er wissen. Sie trocknete ihre Haare und kroch zu ihm ins Bett.

„Mit wem redest du um diese Uhrzeit?", ihre Stimme erhob sich etwas. Auch wenn die Dusche ihr etwas geholfen hatte, musste sie sich trotzdem etwas aufregen. „Redest du mit einer anderen Frau?"

Mohamed lachte: „Habibi, was? Wie kommst du denn auf so etwas?"

Sie zuckte resignierend die Schultern. „Mit wem hast du denn gesprochen?", wollte sie wissen.

„Na mit meiner Geliebten. Sie lebt in der Türkei musst du wissen und sie will meine zweite Ehefrau werden. Wie denkst du darüber?" Mohamed machte sich einen Spaß aus ihrer Eifersucht.

Samantha nahm ein Kissen in die Hand und bewarf ihn damit. Er lachte wieder und warf das Kissen zurück.

„Sam, das war mein Onkel in Ägypten. Er hat mir nur erzählt, was mit Mama los ist."

„Wirklich?", Sam sah ihn unschuldig an.

„Wallah[6].", sagte er und lächelte. „Aber was ist los Sam? Warum bist du wach? Und warum warst du duschen?"

„Ich hab geträumt, ganz blöde Sachen. Wir waren in Tunesien und zuerst kam meine Mutter und hat über dich schlecht geredet und dann kam so eine Frau, das war deine Exfrau aber du sagtest dann, dass ihr gar nicht geschieden seid."

Mohamed lachte erneut: „Ach so, deswegen bist du eifersüchtig. Wegen dieser Frau im Traum."

„Keine Ahnung vielleicht.", Sam fragte sich innerlich, ob das denn so abwegig war.

„Das ist nur ein blöder Traum Der hat gar nix zu heißen. Besser du denkst nicht weiter drüber nach. Hat deine Mutter denn ein Problem mit mir?", wechselte er das Thema.

„Nein, keine Ahnung ich weiß nicht. Ich glaube sie ist traurig, weil ich ausgezogen bin.", druckste Sam herum.

„Verstehe. Hast du denn etwas Neues aus der Klinik gehört?" Mohamed setzte sich auf.

„Nein, ich wollte sie ja heute besuchen. Sie ist ja wieder zu Hause und James hat sie abgeholt. Ich weiß nicht gneau, was jetzt Sache ist und ob sie noch weiter in Behandlung bleiben

---

[6] Arabische Lautschrift: Bei Allah

wird. Ich muss morgen auf jeden Fall zu ihr.", antwortete Sam.

„Ja mach das. Weißt du, ich glaub deine Mama, sie hatte schon vorher Schwierigkeiten. Nicht jetzt erst weil du weg bist oder so." Er versuchte sie aufzumuntern.

„Ja, kann sein, dass du Recht hast. Ich mach mir eh Sorgen um sie. Auch nicht erst seit ich ausgezogen bin." Sie lächelte ihn an.

„Das ist gut. Sie ist deine Mutter, du musst dich um sie sorgen, das ist ganz normal. Aber weißt du was?!" Mohamed hielt kurz inne. „Das Geschirr, das du gekauft hast, mashaallah[7], das ist wunderschön."

Sam lächelte und schaltete das Licht aus.

### Zeit für die Flitterwochen

Am nächsten Morgen frühstückten sie und Mohamed seit langem mal wieder gemeinsam. Sam ging zur Uni und Mohamed fuhr in die Klinik. Es war Zeit für die Flitterwochen, dachte Samantha.

---

[7] Arabische Lautschrift: Es sei was Gott will

Nach der Uni verließen Sam und Alehandra den Campus. An der Hauptstraße stand James vor seinem roten BMW. Er trug eine Sonnenbrille und lehnte mit einer lässigen Coolness an seinem Wagen. Wen wollte er denn damit beeindrucken? Fragte sich Sam.

„Hey ihr zwei, Lust auf eine Spritztour?", fragte er mit einer ebenso lässigen Coolness, mit der er am Fahrzeug lehnte.

„Ja gern.", sagte Alehandra.

„Was machst du denn hier?", fragte Sam zeitgleich.

„Sam ich dachte du wolltest gestern zu uns kommen.", seine lässige Coolness wurde plötzlich durch eine Art eifriger Sorge gemischt mit einer gehörigen Portion Vorwurf, ersetzt.

„Ja tut mir leid. Du musst mich verstehen James, für mich ist das auch alles ganz schön viel. Ich bin auch frisch verheiratet. Ich hab auch bisschen das Recht, Zeit mit meinem Ehemann zu verbringen. Ich weiß ja, dass du dir Sorgen machst um Mama machst. Ich mach mir auch Sorgen, das kannst du mir glauben. Ich komm heute.", redete Samantha wohlwollend auf ihn ein.

„Geht es eurer Mama denn besser? Konntet ihr wegen der Fensterscheibe irgendwas rausfinden?", mischte Alehandra sich ein.

„Woher weißt du davon?", Sam sah ihre Freundin fragend an.

„Hat James es dir nicht erzählt? In der Nacht, in der das passiert ist, da war er bei mir. Er hatte mir mein Auto repariert. Ich hab ihn nach Hause gefahren, ich war quasi dabei als er die Fensterscheibe entdeckt hat.", antwortete Alehandra.

Warum hatte James ihr das verheimlicht? Dafür bestand doch kein Grund.

„Ja, Alehandra hatte mir auch diese Klinik am Berg empfohlen. Sie meinte dort gäbe es die beste Behandlung.", ergänzte James. „Übrigens gefällt mir dieser Doktor Ruben gar nicht."

„Wieso was hat er gesagt?", fragte Alehandra.

„Keine Ahnung." Da war sie wieder: die lässige Coolness. „Er war so... wie soll ich sagen? Er hat so getan als würde er Mama schon ewig kennen. Er hat so von ihr geredet als würde sie ihm gehören oder so. Ich kanns nicht beschreiben aber etwas gefällt mir nicht.", James zündete sich eine Zigarette an.

„Ist da jemand eifersüchtig?", fragte Alehandra flirtend.

Sam hatte von dem Gespräch zwischen James und Dr. Ruben noch gar nichts erfahren.

„James, sag mal im Ernst jetzt. Was hat er genau gesagt?", Sam wurde nervös.

„Er meinte sie hätte leichte depressive Züge...ja sowas. Und er hat dann so Fragen gestellt, ob etwas passiert sei in der letzten Zeit. Ich hatte an dich und Mohamed gedacht aber ich hab nichts erzählt. Ich finde, dass ihn das alles nichts angeht. Das sind doch Familienangelegenheiten.", antwortete er. „Und er will halt Mama zweimal wöchentlich zu Gesprächen dahaben. Er sagte das sei nicht unwichtig, was passiert sei und dass sie vielleicht Hilfe gebrauchen kann. Ich bin davon nicht begeistert.", fuhr er fort.

„James, das ist ganz normal, wie du dich fühlst." Alehandra streifte ihm über die Schulter.

„Ehrlich gesagt finde ich das gar nicht schlecht. Wir machen uns doch eh Sorgen um Mama. Es ist doch gut, wenn sie Unterstützung erfährt.", sagte Samantha.

„Ja vielleicht. Aber ich hatte das Gefühl er drängt sich so komisch in unsere Angelegenheiten und er deutet so Sachen, die vielleicht halb so wild sind. Psychodoktor halt.", James zog an seiner Zigarette.

„HE! Wir werden auch mal solche sein, und mein Mann ist auch einer.", sagte Sam mit einem Lächeln. Auf der einen Seite konnte sie ihren kleinen Bruder verstehen und sie liebte es, wie er ihre Mutter beschützen wollte.

„Sieh mal James, ich weiß, dass das manchmal schwer ist, Hilfe anzunehmen, aber versuch das mal so zu sehen, dass dieser Arzt, Mama nur helfen will und, dass er die Fragen deswegen stellt. Nicht weil er neugierig ist, oder dir deine Fehler aufzeigen will. Und außerdem ist er Spezialist. Also er hat Erfahrung auf dem Gebiet.", erklärte Sam.

„Kann schon sein, aber ich mag ihn nicht.", was auch immer dafür sorgte, dass James so empfand, es war hartnäckig.

„Kommst du jetzt mit? Hast du Zeit? Ich wollte dich abholen deswegen bin ich hier.", fragte er weiter.

„Also wir wollten eigentlich noch einen Kaffee trinken gehen Alehandra und ich.", entgegnete Sam zögerlich.

„Ach das ist schon okay," winkte Alehandra ab. „Familie geht vor. Aber sag mal, hättet ihr was dagegen, wenn ich mitkomme? Ich würde eure Mutter unglaublich gern kennenlernen. Vielleicht kann ich bei irgendwas unterstützen. Schließlich haben wir ja im Studium schon ein bisschen was über Depression gelernt und ich bin ja auch objektiv, weil ich nicht ihre Tochter bin.", fuhr sie fort

Samantha war sich nicht sicher, ob das so eine gute Idee war, aber bevor sie etwas sagen konnte ergriff James das Wort:

„Ja klar, wenn du willst kannst du vorne sitzen." Er trat euphorisch seine Zigarette aus und öffnete die Beifahrertür seines BMWs. Und da war sie schon wieder. Die lockere, lässige Coolness. Sam hatte sie schon fast vermisst. Wenn sie es nicht besser gewusst hätte, hätte sie gedacht, ihr Bruder sei in ihre Freundin verliebt. Dieses Gehabe mit seiner Lässigkeit, das brachte er nur zu besonderen Situationen zum Einsatz und Sam empfand diese Situation als ganz und gar nicht besonders.

„Danke, das ist nett und ich weiß das zu schätzen, aber ich bin selbst mit dem Auto, ich fahr dir einfach hinterher.", ließ Alehandra James charmant abblitzen.

„Darf ich dann vorne sitzen?", fragte Sam mit einem breiten Lächeln.

„Sehr witzig.", sagte James und stieg in sein Auto.

Während der Autofahrt ließ James das Radio laufen. Die beiden Geschwister redeten zunächst kaum miteinander. Die Ledersitze des BMW waren bequem und Sam liebte dieses Auto. Sie ließ ihre Fenster runter und genoss den lauen

Fahrtwind. Es war ein wunderschöner Spätsommertag. Sam musste an Mohamed denken.

„Sag mal, wie alt ist Alehandra nochmal?", James holte Sam aus ihren Gedanken.

„Sag mal wieso fragst du mich das? Hast du irgendein Interesse an ihr?", wollte Sam wissen.

„Man soll auf eine Frage keine Gegenfrage stellen.", sagte James, ohne seinen Blick von der Straße zu nehmen. Okay, jetzt waren sie also auf Kindergartenniveau angekommen. Das konnte nur bedeuten, dass James etwas für Alehandra übrighatte.


In der Küche des Hauses, in dem Sam aufgewachsen war, bereitete Susan für sich und ihre Kinder Pancakes zu. Sie freute sich, dass die ihre beiden Kinder heute um sich haben würde. Wenn Sam auch grad erst ausgezogen war, kam es ihr vor wie eine Ewigkeit. Während sie den Teig anrührte, hörte sie den Schlüssel im Türschloss. Voller Erwartung rannte sie zur Haustür. Es war Claudius. Ihr Mann und der Vater ihrer Kinder. Nach so einer langen Ehe, fiel es Susan manchmal schwer, ihre Zuneigung ihrem Ehemann gegenüber zu zeigen – schließlich veränderte sich so viel während so einer langen Zeit. Dennoch war sie froh, einen so liebevollen und treuen Ehemann zu haben. Die wenigsten hatten so etwas. Heutzutage waren Scheidungen wahrscheinlicher, als dass jemand mit seinem Ehemann durch dick und dünn ginge. Deshalb gefiel es Susan auch nicht, dass Mohamed schon einmal verheiratet gewesen war. Sie wusste zwar nichts darüber, aber sie dachte sich, wenn er es mit einer Frau schon nicht geschafft hatte, wie sollte er denn ihre kleine Sam glücklich machen?

„Hallo meine Liebe!", begrüßte sie Claudius liebevoll.

„Hallo Schatz." Sie gab ihm einen Kuss auf die Wange und verschwand wieder in der Küche. „Kannst du mir kurz helfen?", rief sie ihm aus der Küche zu.

Claudius legte Jacke und Schuhe ab und ging zu seiner Frau, die eifrig Teig rührend hinter der Arbeitsplatte stand. Er liebte seine Frau sehr. Sie war eine starke Frau, auch wenn sie ihre Schwierigkeiten hatte, war sie sehr stark. Als er sie geheiratet hatte, wusste er, dass ihm nichts Besseres hätte passieren können und trotzdem sie selbst beruflich beansprucht war, hatte sie ihm immer den Rücken freigehalten, damit er seine Arztpraxis aufbauen konnte. Hinter jedem erfolgreichen Mann, steck eine starke Ehefrau, das wusste Claudius mit Gewissheit.

„Was wird das?", fragte er.

„Ich mache Pancakes. Sam kommt nachher vorbei. James holt sie gerade von der Uni ab.", antwortete Susan.

Sie wirkte lockerer als die letzten Tage. Nicht mehr so müde und traurig. Vielleicht war sie auf dem Weg der Besserung.

„Ich hab das Gefühl, dass es dir besser geht.", freute sich Claudius.

„Ja, ich hab beschlossen, mich nicht unterkriegen zu lassen, weißt du?", sie sah von ihrem Teig auf und lächelte ihn an. Ihren Mann, mit dem sie schon 25 Jahre ihres Lebens verbrachte. Sie hielt inne, legte den Schneebesen beiseite und setzte sich auf einen der Stühle, die vor einem kleinen Tisch standen.

„Claudius, ich muss dir was sagen.", sie wirkte ernst.

„Was mein Schatz?", fragte er aufmerksam.

„Ich hab letzte Nacht so komische Anrufe auf mein Handy bekommen."

„Was für Anrufe?", Claudius sah besorgt aus. Er liebte seine Frau und er machte sich große Sorgen um sie. Er konnte verstehen, dass sie traurig war, wegen Sams Auszug. Was er nicht verstehen konnte, war ihre Einstellung zu Mohamed. Sie machte sich das Leben selbst ein bisschen schwer. Aber so waren die Frauen, dachte er sich. Es ist nicht leicht, ein Kind gehen zu lassen, aber es war doch schöner, als wenn es krank würde oder tot. Er kannte Mohamed kaum, aber er vertraute ihm.

„Das waren zwei Anrufe auf mein Handy, ohne Nummer. Also unterdrückt. Die haben zweimal angerufen und dann wieder aufgelegt.", erzählte Susan. „Du weißt ja, der Arzt meinte, dass ich eine Depression habe. Ich dachte deswegen ich hätte mir die Anrufe vielleicht nur eingebildet. Ich hab extra heute Morgen nochmal auf mein Handy geguckt…", erzählte Susan zögerlich.

„Eine Depression ist keine Psychose…", unterbrach sie Claudius. „Du bist ein bisschen niedergeschlagen, das bedeutet nicht, dass du dir Dinge einbildest. Warum hast du mich nicht geweckt?" Er war aufgebracht.

„Ich bin eigentlich gleich wieder eingeschlafen. Ich hab das für eine Verwechslung gehalten. Ich hatte gedacht, wahrscheinlich hat sich jemand verwählt. Ich meine die haben ja gar nix gesagt, weißt du?", ergänzte Susan ihre Geschichte.

„Ja, vielleicht hast du Recht.", sagte Claudius, auch wenn es in ihm noch einen Restzweifel gab, der das nicht für einen Zufall hielt. In dem Moment ging wieder der Schlüssel im Türschloss.

„So, jetzt aber.", sagte Susan während sie eilig die Küche Richtung Flur verließ.

„Hallo Mama.", begrüßte James sie mit einem großzügigen Lächeln.

„Hey, meine Süßen." Susan war überglücklich, ihre beiden Kinder zu sehen.

„Mama…", sagte Sam und umarmte ihre Mutter. „Mama, das ist Alehandra, eine Freundin von der Uni.", stellte Sam ihre Freundin vor.

„Hallo Alehandra, ich bin Susan.", Susan schüttelte Alehandra die Hand.

„Freut mich, sie kennenzulernen", sagte Alehandra bescheiden.

„Krieg ich keine Umarmung?", James hatte seine Jacke schon abgelegt und drückte seine Mutter fest.

„Kommt rein, legt ab, ich mach uns gerade etwas zu essen." Samantha war sehr froh, ihre Mutter so glücklich und euphorisch zu sehen. Als sie die Küche betrat, saß ihr Vater am Esstisch. Sie lief auf ihn zu und umarmte ihn.

„Hallo Papa. Wie war die Fortbildung?", Sam ging an den Schrank und nahm fünf Gläser raus. Sie holte ein Päckchen

Organgensaft aus dem Kühlschrank und schenkte allen etwas ein. Es fühlte sich immer noch wie ihr zu Hause an. Sie freute sich, dass ihre Freundin hier war.

„Gut meine Liebe, wie geht's dir? Wie läuft es?" Claudius lächelte.

Samantha war aufgeregt, sie wusste nicht, wo sie zuerst anfangen sollte.

„Papa, erstmal will ich dir meine Freundin von der Uni vorstellen. Das ist Alehandra.", Sam nahm einen großen Schluck von dem kalten Organgensaft. Der Zucker und die Vitamine stärkten sie auf Anhieb.

„Hallo,", Alehandra lächelte. „freut mich, sie kennenzulernen.", sagte sie wieder und gab auch ihm die Hand.

„So, Alehandra, jetzt kennst du meine Eltern." Sagte Sam und setzte sich zu ihrem Vater an den Küchentisch.

„Papa, ich hab ein wunderbares Geschirrset von deinem Geld gekauft.", Samantha nahm ihr Handy aus der Tasche und zeigte ihm ein Foto. Susan hatte in der Zeit den Teig fertig gerührt und fing an, die Pancakes in der Pfanne zu braten.

„Mashallah, das sieht aber toll aus.", sagte ihr Vater.

„Ich möchte das auch sehen." Susan kam vom Herd dazu und auch James musste es sehen.

„Bisschen kitschig.", sagte James.

„Hab ich auch gesagt.", ergänzte Alehandra.

„Ihr seid ja nur neidisch.", sagte Sam zu ihrer Verteidigung. Ein wenig kam ihr das hier wieder wie im Kindergarten vor. Wie ein Theater. Sollte James doch um ihre Hand anhalten, wenn er in sie verliebt war. Sie musste mit ihm darüber reden, wenn sie mal allein waren, dachte sie sich.

„Alehandra komm, ich zeig dir das Haus, in dem ich groß geworden bin." Sam war stolz.

„Au ja, sehr gern." Alehandra nahm einen großen Schluck von ihrem Orangensaft und folgte Sam, die grade die Küche verlassen hatte. Sie gingen in den Flur, der sehr geräumig und einladend war. Er war mit weißen Fliesen ausgestattet. Sie glänzten, als würde jemand jeden Tag den Boden polieren. Sam bewunderte ihre Mutter dafür, wie sie dieses große Haus sauber hielt. Jetzt, wo sie ihren eigenen Haushalt hatte, wusste sie, was das bedeutete. Und sie hatte nicht halb so viel zu putzen, wie ihre Mutter. Direkt gegenüber von der Küche befand sich das ebenfalls geräumige Wohnzimmer. Es stand nicht viel drin, nur eine große weiße Wohnlandschaft mit verschiedenfarbigen Zierkissen, ein großer Fernseher, sowie ein Couchtisch aus Glas. Es gab einen kleinen Wandschrank, auf dem eine Vase mit frischen Schnittblumen stand. Vor dem Glastisch lag ein roter Perserteppich. Es wirkte leicht kühl, aber das lag vielleicht daran, dass sich niemand im Wohnzimmer aufhielt. „Mama kauft immer frische Blumen oder schneidet einen Strauß aus dem Garten", fing Sam an zu erzählen. „Ich hab hier zu meiner Schulzeit immer viel ferngesehen. Das war für mich hier eine totale Entspannungsoase, dieser Raum. Wir hatten zwar jeder sein eigenes Zimmer, aber ich mochte es, in der Nähe von Mama und Papa zu sein. Komm ich zeig dir das Obergeschoss." Sam verließ das Wohnzimmer und lief die weiße Wendeltreppe zum ersten Stock. Hier gab es eine kleine Galerie, in der zwei

Sessel und ein kleiner Tisch standen. Darauf folgte ein breiter Flur, von dem drei Schlafzimmer und ein Bad abgingen.

„Hier haben wir alle geschlafen. In der Galerie hab ich manchmal mit Freunden aber ganz oft auch mit James gesessen. Und das ist mein altes Zimmer." Sam betrat eines der drei Schlafzimmer. Es sah aus wie in einem amerikanischen Film. Ein großes Bett in der Mitte des Raums. Ein kleiner Schreibtisch unter der Dachschräge mit einer weißen Schreibtischlampe und ein Kleiderschrank mit Spiegeloptik. Alles war sehr ordentlich. Fast wie in einem Möbelhaus. Es war ja schließlich unbewohnt.

„Mama hat hier noch gar nichts verändert.", sagte Sam während sie sich auf ihr Bett fallen ließ.

„Naja, so lange bist du ja auch noch nicht raus.", sagte Alehandra, die wirkte, als wäre sie in Gedanken verloren.

„Sie wollte ein Arbeitszimmer hier machen." Sam stand auf und öffnete die Dachschräge. Schaute man raus, hatte man einen Blick auf den großen Garten. Sam liebte es, aus dem Fenster zu schauen.

„Wenn ich am Schreibtisch gearbeitet habe, hab ich zwischendurch immer viel rausgeschaut. Ich liebe das, die Natur zu beobachten. Besonders im Herbst, wenn die Blätter sich so färben und wenn der Wind so mit ihnen spielt." Samantha sprach wie ein kleines Kind. „Alehandra, ist alles in Ordnung mit dir?" Sam sah, dass ihre Freundin mit den Gedanken woanders war. Das kannte sie nicht von ihr.

„Ja, na klar." Alehandra schüttelte kurz ihren Kopf, als wollte sie sich mit dieser Geste wieder in die Gegenwart holen. „Du hast ein schönes Haus. Kaum zu glauben, dass du freiwillig hier ausgezogen bist.", sagte sie mit einem Lächeln.

Alehandra hatte an ihre eigene Kindheit denken müssen. Sie hatte es nicht so leicht gehabt, denn ihre Mutter war alleinerziehend gewesen. Sie selbst hatte immer wieder Probleme in der Schule gehabt. Es war ein harter Kampf gewesen hin bis zur Uni. Die meisten Freunde aus ihrer Kindheit waren heute kriminell oder lebten in Armut. Alehandra hatte den Absprung geschafft. Das hoffte sie jedenfalls. Finanziell hatten die Regenhardts fast nie Probleme gehabt. Es gab mal eine Zeit, in der Sams Mutter ihre Arbeit verloren hatte. Sam erinnerte sich daran, es war eine schwierige Zeit, weil es in ihrer Mutter Panik ausgelöst hatte. Sams Vater nahm das immer leicht. Er war als Allgemeinmediziner immer gutverdienend und konnte immer die Familie versorgen. Susan hingegen hatte angefangen an sich zu zweifeln. Es war die Zeit, in der sie öfter aus gewesen war und auch angefangen hatte, Alkohol zu trinken. In derselben Zeit war ihr Vater zum Islam konvertiert. Er war standhaft, aber als Sams Mutter immer öfter Alkohol trank, fing Claudius an, sich mit dem Koran zu beschäftigen. Sam erinnerte sich nur teilweise an die Zeit, aber sie wusste noch genau, wie ihr Vater plötzlich angefangen hatte, im Wohnzimmer zu beten. Manchmal hatten ihre Eltern deswegen gestritten, aber Sam hatte immer das Gefühl, dass es etwas Gutes brachte, denn ihr Vater wurde immer ruhiger und geduldiger und nach einiger Zeit, ließ ihre Mutter den Alkohol sein und erholte sich. Sie hatte dann schnell eine neue Arbeit gefunden. Es hatte dann nicht lange gedauert, bis auch Sam konvertierte.

Abgesehen von ihren Berufen, teilten Mohamed und ihr Vater die gleiche Religion. Vermutlich vertraute ihr Vater ihm deswegen. Da klingelte ihr Telefon. Es war Mohamed. Als hätte er gespürt, dass sie an ihn dachte.

„Habibi, wo bist du?", wollte er wissen.

„Ich bin bei meinen Eltern mit Samantha und James. Wieso, was ist los?", sie dachte, dass vielleicht etwas passiert wäre. Alehandra setzte sich auf das große Bett und lächelte ihre Freundin künstlich an.

„Nein, gar nichts, ich dachte wir könnten zusammen essen. Aber alles ok."

„Oh nein.", Sam wollte gern mit ihm essen gehen, denn es war selten, dass sie mal Zeit dafür fanden. Vielleicht wäre es doch gut, in die Flitterwochen zu fahren, dachte sie in diesem Moment.

„Nein, alles gut, wir holen das nach. Bis heute Abend.", sagte er und legte auf.

„Na, Kontrollanruf?!", fragte Alehandra, so wie es ihre Art war.

„Nicht wirklich.", entgegnete Samantha. „Sollen wir wieder runter gehen? Ich glaub meine Mama hat das Essen gleich fertig."

Als die beiden die Treppen hinunterliefen, vernahmen sie eine lautstarke Unterhaltung, die aus der Küche kam. James, Claudius und Susan stritten miteinander. Sam konnte nicht hören, um was es ging, aber als sie die Küche betraten, waren alle auf einmal still. Samantha verkniff sich die Frage, was los sei, denn sie wollte keine Familienangelegenheiten vor Alehandra klären, auch wenn Zurückhaltung nicht ihre Stärke war.

„Komm Alehandra, setz dich!", sagte Sam und schob einen Stuhl vom Tisch weg, damit Alehandra sich setzen konnte. Susan lächelte und servierte die Pancakes. Es roch wunderbar. James und Sam liebten die Pancakes ihrer Mutter. Als sie Kinder waren, war es für sie immer ein Highlight gewesen. Sie hatten nicht viel von ihren amerikanischen Wurzeln mitbekommen, aber die Pancakes mit Ahornsirup gehörten auf jeden Fall dazu. Susan hatte noch ihre Familie in Amerika, aber seit Samantha auf der Welt war, hatte sie nie ihre Oma besucht. Sam wusste nicht warum. Es hatte immer eine Ausrede gegeben. Kein Geld, keine Zeit, keine Unterkunft, Opa ist krank und so weiter. Telefoniert hatten sie schon oft. Eigentlich eine gute Ressource, vielleicht mochte ja der amerikanische Teil der Familie Mohamed.

„Ah, ist das die neue Fensterscheibe?", fragte Alehandra, denn ihr Blick fiel vom Stuhl aus, direkt zum Küchenfenster. Sam erschrak und sah zu James, der ebenso geschockt aussah.

„Wie bitte? Was für eine neue Fensterscheibe?", Susan sah ihre Kinder verwundert an, dann schweifte ihr Blick zu Claudius.

Er zuckte die Schultern. „Ich weiß nicht, was sie damit meint. Was soll das bedeuten?", Claudius sah Sam eindringlich an. Sam konnte nicht länger schweigen.

„Wir wollten es euch nicht sagen, weil wir nicht wollten, dass ihr euch Sorgen macht.", Sam sah zu Boden.

Susan setzte sich Sam gegenüber und hörte ihr aufmerksam zu.

„Es ist glaub ich besser, wenn James das erzählt, ich war ja gar nicht so richtig dabei."

„Wir, also Alehandra und ich kamen den einen Morgen, an dem es Mama so schlecht ging hier nach Hause, also Alehandra hatte mich gefahren und da war halt die Fensterscheibe von der Küche eingeschlagen. Es lag auch so ein Stein in der Küche. Ich bin dann sofort ins Schlafzimmer und hab nach Mama gesehen und hab halt gemerkt, dass ich sie kaum wach bekomme und dass sie so benommen wirkt. Wir haben sie dann gleich ins Krankenhaus gebracht. Naja, den Rest kennt ihr ja. Ich hab gleich einen Fensterbauer bestellt, ich wollte nicht, dass Mama sich noch mehr aufregt, ihr ging es doch schon so schlecht.", James wirkte nervös, aber während er so erzählte, fiel ihm auf, dass er es das nächste Mal wieder genauso machen würde. Susan schämte sich, dass Claudius von dem Vorfall mit dem Schlafmittel hörte.

Claudius stand auf. Er war ruhig und entschlossen. „Es wäre besser gewesen, ihr hättet es erzählt.", sagte er während er den Raum verließ.

„Was machst du Papa?", James lief ihm hinterher. Im Flur griff Claudius zum Telefon.

„Ich rufe die Polizei." Claudius war immer noch entschlossen. James empfand das immer noch als unnötig und hakte weiter nach.

„Meinst du nicht, dass das übertrieben ist? Guck mal das war ein Freitagabend, das waren bestimmt nur irgendwelche Jugendliche.", James erzählte seinem Vater das gleiche, wie er auch schon seiner Schwester erzählt hatte, nur reagierte dieser nicht so einknickend.

„James, deine Mutter hat heute Nacht anonyme Anrufe bekommen. Jemand hat angerufen und dann wieder aufgelegt, mitten in der Nacht. Sie hat das auch für einen Zufall gehalten. Aber das sind jetzt schon zwei Zufälle und beide spielten sich in der Nacht ab und gingen offensichtlich gegen meine Frau. Ich rufe jetzt die Polizei. Das hätte ich gleich machen sollen.", Claudius griff zum Hörer und wählte.

Sam stand in der Türschwelle und hatte alles gehört. Sie machte sich große Sorgen und sie machte sich große Vorwürfe, dass sie nicht schon vorher mit ihrem Vater gesprochen hatte.

„Tut mir leid.", sagte sie leise.

„Alles gut, ihr habt es gut gemeint.", ihr Vater nickte ihr wohlwollend zu.

James und Sam kehrten in die Küche zurück.

„Sorry.", sagte Alehandra. „Ich wusste nicht…"

„Ist schon gut, es ist besser, dass es raus ist. Papa ruft die Polizei.", sagte Sam uns sah dabei ihre Mutter an, die mit dem Abwasch beschäftigt war. Sie drehte sich nicht um, sie äußerte sich nicht.

Das Bewahren der Familienangelegenheiten hatte nicht geklappt.

Am frühen Abend verabschiedeten sich Sam und Alehandra und liefen gemeinsam zu Alehandras Auto.

„Alehandra, ich muss dir was erzählen. Aber bitte behalt es für dich.", Sam war sich nicht sicher, ob es richtig war über das zu reden, was sie jetzt loswerden wollte, aber ihr brannte es, und sie vertraute Alehandra. Es war alles so verwirrend und sie hatte das Gefühl, dass sich ihre gesamte Welt gerade auf den Kopf stellte.

„Klingt ja dramatisch.", sagte Alehandra. „Ich bin ganz Ohr, und keine Sorge - ärztliche Schweigepflicht.", Sie zwinkerte ihrer Freundin zu, verschränkte ihre Arme und lehnte sich an ihr Auto.

„Ich hab gestern schlecht geträumt und bin wach geworden. Und Mohamed war nicht im Bett. Er war in der Küche und hat telefoniert." Jetzt wo Alehandra sowieso schon alles wusste, da konnte sie sie auch um Rat fragen. „Also ich glaub ja nicht, dass er etwas damit zu tun hat, aber komisch fand ich das schon. Also ist doch ein komischer Zufall, dass er gerade dann in der Nacht telefoniert, in der auch meine Mutter angerufen wurde. Also…", jetzt, wo Sam ihre Gedanken loswurde, hatte sie das Gefühl, dass sie absurd waren.

Alehandra schien das anders zu sehen. „Was? Das ist aber wirklich ein sehr komischer Zufall. Versteh mich nicht falsch, ich hab nix gegen deinen Mann, aber du weißt, Araber sind sehr eifersüchtig." Lieferte sie ihr jetzt gleich ein Motiv? Saß Hamoudi jetzt auf der Anklagebank? Und was sollte das heißen „Araber sind eifersüchtig"? Sam bereute sofort, dass sie Alehandra davon erzählt hatte und wünschte, es wieder rückgängig machen zu können.

„Meinst du nicht, dass das ein Zufall war?", hakte Sam nach.

„Das sind aber viele Zufälle in letzter Zeit. Die Fensterscheibe, diese Sache mit dem Geld, das find ich ja sowieso eigenartig, wenn du mich fragst und jetzt das? Ganz ehrlich. Wenn ich das richtig verstehe dann hat deine Mutter ein Problem mit ihm oder? Er weiß das doch oder? Er will sie vielleicht einschüchtern oder so. Er wird es nicht zulassen wollen, dass du ihn verlässt, er hat doch schon eine gescheiterte Ehe hinter sich…" Es schien ihr, als würde Alehandra gar nicht mehr aufhören zu reden. Sam hatte jetzt etwas erwartet wie, ach, mach dir keine Gedanken, es besteht sicher kein Zusammenhang. Mohamed ist doch ein netter Kerl und er will dir sicher nicht schaden.

„Ich muss jetzt mal nach Hause.", unterbrach Sam ihre Freundin.

„Ich kann dich fahren.", sagte Alehandra.

„Nein, ist schon gut, ich nehme den Bus.", Sam wollte ihren Mann schützen. Sie wollte ihren Mann vor falschen Verdächtigungen schützen. Hätte sie doch bloß nichts gesagt. Und diese rassistische Äußerung, die Alehandra gemacht hatte, hätte sie nicht von ihr erwartet. Sie war doch eine gebildete, junge Frau.


Als sie zu Hause ankam, empfing Mohamed sie mit einem Lächeln, das ihr die Schwere dieser Welt nahm. Er lächelte immer. Wie konnte dieser Mann, jemandem etwas Böses wollen?


Es war Zeit für die Flitterwochen, dachte sie.

## Unerwartet

Ein Sonnenstrahl kitzelte Samanthas Nase. Sie wurde wach und Mohamed lag neben ihr. Er schlief tief und fest. Alhamdulilahh[8], dachte sie und stand auf, um Kaffee zu kochen und Frühstück zu machen. Die Küche wurde vom Sonnenlicht durchflutet. Sie setzte den Kaffee auf und ging anschließend ins Bad, um Wudu[9] zu verrichten. Anschließend ging sie in das kleine Wohnzimmer und betete. Sie hatte das Morgengebet verpasst und holte es nun nach.

Nachdem Mohamed aufgestanden war, frühstückten sie gemeinsam und verbrachten den Vormittag zusammen.

„Ich finde wir sollten in die Flitterwochen fahren.", merkte Samantha an.

„Unbedingt.", Mohamed lächelte seine Frau an.

„Wie denkst du über Marokko oder vielleicht Ägypten? Dann könnte ich deine Mutter kennenlernen.", Samantha war euphorisch, bei dem Gedanken, mit Mohamed in den Urlaub zu fahren. Nur sie und er. Es wäre friedlich. Sie fühlte Frieden und Ruhe, wenn sie mit ihm allein war.

---

[8] Arabische Lautschrift: alles Lob gebührt Allah; Muslime sagen das immer, bei gutem so wie bei schlechtem was ihnen widerfährt, denn alles kommt von Allah
[9] Rituelle Gebetswaschung – die Waschung, die jeder Muslim vor dem Verrichten des Gebets verrichten muss

„Und was denkst du über Amerika? Dann können wir mal deine Oma kennenlernen.", Mohamed zwinkerte ihr zu.

„Auch nicht schlecht.", Samantha begann im Internet nach Flügen zu suchen. „Amerika ist viel teurer als Ägypten. Wann kannst du dir frei nehmen?"

„Also ich denke im Dezember wäre es gut. Da sind ja hier die Feiertage, da drum herum kann ich ein paar Tage frei nehmen. Viele Patienten gehen in der Zeit auch nach Hause. Dafür wird es meistens aber schwieriger, wenn man sich dann danach wiedersieht. In sha Allah khair[10]." Mohamed sah etwas gedankenverloren aus dem Fenster.

Samantha spürte einen kleinen Stich im Herzen.

„Woran denkst du?", wollte sie wissen.

„Ach nur an die Arbeit.", er winkte ab.

„Du hast frei heute, lass uns was unternehmen. Kino? Oder Restaurant? Oder beides? Lass uns ins Kino gehen, es läuft so ein schöner Film, den ich unbedingt sehen will. Und danach gehen wir essen. Oder davor, wie du willst." Samantha räumte den Frühstückstisch ab, danach sah sie nach Kinos.

„Im Zoopalast läuft der Film heute um 17:45 Uhr. Dann könnten wir anschließend bei diesem marokkanischen Imbiss essen.", schlug sie vor.

„Das klingt nach einem super Plan, alles was du möchtest meine Schöne.", Mohamed lächelte sie an und ging ins Bad um zu duschen.

---

[10] So Allah will wird es gut

Als er aus der Dusche kam, fragte er: „Wie geht's eigentlich deiner Mutter? Ich hab gestern gar nicht nach ihr gefragt."

Boom, da war sie wieder, die Schwere dieser Welt. Samantha erinnerte sich an das gestrige Gespräch mit Alehandra, an das, was ihrer Mutter widerfahren war, diese komischen Anrufe, die Fensterscheibe und daran, dass ihr Vater die Polizei gerufen hatte.

„Mein Vater hat jetzt die Polizei angerufen gestern. Sie haben heute einen Termin, um Anzeige zu erstatten. Gestern war auch die Spurensicherung noch da war, wegen dieser Sache mit der Fensterscheibe. James hat mir gestern Abend noch eine Nachricht geschrieben, dass sie nichts finden konnten. War ja auch klar, den Stein hatte James gleich entsorgt, und es war soweit ich weiß, niemand im Haus gewesen. Ich glaube gegen 16:00 Uhr haben sie den Termin bei der Polizei.", Samantha bekam Bauchschmerzen, während sie erzählte.

„Gut, dass sie die Polizei verständigt haben. Das hätten sie gleich machen sollen." Er trug es mit Fassung.

„Ehrlich gesagt will ich das ein bisschen vergessen, können wir bitte nicht mehr darüber reden?"

„Na klar, das versteh ich meine Liebe, bitte entschuldige!", Er küsste ihre Stirn.

Am frühen Nachmittag bekam Mohamed einen Anruf von der Arbeit. Es gab einen Notfall er musste in die Klinik. So war das, wenn man mit einem erfolgreichen Psychiater verheiratet war, dachte sich Samantha, bevor sie traurig werden konnte. Sie beschloss, die Wohnung aufzuräumen.

Sie brauchte so etwas wie eine Grundordnung. Sam wohnte jetzt fast zwei Wochen hier, es wurde Zeit, ihre Note einzubringen. Außerdem war Ordnung das halbe Leben, dachte sie sich. Mit Eifer begann sie in der Küche alle Regale auszuräumen und die Schränke abzustauben und zu waschen. Nachdem sie die Küche fertig hatte, nahm sie sich das Wohnzimmer vor. Sie fand einige von alten Bons, Flugtickets und Bonbonpapier. Sie hätte sich das alles genauer ansehen können, aber mit dem ersten Flugticket, das sie fand, welches nach Amsterdam vor vier Wochen ging, hörte sie auf, sich die Papiere genauer anzusehen. Sicher hatte Mohamed ein Leben vor ihr gehabt. Und wenn sie etwas wissen wollte, dann wäre es besser, ihn persönlich zu fragen anstatt, wilde Verdächtigungen aus irgendwelchen Papieren, die sie in seiner Wohnung gefunden hatte, zu ersinnen. Als sie gerade den Staubsauger anschalten wollte, klingelte es an der Haustür. Sam hielt inne, sie war schockiert, denn sie erwartete keinen Besuch. Sie betätigte die Gegensprechanlage.

„Ja bitte?", fragte sie vorsichtig.

„Hey, Sam, hier ist Alehandra. Kann ich hochkommen? Ich möchte mit dir reden."

Sam betätigte den Türöffner. Ihre Gefühle bestanden aus einem bunten Gemisch von Erleichterung und Wut.

Als Alehandra oben angekommen war, bat Sam sie, herein zu kommen.

„Komm setz dich! Möchtest du einen Kaffee?", fragte sie höflich.

„Ja gern, danke dir." Alehandra setzte sich auf das rote Sofa. Sie war das erste Mal hier. „Machst du gerade Großraumputz?", rief sie Sam hinterher, die gerade in die Küche ging, um Kaffee zu kochen.

„Ja ein wenig.", antwortete Sam wortkarg. Sie wollte höflich bleiben, aber sich auch nicht zu weit aus dem Fenster lehnen mit ihrer Freundlichkeit. Als sie fertig war, brachte die den Kaffee mit zwei Tassen des neuen Geschirrs, einem Milchkännchen und einer Zuckerdose auf einem Tablett in das Wohnzimmer und stellte es dort auf den Tisch. Alehandra, die gerade an ihrem Handy gespielt hatte, packte es in ihre Tasche und lächelte: „Wow wie schön, danke dir." Sie nahm sich eine Tasse. „Den hab ich jetzt gebraucht. Ich hab die Nacht sehr schlecht geschlafen. Meine Liebe…", fing sie an, „ich wollte mich entschuldigen wegen gestern. Ich war da wohl etwas voreilig. Also deinen Mann so zu verdächtigen. Das war falsch von mir, ich wollte dir da nicht zu nahetreten. Ich kenn ihn ja auch kaum und naja ich fand das halt einfach so merkwürdig, diese ganzen Zufälle. Versteh mich, du bist mir eine gute Freundin und ich möchte, dass es dir gut geht, weißt du? Mir tut das alles so leid was passiert mit deiner Familie und ich wünschte ich könnte dir helfen." Alehandra gab etwas von der Milch in ihren Kaffee.

Samantha war erleichtert, dass das Gespräch diese Richtung einschlug.

„Alles ok, ich bin dir nicht böse.", sagte sie sanftmütig.

„Oh Mann da bin ich aber erleichtert. Ich hab mir wirklich den Kopf zerbrochen gestern Nacht." Alehandra trank einen großen Schluck „Das tut gut.", sagte sie.

Die beiden verbrachten ein bisschen Zeit in der Wohnung und beschlossen anschließend, ins Restaurant zu gehen, um dort zu essen. Der Weg war nicht weit, also liefen sie das Stück. Während des Weges klingelte Samanthas Handy. Sie sah, dass es James war, der anrief. Ihr wurde flau im Magen und erst wollte sie nicht rangehen, aber dann fasste sie sich ein Herz. Schließlich gehörte sie auch noch zur Familie und musste sie unterstützen, egal wie sie ihrem Ehemann gegenüberstanden.

„Ja James?", fragte sie, als sie den Anruf entgegennahm.

„Hi Sam, wo bist du gerade?", fragte er. Seine Stimmte klang sorgenvoll.

„Ich bin grad mit Alehandra unterwegs. Wieso, ist etwas passiert?", wollte sie wissen, während ihr das Adrenalin durch den ganzen Körper schoss, denn sie hatte das Gefühl, dass es etwas Schlimmes war, weswegen er anrief.

„Ja, bitte komm ins Krankenhaus. Es ist schlimm. Papa. Er hatte einen Herzinfarkt. Er liegt im Sterben. Er wird es nicht schaffen. Bitte komm schnell. Wir sind wieder im Klinikum am Berg." James weinte während er redete.

Samantha legte sofort auf, um dann ein Taxi zu rufen. Sie stand unter Schock, sie handelte nur noch, ohne nachzudenken oder zu reden.

Alehandra versuchte sie mehrmals anzusprechen, aber Sam gab ihr keine Antwort. Es blieb ihr nichts anderes übrig, als ihrer Freundin zu folgen.

Am Klinikum angekommen rannte Samantha durch den Schlossgarten, Alehandra rannte ihr hinterher. Samantha nahm den Haupteingang und ließ sich von der Dame an der Information, den Weg zur Notaufnahme der Kardiologie beschreiben.

Der Weg dorthin war nicht weit. Während sie ihn beschritt, war sie mit Angst erfüllt. Sie dachte nur daran:

*Bitte lass ihn noch nicht tot sein. Bitte lass ihn noch nicht tot sein ya rab!*

„Sam warte, nicht so schnell!" Alehandra kam ihr kaum hinterher.

Sam konnte darauf nicht antworten. Wie apathisch konnte sie nur noch daran denken, endlich das Zimmer 210 zu finden, in dem ihr geliebter Vater im Sterben lag.

Auf der Station angekommen, sah sie ihren Bruder – niedergeschlagen wie noch nie- im Gang sitzen. Er sah auf den Boden, als er Sam sah, stand er auf, um sie zu umarmen. Er weinte in den Ärmel ihres hellblauen Cashmere Pullovers.

„Sam, das ist so ein Alptraum. Ich weiß nicht was ich machen soll. Wie sollen wir denn ohne ihn leben?" James war aufgelöst.

„In sha Allah khair James. Bleib ruhig. Jeder von uns hat seine Zeit, zu der er zu Allah zurückkehrt. Bete für ihn, dass er die höchste Stufe im Paradies erlangt. Möge Allah barmherzig mit ihm sein.", Sam versuchte ruhig zu bleiben, da ihr Bruder so aufgebracht war, war das wie ein Automatismus. Am innerlich war sie zerrissen. Es fühlte sich an als würde man ihr das Herz herausreißen mit Gewalt und absoluter Brutalität ohne Gnade. Es geschah so schnell. Es kam so plötzlich.

„Kann ich zu ihm?" Sie löste die Umarmung, hielt seine Schultern fest und sah ihm in seine blauen Augen, die feucht waren und Tränen trugen.

„Ja, Mama ist auch bei ihm. Die Ärzte sagen, er wird die kommende Nacht nicht überleben, wir sollten uns alle verabschieden.", James wischte sich mit der rechten Hand die Tränen aus dem Gesicht und sah demütig zu Boden.

„Okay, ich werd jetzt rein gehen.", Samantha ließ von ihm ab und öffnete die Tür zum Zimmer 210. Sie war fast steif vor Angst, ihr Körper war rundum angespannt und sie spürte eine Kälte in sich aufsteigen. Sie sah ihren Vater im Krankenhausbett liegen. An Geräten angeschlossen, so wie man es aus Filmen kannte. Ihre Mutter saß daneben. Ihre Augen waren rot. Sie musste viel geweint haben in den letzten Stunden. Als sie Sam sah, stand auch sie auf.

Sie umarmte ihre Tochter stürmisch.

„Sam, ein Glück, dass du da bist. Er ist einfach so zusammengebrochen. Wir wollten uns gerade auf den Weg zur Polizei machen. Ich hab sofort den Notarzt gerufen. Ich kann nicht glauben, dass er sterben soll. Wie kann ich leben ohne ihn." Ihre Worte waren verzweifelt und wurden immer wieder durch aufsteigende Weinkrämpfe unterbrochen.

„Alles wird gut Mama. Du bist nicht allein. Wir passen auf dich auf. Papa wird es gut gehen in sha Allah, mach dir keine Sorgen." Sam drückte sie fest. Sie standen eine ganze Weile so. Sam fühlte die Zeit nicht.

„Ich werde euch ein bisschen allein lassen, aber nicht zu lange, ich möchte bei ihm sein, wenn es soweit ist."

Susan verließ den Raum. Dabei wankte sie leicht.

Sam setzte sich an das Bett, in dem ihr Vater lag. Schläuche verliefen durch seine Nase und er atmete schwer. Seine Augen waren wach und er war bei Bewusstsein. Er war noch nicht so alt. Er sah nicht alt aus. Es war unfair, dass er schon gehen musste. Sam beugte sich über ihn, umarmte ihn und fing an zu weinen. Still und beherrscht.

„Sam mein Liebes, sag Alhamdulilahh. Alles ist okay, wirklich, ich bin bereit. Ich habe eine Lebensversicherung für deine Mutter und euch. Ihr müsst euch um nichts Sorgen machen. Aber Sam versprich mir, dass du deine Gebete einhälst und versuche weiterhin, dass deine Mutter und dein Bruder den Islam annehmen. Ach Sam und um eines muss ich dich noch bitten." Seine Stimme klang beruhigend. Sam fühlte sich sicher und sie spürte Wärme.

„Sam, bitte sorge dafür, dass deine Mutter zur Polizei geht. Ich mach mir große Sorgen um die Ereignisse der letzten Tage. Irgendetwas stimmt da nicht." Sam lächelte leicht, nickte und dabei liefen ihr stumme Tränen über die Wangen.

„Möge Allah mit dir barmherzig sein." Sie strich ihm über die Wange. „Ich liebe dich Papa. Ich bin dir für alles dankbar, was du für mich gemacht hast. Ich bin immer ein glückliches Kind gewesen, ich hatte nie Grund zur Sorge.", Sam wollte, dass er sich so gut wie möglich fühlte. Sie versuchte die weiteren Tränen zu unterdrücken.

Er schloss die Augen, seine Stimme war schwach. „La illaha ilallah[11].", wiederholte er immer wieder im Flüsterton. Sam sprang auf, um ihre Mutter und ihren Bruder zu holen.

Alehandra wartete draußen auf dem Gang, als Mohamed die Station betrat. Sie stand auf und lief ihm ein Stück entgegen. Erst lächelte sie ihn an und sah dann bescheiden zu Boden. Ein Arzt und zwei Schwestern rannten an ihnen vorbei, Mohamed versuchte etwas zu erfragen, aber sie hatten es sehr eilig und antworteten ihm nicht.

„Hallo Alehandra.", sagte er zur Begrüßung. Die beiden kannten sich von der Uni. Mohamed hatte sein letztes Semester, als Alehandra und Sam angefangen hatten, zu studieren.

„Hallo Mohamed.", antwortete sie.

„Weißt du etwas?", wollte er wissen.

„James meinte, dass Claudius im Sterben liegt. Gerade hat Sam die beiden reingeholt und der Arzt ist ja jetzt auch drin. Ich weiß es nicht." Alehandra fühlte sich unbehaglich und spielte nervös an ihren Haaren herum.

„Ich denke, es ist besser ich warte einfach hier.", sagte Mohamed und setzte sich auf den Stuhl neben gegenüber des Zimmers 210.

Es verging nicht viel Zeit dann kamen alle aus dem Zimmer. Es herrschte ein betretenes Schweigen, eine Schwere.

---

[11] Arabische Lautschrift: Es gibt keinen Gott außer Allah

„Mein Beileid!", sagte der Arzt zu Mohamed und reichte ihm die Hand.

Sam umarmte Mohamed. Sie war so froh, dass er da war. Ihre ganze Anspannung löste sich und mit ihr ein Meer aus Tränen. Es schien, als könnte sie nie wieder aufhören zu weinen. Es hatte sie überrumpelt, dieser plötzliche Tod ihres Vaters. Wie sollte ihre Mutter zurechtkommen? Und was sollte mit James geschehen. Er war doch noch grün hinter den Ohren. Ihr Vater war ihr Herz, ihr Halt, ihr fester Bestand in diesem Leben, in dieser Dunya[12]. Er hielt die Familie zusammen, er gab so viel Halt und er gab Sicherheit.

„Es ging alles so schnell. Ich kann das gar nicht begreifen Mohamed. Ich versteh das nicht. Warum er? Er war doch nicht krank oder so." Mohamed drückte sie fest. Sie schluchzte laut.

„Entschuldigen Sie,", sagte der behandelnde Arzt. „Ich weiß, es ist schwer für Sie, aber ich muss doch nochmal mit Ihnen und ihrer Mutter sprechen. Wenn möglich innerhalb im Kreis der Familie."

„Das ist okay, er ist mein Mann.", Sam wischte sich mit einer langsamen Bewegung die Tränen aus dem Gesicht.

„Okay, mir wäre es trotzdem lieber, wenn wir in mein Behandlungszimmer gehen, ich möchte etwas Wichtiges mit ihnen besprechen. Bitte folgen sie mir!" Der Arzt ging vor, den Gang der Station entlang und begab sich dann in ein Zimmer, rechts vom Gang. Doktor Ganghofer, Kardiologe.

---

[12] Das diesseitige Leben, Muslime unterscheiden zwischen Dunya – Diesseits und Akhira - Jenseits

Alehandra wartete derweil vor dem Behandlungszimmer von Doktor Ganghofer.

„Bitte setzen Sie sich!", sagte er und setzte sich ebenfalls hinter seinen Schreibtisch.

Nur Susan und Sam fanden Platz auf den zwei Stühlen, die vor dem Schreibtisch standen. James und Mohamed stellten sich hinter die beiden Frauen.

„Ich weiß, dass das alles sehr viel für sie ist und ich entschuldige mich dafür, dass ich sie jetzt so überfalle aber ich muss ihnen etwas wichtiges mitteilen."

Es herrschte Stille im Raum. Die vier Personen, die vor Doktor Ganghofer saßen sagten nichts, sondern nickten nur und hörten zu. Es schien als seien sie zu schwach.

„Wir können den Körper von Herrn Regenhardt noch nicht zur Waschung und für die Beerdigung freigeben. Er war ja Muslim. Es wird eine Obduktion geben. Wir haben allen Grund zur Annahme, dass es eine Fremdeinwirkung gab und dass ihr Ehemann beziehungsweise ihr Vater nicht eines natürlichen Todes gestorben ist." Erklärte Dr. Ganghofer.

„Das ist alles zu viel für mich." Susan stand auf und verließ den Raum, ohne ein weiteres Wort zu verlieren. James folgte ihr.

„Ich verstehe die Reaktion ihrer Mutter. Ich möchte Sie dennoch bitten, der Polizei einige Fragen zu beantworten! Sie sind schon hier, ich würde sie gleich hereinbitten.", sagte Dr. Ganghofer mit beruhigender Stimme.

„Hat das nicht Zeit bis morgen?", wollte Mohamed wissen. Er war aufgebracht.

„Leider nicht. Es wird nicht lange dauern, ich bitte sie das heute noch zu machen. Sie können ihre Frau gern dabei unterstützen, sie muss das nicht allein machen. Sie können mit ihr im Raum bleiben und sie bei der Befragung unterstützen.

James und Susan saßen auf dem Gang vor dem Behandlungszimmer. Alehandra stand neben ihnen. Sie beobachteten wie zwei Polizeibeamte ins Zimmer gingen.

„Was macht denn die Polizei hier?", wollte Alehandra wissen.

„Sie vermuten Fremdeinwirkung. Sie glauben nicht, dass es ein natürlicher Tod war." James sah Alehandra verzweifelt an. Susan brach wieder in Tränen aus. Sie stützte ihren Kopf auf ihre beiden Hände, deren Ellenbogen auf ihren Knien Platz fanden. Sie fühlte sich verloren.

„Mama!", James umarmte sie.

„Wie wäre es, wenn wir sie zu Dr. Ruben bringen. Vielleicht kann er sie irgendwie unterstützen. Er ist ja immerhin ihr behandelnder Psychiater.", schlug Alehandra vor.

Obwohl James Dr. Ruben nicht mochte sagte er: „Das ist eine gute Idee." Jetzt war er froh, über jede Hilfe. „Wir machen das jetzt sofort. Komm Mama!" James half ihr hoch und sie brachten sie gemeinsam zum Fahrstuhl.

In der Psychiatrie verschrieb Dr. Ruben ihr ein Beruhigungsmittel, welches schnell wirken sollte und bat James, seine Mutter so schnell wie möglich nach Hause zu bringen, damit sie zu trauern anfangen könnte. Er hatte keine

Zeit, mehr für sie zu tun und gab ihnen für den nächsten Tag einen Termin.

Samantha und Mohammed waren noch immer im Behandlungszimmer von Dr. Ganghofer und ließen sich von der Polizei befragen. Samantha erzählte alles über die Ereignisse der letzten Tage. Die kaputte Fensterscheibe, die Anrufe, und dass ihr Vater heute sowieso Anzeige erstatten wollte.

„Wo waren sie, als ihr Vater den Zusammenbruch hatte?", fragte einer der Beamten. Stand sie unter Verdacht? Vermutlich stand jeder erstmal unter Verdacht. Wenn es überhaupt etwas zu verdächtigen gab.

„Sagen sie, denken sie, dass mein Vater ermordet wurde?", fragte sie mit unsicherer Stimme. Jetzt wo sie es aussprach klang es wie ein Film, ein Märchen, ein schlechter Traum.

„Bitte beantworten sie meine Frage!", sagte der Polizist, ohne auf ihre einzugehen.

„Ich...ich war mit meiner Freundin Alehandra unterwegs. Wir wollten gerade zum Restaurant etwas essen gehen, da kam der Anruf meines Bruders." Sam verunsicherte die strenge Reaktion des Beamten. Sie sah zu Mohamed, aber dieser sah gedankenverloren aus dem Fenster.

„Ich möchte ihnen nichts Falsches sagen, Frau Logan und um sicher zu gehen müssen wir auch den Bericht der Gerichtsmedizin abwarten, aber zunächst lässt die Todesursache darauf schließen, dass ihr Vater vergiftet wurde. Wissen sie, ob er irgendwelche Feinde hatte? Bei der Arbeit oder im Privatleben?" fuhr der Polizist fort. Sam sah wieder zu Mohamed. Er erwiderte ihren Blick und nickte ihr liebevoll zu. Was sollte er jetzt auch dazu sagen. Er hatte ja ihren Vater fast gar nicht gekannt.

„Nein, ich glaube nicht. Er war Arzt, er hat den Menschen eigentlich geholfen. Es gab wie gesagt in den letzten Tagen nur diese komischen Vorkommnisse mit meiner Mutter. Mein Vater war beliebt. Er war ein toller Mensch. Ich glaube nicht, dass er Probleme hatte.", während sie das sagte, fing sie wieder an zu weinen. Mohamed ging zu ihr, damit sie seine Nähe spüren konnte.

„Okay, ich danke ihnen erstmal. Ich denke es ist besser, wenn wir morgen weiter machen. Ich bitte sie, falls ihnen noch etwas einfällt, von dem sie denken, dass es wichtig wäre, mich zu kontaktieren. Unter dieser Telefonnummer." Der Polizeibeamte drückte Samantha eine Visitenkarte in die Hand. Heiner Block, Mordkommission. Es war also Ernst. Ihr Vater wurde vorsätzlich getötet.

„Ach und Frau Regenhardt, sicherlich werden wir auch ihren Bruder und ihre Mutter befragen. Sie sind doch hier im Krankenhaus oder?"

Sam sah den Polizeibeamten an: „Ja, sie sitzen vor dem Zimmer glaub ich." Sie und Mohamed verließen den Raum. Es fühlte sich an, als würde sie mit voller Schwerkraft von einem Flug auf dem Boden landen. James und ihre Mutter waren nicht mehr da. Auch Alehandra war verschwunden. Der Polizeibeamte, der ihnen gefolgt war, sah sich fragend um.

„Ich ruf meinen Bruder an.", sagte Samantha und holte ihr Telefon aus der Tasche.

Nachdem sie erfahren hatten, dass James und ihre Mutter schon nach Hause gefahren waren, beschlossen Mohamed und Sam auch in Sams Elternhaus zu fahren, der Polizeibeamte, der ja auch nur seinen Job tat, aber ziemlich hartnäckig dabei war, folgte ihnen, um dann seine Befragungen fortzusetzen.

Zu Hause angekommen fühlte sich alles kalt an. Das ganze Haus wirkte dunkel und leer. Sam ging in die Küche, in der ihre Mutter und ihr Bruder saßen. Alehandra hatte ihnen die Tür geöffnet.

„Mama.", Sam umarmte ihre Mutter innig. „Ich mach uns Tee." Sie setzte Wasser auf. Mohamed stand etwas verloren in der Küche herum. Die Situation war nicht einfach. Es war kein Platz für die Unstimmigkeiten zwischen ihrer Mutter und ihrem Mann. Aber Raum für Vergebung schien es auch nicht zu geben. Sam fühlte sich verloren.

„Der Polizeibeamte wird gleich hier sein. Er hatte uns schon befragt, aber ihr wart vorhin schon weg.", Sam befüllte die Teekanne mit grünem Tee und Wasser. Dann stellte sie sie auf den Herd.

„Sam, kann ich dich kurz sprechen?", Mohamed winkte sie zu sich.

Sie gingen in den Flur.

„Meine Liebe, ich weiß es ist ein harter Tag, aber ich fühle mich fehl am Platz. Ich glaube es wäre besser, wenn ich gehe." Während er mit ihr redete streichelte er ihr über die Schulter. Sams Herz verstand ihn total. Sie selbst spürte die Anspannung im Raum und so sehr sie sich auch wünschte, dass es anders wäre, sie konnte es nicht leugnen. Manchmal mischte sich aber ihr Kopf ein, der sagte *Wieso kann er das nicht einfach mal aushalten?*

„Bist du sicher?", fragte sie.

„Ich geh zur Arbeit und wir sehen uns heute Abend okay? Du schaffst das. Du kannst deiner Familie besser beistehen, wenn ich nicht dabei bin. Ich bin hier nicht erwünscht. Und das ist auch blöd für deine Mutter, es ist schließlich ihr Haus. Du kannst nicht von ihr erwarten, hier Gäste reinzulassen, die sie eigentlich nicht hier haben will und schon gar nicht in ihrer jetzigen Situation. Verstehst du mich?" Sam sah zu Boden und nickte. Er hatte Recht. Er hatte sehr recht. Sie konnte dem nichts entgegnen also tat sie das auch nicht.

„Bitte, wenn du hier fertig bist, dann ruf mich an und ich hol dich ab.", sagte er liebevoll.

„Ok.", sagte sie leise und gab ihm einen Kuss.

In dem Moment klingelte es an der Tür.

Heiner Block, der Polizist aus dem Krankenhaus. Er hatte seinen Kollegen dabei. Die beiden betraten mit Samanthas stummer Zustimmung das Haus, während Hamoudi es verließ. Sam brachte die beiden in die Küche, in der die Anspannung der Stimmung durch das Erscheinen der Polizeibeamten bestehen blieb.

Sie baten zunächst Susan ins Wohnzimmer. Heiner Block befragte sie, während der andere Polizist darum bat, sich umsehen zu dürfen.

Es war wie in einem Tatortkrimi, dachte sich Sam. Alles ging so schnell, eben war doch ihr Vater gestorben und jetzt wurde wegen Mordes ermittelt. Sie wusste nicht wie ihr geschah. Die Ereignisse überschlugen sich, und sie selbst fühlte sich nicht schnell genug, um ihnen folgen zu können. Ihre Mutter und Heiner Block gingen ins Wohnzimmer, James und Alehandra waren noch immer in der Küche, in der der grüne Tee heftig am Köcheln war. Samantha nahm ihn von der Herdplatte und goss das Wasser ab, um ihn zu waschen, dann füllte sie neues Wasser auf und stellte den Tee erneut auf die Herdplatte. Es war ein Automatismus. Sie musste einfach etwas tun, sich bewegen, sich nützlich machen.

„Möchten Sie auch einen Tee?", fragte sie den zweiten Polizeibeamten, der gerade dabei war, sich in der Küche umzusehen.

„Danke das ist nett, gern.", sagte er während er die Küchenschränke öffnete. Er trug weiße Gummihandschuhe.

„Sagen Sie, hat ihr Vater hier etwas getrunken oder gegessen, bevor er zusammengebrochen ist? Haben Sie hier in dem Raum irgendetwas verändert seit dem Vorfall?", fragte er, während er sich weiterhin konzentriert umsah.

„Ich weiß es nicht, ich glaube er hatte einen Kaffee, aber ich bin durcheinander, ich erinnere mich kaum.", antwortete James. Er war also dabei gewesen als es passierte.

„Er war aber auch morgens in seiner Praxis gewesen.", fiel ihm ein.

„Das ist ein wichtiger Hinweis, ich danke Ihnen.", sagte der Polizist und verließ den Raum, um mit seinem Kollegen zu sprechen.

Unterdessen sprach Heiner Block mit Samanthas Mutter. Sie erzählte ihm alles über die Ereignisse der letzten Tage und informierte sie darüber, dass sie heute eigentlich Anzeige erstatten wollten. Heiner Block machte sich Notizen und hörte aufmerksam zu.

„Wer war heute alles dabei, als ihr Mann zusammenbrach? Also wer hat sich in ihrem Haus aufgehalten?", fragte er, nachdem sie fertig war.

„Ich, mein Sohn und seine Freundin Alehandra, ach nein, sie war nicht dabei sie war nur heute Morgen kurz da ist dann aber schnell wieder gegangen.", antwortete sie.

„Ok, das ist wichtig, weil wir sie alle befragen müssen.", sagte er während er sich weiterhin Notizen machte. Sein Kollege betrat das Wohnzimmer und flüsterte ihm etwas ins Ohr.

„Sagen Sie,", fragte er weiter. „Ihr Mann war heute auch in seiner Praxis?"

„Ja, er war vielleicht zwei Stunden weg. Dann kam er wieder. Er musste irgendwelchen Papierkram erledigen." Susan war froh, dass sie reden konnte. Sie war froh, dass Menschen da waren, die sich kümmerten, Menschen die da waren, um zu helfen. Die Polizei gab ihr ein sicheres Gefühl. Sie hatte das Gefühl, betreut zu werden. Sie wusste aber ganz genau, dass sie in ein großes Loch fallen würde, wenn die Beamten das Haus verließen.

„Bitte geben Sie mir die Adresse, wir müssen das prüfen. Jetzt müssen wir wissen, was ihr Mann alles getrunken oder gegessen hat, und am besten wäre es, wenn sie das Geschirr noch nicht abgewaschen hätten." Der Polizist zückte sein Handy.

Susan schüttelte den Kopf. „Nein, tut mir leid. Er hatte einen Kaffee oder zwei und Frühstück. Ich wasche alles immer gleich ab. Normalerweise lasse ich nie etwas stehen. Aber warten sie, es könnte sein, dass eine Kaffeetasse noch in seinem Arbeitszimmer steht.", antwortete sie, dann stand sie auf und suchte nach einer Visitenkarte ihres Mannes, die sie auf dem Fernsehschrank fand. Sie überreichte sie Herrn Block. Er informierte die Spurensicherung und schickte sie zu der Adresse der Arztpraxis.

In der Küche fügte Samantha frische Minze dem Tee zu und ließ ihn ziehen, bevor sie für jeden ein Glas fertig machte. Es waren türkische Teegläser mit blauer Verzierung, die ihr ihre Tante einmal geschickt hatte, nachdem sie in Antalya Urlaub gemacht hatte. Sam bedauerte es sehr, ihre Verwandten aus Amerika nicht zu kennen. Gerade jetzt in solchen Zeiten wäre es wichtig, jemanden an seiner Seite zu haben.

„Wo ist Mohamed hin?", fragte James.

„Er ist zur Arbeit zurück. Er bedauert es sehr, aber sie können heute nicht auf ihn verzichten.", log Samantha, wie sie es fast immer tat, was ihn betraf, um unangenehme Gespräche zu vermeiden.

„Sollen wir nicht Oma anrufen?", fragte sie schnell, um abzulenken, aber auch weil es ihr durch den Kopf schoss.

„Ja, du hast recht." James holte das Festnetztelefon.

„James Regenhardt?", Heiner Block betrat die Küche. Es war wie bei einer Prüfung, dachte Sam. Alle warteten in einem Raum, bevor sie nacheinander aufgerufen wurden. Sam war froh, dass sie ihre Prüfung bereits abgelegt hatte. James näherte sich ihm von hinten aus dem Flur, drückte Samantha das Telefon in die Hand und ging dann mit dem Polizisten ins Wohnzimmer, um seine Prüfung abzulegen.

„Warten Sie!", rief Samantha. „Nehmen Sie einen Tee." Sie drückte den beiden jeweils ein Teeglas in die Hand.

Sie bedankten sich nickend.

Susan kam in die Küche.

„Mama nimm einen Tee, der wird dir guttun.", Sam stellte drei weitere Teegläser auf den Tisch, an dem sie nun zu dritt saßen.

„Alles ok Mama? Möchtest du dich vielleicht ein bisschen ausruhen? Vielleicht ist es besser, wenn du dich schlafen legst. Ich kann dir eine Beruhigungstablette geben, damit zu dich ausruhen kannst." Sam machte sich große Sorgen. Wie sollte das jetzt alles weitergehen? Ihre Mutter war doch sowieso schon so labil, wie sollte die das überstehen und was war mit diesen Geschichten, die alle noch passiert waren.

„Ich glaub es ist besser, wenn ich jetzt auch gehe. Dann können sie Ruhe finden.", sagte Alehandra.

„Die find ich so schnell sicher nicht." Susan nahm einen Schluck von dem Tee, sah auf den Tisch und schüttelte den Kopf. Sie umklammerte mit beiden Händen das warme Teeglas.

„Mama, es tut mir alles so leid." Sam umarmte ihre Mutter.

„Die Polizisten machen eine gute Arbeit, ich bin froh, dass sie da sind, sie kümmern sich um alles.", sagte Susan und lächelte leicht.

„Alehandra, sie wollen dich auch noch befragen, es wäre besser, wenn du noch wartest.", ergänzte sie.

„Ach so?", Alehandra wirkte überrascht. „Aber wieso das denn? Ich habe doch nichts mit der ganzen Sache zu tun.", blockte sie ab.

„Naja, weil du ja heute früh auch da warst.", antwortete Susan.

„Ach so?", Samantha wunderte sich. „Warum warst du denn hier?", fragte sie ihre Freundin.

„Sehen sie mal, was ich gefunden habe.", der zweite Polizist betrat die Küche und hielt eine Kaffeetasse in einer Plastiktüte hoch. „Das war noch im Arbeitszimmer ihres Mannes, wie sie gesagt hatten. Sehr gute Arbeit Frau Logan.", er nickte Susan zuversichtlich zu.

„Nehmen sie einen Tee.", jetzt wurde Sam ihr letztes Teeglas los.

„Ich danke Ihnen.", sagte er und setzte sich. „Wenn sie psychologische Betreuung brauchen, sagen sie Beschied, wir haben einen Psychologen in unserem Abschnitt, der kann sie unterstützen jetzt in den ersten Stunden der Trauer.

„Nein, danke, ich bin bereits in Behandlung. Ich habe morgen gleich einen Termin im Klinikum.", Susan wirkte gefasst.

„Wir werden die Befragungen durchführen und dann lassen wir sie erstmal in Ruhe für heute. Es ist viel passiert, sie müssen das auch alles verarbeiten. Ich bitte sie aber, wenn ihnen noch etwas einfällt oder wenn wieder etwas passiert, dass sie uns umgehend kontaktieren. Ich werde mit meinem Kollegen sprechen, dass wir vielleicht wenigstens für heute Nacht einen Polizisten vor ihr Haustür stellen, zur Sicherheit. Ich sehe einen Zusammenhang zwischen dem Mord und der Tatsache, dass sie heute Anzeige erstatten wollten." Der Tee schien dem Beamten die Zunge zu lockern. Samantha fragte sich, ob das üblich war, solche Verdächtigungen, ohne Halt einfach so auszusprechen und dann auch noch dem potentiellen Opfer, welches vermutlich eh schon unter Schock stand, so schonungslos zu präsentieren.

Am Abend saß sie mit James im Wohnzimmer. Die Polizisten waren weg und ein Sicherheitsbeamter stand vor Tür. Alehandra war auch schon weg. Ihre Mutter lag neben ihnen auf der Couch. Ins Schlafzimmer wollte sie nicht. Sam verstand das.

„Mohamed würde gern die Waschung machen, wenn der Körper frei gegeben wird. Wir kümmern uns um die Beerdigung, du weißt Papa war Muslim. Es wird eine muslimische Bestattung geben in sha Allah.", sagte Sam.

„Ja das ist klar, er wollte es so. Ich hoffe, dass das für Mama okay ist." James sah müde aus.

„Was hat Alehandra heute früh hier gemacht?", fragte Sam.

„Sie wollte mir nur etwas bringen, was ich bei ihr vergessen hatte, als ich ihr Auto repariert hatte.", antwortete er mit einem leichten Lächeln. Sam wusste, was das zu bedeuten hatte.

„Du bist in sie verliebt, oder?", sprach sie ihren Verdacht aus, damit dieses Kindergartengehabe ein Ende haben konnte. Sie war nicht eifersüchtig, es war eher der kindische Umgang mit seinen Gefühlen, der sie aufregte. James hatte, soweit Sam wusste, noch nie eine Freundin gehabt.

„Ja ich glaube schon. Ich mag sie, ich liebe ihre Haare, sie riecht so gut ich fühle mich gut, wenn sie da ist.", er schwärmte wie ein Teenager. Es war irgendwie süß, dachte Sam. So hatte sie ihren Bruder noch nie reden gehört.

„Wie kommt das?", fragte sie.

„Frag mich was Leichteres. Ich muss eine rauchen." James ging vor die Tür. Es war schon dunkel aber noch nicht kalt. Für September war die Nacht angenehm lau. Samantha folgte ihm.

„Mohamed wird mich gleich abholen. Schafft ihr die Nacht alleine?", fragte sie, während sie sich eine Jeansjacke überzog.

„Ich hoffe das. Ich hab für Mama noch die Tabletten von Dr. Ruben und sie hat ja auch morgen gleich den Termin. Ich werde sie hinfahren." James zündete sich die Zigarette an und nahm einen tiefen Zug.

„Macht er keine Hausbesuche? Ich fände es besser, wenn sie zu Hause bleibt. Sie braucht Ruhe für die Trauer. Das müsste dieser Dr. Ruben doch eigentlich wissen." Sie wollte nicht aufmüpfig klingen, aber das tat sie. Der Tag hatte sie geschafft. Sie war kaputt und wollte nur noch nach Hause.

„Wegen Alehandra…", fügte sie noch hinzu. „Warte, bis der ganze Spuk vorüber ist und sich alles aufgeklärt hat und dann hältst du um ihre Hand an in sha Allah." Riet sie ihrem Bruder.

„Dein Ernst? Ich soll sie gleich heiraten?" James lächelte. Irgendwie gefiel ihm der Gedanke, auch wenn es in Deutschland ganz und gar nicht üblich war, jemanden schnell zu heiraten. Nicht mehr. Sam und Mohamed hatten das so gemacht, weil sie Muslime waren, das wusste James, denn sie durften vorher nicht zusammen sein.

„Ich kann dir nur raten was das Beste ist, mein Lieber. Wenn du sie nicht heiraten willst, was willst du dann mit ihr?", entgegnete sie ihm.

Es begann zu regnen.

*Wenn es regnet, sind die Tore zum Paradies geöffnet*, hatte ihr Vater immer gesagt.

„In sha Allah", flüsterte Sam vor sich hin.

Mohameds schwarzer Mercedes fuhr vor. Sam hatte keine Kraft für eine Begegnung zwischen ihrem Bruder und ihrem Mann und so verabschiedete sie sich schnell von James mit einer Umarmung und lief zu dem Auto ihres Mannes. Ihr zu Hause, alhamdulilahh, dachte sie.

### Die Trauer

Schon am nächsten Abend gab die Polizei den Körper zur Bestattung frei. Mohamed machte sich gleich zur Waschung des Körpers auf den Weg. Sam war nicht von ihrer Geburt an

Muslima und auch ihr Vater war es nicht von Geburt an gewesen, deswegen kannte sie sich mit der muslimischen Bestattung nicht aus, Mohamed aber schon, weswegen er sich um fast alles kümmerte. Er fuhr sofort los in Krankenhaus, um die rituelle Waschung an seinem Schwiegervater zu vorzunehmen und ihn anschließend für die Bestattung fertig zu machen.

Sam begleitete ihn. Im Islam war es üblich, den Körper so schnell wie möglich zu beerdigen, weswegen die Beerdigung gleich am nächsten Morgen, anderthalb Tage nach seinem Tod, stattfinden sollte.

Sam war erleichtert, dass der Körper ihres Vaters nun endlich beerdigt werden durfte.

Sie hatten seinen Körper gewaschen, eingesalbt und in Tücher gehüllt. Er war nun bereit für die Bestattung.

Sie brachten ihn in die Al Nur Moschee, welche in der Nähe eines muslimischen Friedhofes lag. Hier sollte sein Körper bis zum nächsten Morgen verbleiben.

Mohamed und Sam blieben für ein Gebet in der Moschee, dann fuhren sie nach Hause um etwas Schlaf zu finden.


Am nächsten Morgen, nach dem Sonnenaufgang, fuhren sie in die Moschee zurück. Es war ein kühler Morgen. Sam trug ein langes schwarzes Kleid und zog einen Mantel darüber. Auf dem Gras neben dem Parkplatz lag Tau. Die Luft war kühl.

Sie waren die ersten in der Moschee. Mohamed ging zu dem Imam, um mit ihm den Ablauf kurz zu besprechen. Sie redeten auf Arabisch. Sam verstand kein Wort, aber sie vertraute Mohamed.

Nach einer kurzen Weile kamen James und Susan. Susan trug ein schwarzes Kleid, mit einem großen Hut, von dem ein kleiner, schwarzer Schleier herunterhing. Außerdem hatte sie eine Sonnenbrille auf. James trug einen schwarzen Anzug mit einer passenden Krawatte und einem weißen Hemd. Sie waren das erste Mal in einer Moschee und Sam merkte ihnen an, dass sie sich nicht richtig wohl fühlten.

„Mein herzliches Beileid.", sagte der Imam als sie den Raum betraten.

Sam ging auf sie zu und brachte sie zu ihrem Vater.

„Kommt, ihr macht das super ich bin sehr glücklich, dass ihr da seid."

Es kamen viele andere Menschen. Mehrere von Claudius Patienten, Kollegen und Freunden. Er hatte keine Eltern oder Geschwister, sie waren alle schon tot, aber es waren trotz allem sicherlich fünfzig Menschen, die kamen.

Sie standen um Claudius Leichnam herum und der Imam verrichtete das Totengebet auf arabisch, in dem er den Koran rezitierte.

Anschließend wurde sein Körper auf eine Bare gelegt und zu dem nahegelegenen Friedhof gebracht. Dort wurde er ohne Sarg beerdigt.

*Fortnehmen wird euch der Engel des Todes, der mit euch betraut ist. Alsdann werdet ihr zu eurem Herrn zurückgebracht.* (Koran, Sure 32 Vers 11)

Susan weinte ununterbrochen. Sam hielt ihr beiden Hände zum Bittgebet in die Luft.

*Bitte Allah, sei mit ihm barmherzig und vergib ihm seine Sünden. Gib ihm die höchste Stufe im Paradies.*

Nachdem die Beerdigung vorbei war, luden Susan und James einige der Menschen, die gekommen waren, zu sich nach Hause ein.

Es gab Kaffee und Tee. Viele brachten etwas zu essen mit und sprachen Samanthas Mutter und ihren Kindern ihr Beileid aus. Es gab Kuchen und Kekse. Jemand hatte Köfte und Brot gebracht, ein anderer eine Linsensuppe, und wieder ein anderer aufgeschnittenes Obst.

Am Nachmittag kam auch Alehandra. Sie hatte es nicht früher geschafft. James ging gleich zu ihr und wich ihr den Rest des Tages nicht von der Seite. Auch die beiden ermittelnden Beamten waren gekommen, um nochmal ihr Beileid auszusprechen, aber auch, um die Gäste, die gekommen waren, näher unter die Lupe zu nehmen. Es gab immer noch einen Mord aufzuklären.

Samantha versuchte ihnen aus dem Weg zu gehen. Sie wollte heute nicht darüber nachdenken. Sie, James und ihre Mutter waren sich darüber einig gewesen, mit niemandem sonst über die Umstände von Claudius' Tod zu sprechen.

Am Abend als die letzten Gäste gegangen waren, sah Sam, dass James mit ihrer Mutter und Alehandra sich in den hinteren Teil des Gartens auf die Hollywood Schaukel verkrochen hatten. Eine Flasche Wein stand auf dem Tisch. Sam verabscheute Alkohol. Nicht nur, weil es ihr als Muslima sowieso verboten war, sondern auch weil sie viel negative Erfahrungen mit dem Übel des Alkohols gemacht hatte. Abgesehen davon hatte sie viel Wissen aus ihrem Psychologiestudium über die Risiken bezüglich Suchterkrankungen. In Deutschland galt jeder zehnte als alkoholabhängig. Sam machte sich schon zu viel Sorgen um ihre Mutter, sie glaubte nicht, dass eine Flasche Wein jetzt das Richtige für sie war. Sie ging zu ihnen mit entschlossenem Schritt.

„Wer hat den Wein mitgebracht?", fragte sie aufgebracht.

„Das war ich. Sam bleib mal locker, deine Familie macht viel durch gerade. Ich wollte nur, dass sie sich mal ein wenig entspannen können.", antwortete ihr Alehandra. Wie konnte sie so reden? Sie wirkte verändert, so aufdringlich. Wahrscheinlich hatte sie auch schon zu viel Wein getrunken.

„Ich denke nicht, dass Wein dafür der richtige Weg ist.", sagte sie und wollte die Flasche abräumen, als ihre Mutter ihre Hand festhielt.

„Lass sie stehen. Ich bin alt genug, selbst zu entscheiden. Ich möchte gern einen Wein trinken.", maßregelte sie ihre Tochter. James zündete sich eine Zigarette an. Mohamed kam von hinten. Er hatte das restliche Geschirr in den Geschirrspüler eingeräumt.

„Habibi, wollen wir los?", fragte er.

„Ja, es ist besser, wenn ihr jetzt geht. Warum bist du überhaupt hier?", jetzt schien Susan die Kontrolle zu verlieren. „Seitdem du in Sams Leben bist geht alles den Bach runter. Ich trau dir nicht. Das ist alles deine Schuld. Du hast mich in der Nacht angerufen, ich bin sicher, Alehandra hat mir alles erzählt, die Polizei ermittelt sehr gut und wenn du etwas damit zu tun hast, dann werden sie dich schon kriegen.", während sie redete verlor sie die Kontrolle über ihre Gestik. Sie lallte und spuckte ein wenig beim Sprechen.

„Mama beruhige dich.", sagte James schnell und versuchte ihr Reden zu unterbinden.

„Habibi wir müssen gehen.", sagte Mohamed, ohne auf Susan einzugehen. Er nahm die Hand seiner Frau und sie verließen das Grundstück.

Samantha brach in Tränen aus als sie im Auto saßen. Es tat ihr leid, was passiert war und es tat ihr weh, was ihre Mutter gesagt hatte. Ihr war kalt und warm zugleich. Alles war schlecht. Sie fühlte sich sehr traurig.

Aber sie war froh, dass sie mit Mohamed nach Hause fuhr. Sie war glücklich, weil er ihre Werte teilte. Und wenn das der Grund war, warum seine Mutter ihn nicht mochte, dann war es gerechtfertigt, dass es eine Mauer zwischen ihr und ihrer Mutter baute.

Je weiter sich der schwarze Mercedes von ihrem Elternhaus entfernte, desto wärmer wurde ihr. Sie spürte die Grenze. Sie war nicht ihre Mutter. Sie war nicht ihr Bruder. Sie war das alles nicht.

„Ich liebe dich.", sagte sie zu Mohamed.

„Ich liebe dich auch.", antwortete er.

Zu Hause schlief sie erschöpft in den Armen ihres Mannes ein.

## Die Zukunft

Susan wurde von einem Klingeln an der Tür geweckt. Sie fühlte sich unwohl, ihr Kopf tat weh und ihr Mund war trocken. Sie musste zu viel Wein getrunken haben.

„James!!!", rief sie, während sie sich mühsam aus dem Sofa pellte.

„James, kannst du zur Tür gehen bitte?", sie sah auf die Uhr. Es war 11:17 Uhr. Sie hatte lange geschlafen. Es klingelte wieder. Wer war das bloß, fragte sie sich. Das Wohnzimmer war aufgeräumt. Wie geleckt, kein Krümelchen zu sehen. Sie stand schnell auf, ging ins Bad, um sich einen Bademantel überzuziehen. Ihre Haare saßen nicht mehr so wie gestern, ihre Frisur glich einem Vogelnest, aber das störte sie jetzt auch nicht weiter. Und wieder klingelte es. James schien sie nicht zu hören, oder außer Haus zu sein. Sie öffnete die Tür. Da stand Dr. Ruben. Ach ja, sie hatte heute einen Termin. James hatte es organisiert, dass er nach Hause kam, damit sie keinen Stress hatte. Jetzt schämte sie sich. Er sah frisch aus, gestriegelt und bereit für die Arbeit. Sie war gerade aus dem Bett gekommen. Gestern war die Beerdigung ihres Mannes gewesen, es gab keinen Grund, sich für irgendetwas zu schämen, dachte sie sich.

„Ach, Dr. Ruben,", sagte sie und sah trotzdem leicht beschämt zu Boden.

„Bitte kommen sie doch rein. Es tut mir leid, sie müssen entschuldigen, ich habe sie ganz vergessen. Gestern war die Beerdigung meines Mannes müssen sie wissen, ihr Klingeln hat mich jetzt gerade geweckt.", sie machte eine winkende Handbewegung und lief geradeaus ins Wohnzimmer, damit er ihr folgen konnte.

„Bitte setzen sie sich doch!" Sie deutete auf die Couch und räumte schnell ihre Bettdecke weg.

„Möchten Sie einen Kaffee?", fragte sie, während sie schon auf dem Weg in die Küche war.

„Keine Umstände.", war das Erste, was Dr. Ruben sagen konnte.

„Ich brauch auf jeden Fall einen, also ich setze sowieso einen auf.", rief sie aus der Küche aus der man ansonsten noch klimpernde Geschirrgeräusche hörte.

„Ich hoffe sie haben ein bisschen mehr Zeit mitgebracht. Ich beeile mich. Es tut mir wirklich leid, ich fühle mich jetzt etwas überrumpelt. Ich setz schnell den Kaffee auf und geh dann nur für eine Sekunde ins Bad, ich bin gleich bei ihnen.", sagte sie und verschwand die Treppe nach oben, um zunächst nach James zu suchen. Er war nicht da. Sein Zimmer war leer. Sie ging ins Bad, um sich frisch zu machen und sich anzuziehen.

Anschließend ging sie wieder in die Küche, bereitete den Kaffee auf einem Tablett zusammen mit ein paar Keksen vor und brachte das Tablett ins Wohnzimmer, in dem Dr. Ruben still auf dem Sofa saß, und auf seine Klientin wartete. Er strahlte so viel Ruhe aus, dass Susan fast noch nervöser wurde.

„So, ich bin da. Tut mir leid, jetzt haben wir Zeit verloren.", sagte sie und setzte sich gegenüber von ihm auf die Couch, auf der sie gerade noch geschlafen hatte. Es war gut, dass jemand hier war. So fühlte sie nicht ununterbrochen die Leere, die ohne ihren Ehemann einfach immer da war.

„Alles gut.", begann er. „Sie sollten aufhören, sich immerzu zu entschuldigen." Fuhr er fort. „Wie geht es ihnen heute?", fragte er.

Susan war etwas gestresst durch den Besuch von Dr. Ruben und bis eben hatte sie noch geschlafen, aber das wollte er jetzt wohl sicher nicht hören, dachte sie sich. Sie nahm einen großen Schluck Kaffee. Das tat gut.

„Ich naja,", begann sie zögerlich. Es war erst ihre dritte Sitzung bei Dr. Ruben und seit der ersten war einfach zu viel passiert. „Ich bin traurig. Mein Mann ist tot. Ich bin allein, er war mein Mann, wir waren über 25 Jahre miteinander verheiratet, wir haben viel zusammen durchgemacht. Ich kann mir ein Leben ohne ihn nicht vorstellen.", begann sie zu erzählen.

Dr. Ruben sagte nichts, er nickte nur. Ein kurzes Schweigen folgte, dann fuhr sie fort:

„Wissen sie, ich habe keine Angst, ich bin nur traurig. Es heißt ja, dass mein Mann ermordet wurde. Ich kann das gar nicht glauben, aber die Polizei ermittelt tatsächlich. Er wurde wohl vergiftet. Ein Beamter sagte, dass es einen Zusammenhang zwischen den Vorfällen und dem Mord gäbe."

„Welche Vorfälle meinen sie?", fragte Dr. Ruben nach.

„Als ich das erste Mal bei ihnen in der Klinik war, da war wurde in der Nacht die Fensterscheibe zur Küche eingeschlagen, von draußen, mit einem Stein. Ich habe das gar nicht mitbekommen, naja sie wissen schon warum. Wegen der Tabletten und so. Und dann in der einen Nacht. Das ist noch gar nicht so lange her, da wurde ich von einem anonymen Anrufer angerufen, zweimal. Er hat nichts gesagt, er hat einfach wieder aufgelegt. Und ich habe das meinem Mann erzählt. Meine Kinder hatten mit das mit der Fensterscheibe verheimlicht, weil sie mich nicht beunruhigen wollten, aber als sie das dann erzählten, da hat mein Mann dann gleich die Polizei gerufen. Naja, und am nächsten Tag ist er gestorben. Er ist hier einfach…", sie redete schnell, aber als sie sich an den Tod ihres Mannes erinnerte, hielt sie inne und wurde von ihren Tränen überwältigt. „Er ist einfach hier auf dem Flur zusammengebrochen. Wir wollten gerade zur Polizei gehen, wissen sie.", sie schluchzte.

Dr. Ruben holte aus seiner Arbeitstasche eine Packung Taschentücher und bot ihr eins an.

„Immer mit der Ruhe, lassen sie sich Zeit.", sagte er mit beruhigender Stimme.

„Der eine Beamte meinte, er wurde getötet, weil er Anzeige erstatten wollte. Deswegen war in dieser Nacht auch ein Beamter vor der Tür, um mir Sicherheit zu geben. Aber wissen sie was? Ich habe keine Angst. Ich bin mir fast sicher, dass ich weiß, wer dahintersteckt."

„Ach so?", Dr. Ruben verschluckte sich an seinem Kaffee, denn auch für ihn waren es um die Uhrzeit eine Vielzahl an Informationen.

„Alles okay?", fragte Susan.

„Ja.", er hustete. „Alles gut. Ich hab mich nur verschluckt. An wen denken sie denn konkret?", hakte er nach.

„An den Mann meiner Tochter. Wissen Sie, ich bin nicht einverstanden damit, dass sie verheiratet sind. Und das hat alles angefangen an dem Tag, an dem sie zu ihm gezogen ist. Da ist das passiert mit der Fensterscheibe. Und dann diese Anrufe in der Nacht. Ich hab erfahren, dass er genau zur gleichen Zeit telefoniert hat. Sind das nicht komische Zufälle? Mein Mann mochte ihn. Er hat sich auch um die Beerdigung meines Mannes gekümmert und so, aber ich trau ihm irgendwie nicht. Irgendetwas stimmt da nicht.", sie fühlte sich gut, wenn sie redete. Sie wusste nicht, ob alles so stimmte, was sie sagte, aber sie hatte das Gefühl etwas sagen zu müssen, damit es sich alles nicht so leer anfühlte. Es war wie ein Weglaufen. Ein Weglaufen mit Worten. Weg von der Trauer.

„Haben sie mit der Polizei darüber geredet?", fragte Dr. Ruben.

„Nein, die Befragung war genau an dem Tag, an dem mein Mann starb. Ich stand völlig neben mir. Ehrlich gesagt, weiß ich immer noch nicht wo mir der Kopf steht. Die Ereignisse überschlagen sich und ich kann irgendwie nicht zur Ruhe kommen. Halt auch nicht, wenn ich nicht weiß, wer Claudius getötet hat. Und auch warum.", erzählte sie weiter.

„Wenn sie einen konkreten Verdacht haben, dann sollten sie mit der Polizei darüber reden. Ich bin nur ihr Psychiater müssen sie wissen, ich ermittle nicht, und ich kann ihnen nicht helfen, den Mord aufzuklären. Es können auch alles Zufälle sein, wissen sie? Ich kann dazu nichts sagen, ich bin nur für sie und ihre Gefühle da." Er sah sie mit ernstem Gesicht an. „Wie ist das Verhältnis zu ihrer Tochter?", fragte er.

„Ich liebe meine Sam. Sie ist einfach wunderbar müssen sie wissen. Sie studiert auch Psychologie. Sie wird sicher mal erfolgreich sein. Ich vermisse sie schrecklich. Sie ist von einem Tag auf den anderen ausgezogen zu diesem Mann. Ich hab das nicht verstanden. Sam hat ihn an der Uni kennengelernt. Alles ging so schnell. Ich kannte ihn kaum und schon haben sie geheiratet. Das mag ja in seiner Kultur üblich sein, aber hier ist das doch nicht normal. Er ist distanziert uns gegenüber. Ich glaube er denkt wir wären Ungläubige oder so." Susan wirkte nachdenklich.

„Sagten Sie nicht gerade, dass er die Beerdigung ihres Mannes organisiert hat?", hakte Dr. Ruben nach.

„Ja, das hat er gemacht, weil sie dieselbe Religion hatten und nicht aus Liebe zu meiner Tochter heraus. Wenn die beiden zusammen sind, dann ist sie ganz anders als normalerweise. Sie ist viel stiller und gar nicht mehr wie meine kleine Tochter. Ich glaube er sieht in mir eine Gefahr, deshalb will er mir Angst machen.", wiederholte sie ihren Verdacht.

„Glauben sie wirklich, ihr Schwiegersohn wäre in der Lage, den Vater seiner Frau zu töten?", fraget Dr. Ruben provozierend.

„Ja, ich trau ihm nicht. Ich bleibe dabei, ich bin der Meinung, er spielt ein falsches Spiel. Sehen sie sich doch die ganzen Terroristen an, die aus diesen Ländern kommen. Das denkt man vorher nie, weil sie immer so harmlos wirken, aber dann zünden sie Bomben. Mein Mann war auch Muslim, aber er war gut. Er war friedlich. Es gibt so viele Berichte über die Muslime aus den arabischen Ländern. Ich verstehe nicht, dass Sam sich auf ihn eingelassen hat. Ich hab wirklich Angst um sie." Susan nahm wieder einen Schluck von ihrem Kaffee. Sie fühlte sich erschöpft.

„Wie gesagt, ich kann das nicht beurteilen, aber wenn sie einen konkreten Verdacht haben, dann müssen sie sich an die Polizei wenden und mit denen reden. Sagen sie, wohnen sie zurzeit allein oder wer ist bei ihnen?", wollte Dr. Ruben wissen.

„Nein, mein Sohn ist bei mir. Er ist nur gerade nicht zu Hause. Ich hab bis eben geschlafen. Er ist sicher nur einkaufen oder so. Normalerweise ist er da."

„Ich möchte ehrlich mit ihnen sein.", begann er. „Ich habe ein schlechtes Gefühl dabei, wenn sie allein sind. Ich fände es am besten, wenn rund um die Uhr jemand bei ihnen wäre. Sie haben viel durch gemacht und sie wirken nach außen hin stabil, aber ich mach mir große Sorgen um ihr Innerstes.", fuhr er fort. Das hatte sie jetzt nicht erwartet. War denn die Sitzung schon vorüber?

„Würden sie mir einen Gefallen tun und ihren Sohn anrufen oder ihre Tochter? Sodass jemand jetzt bei ihnen ist? Ich bin fast so weit zu sagen, dass ich denke, ein stationärer Aufenthalt wäre das Beste für sie. Aber ich kann sie dazu natürlich nicht zwingen. Das müssen sie selbst entscheiden. Sie sollten das mit ihren Kindern auch besprechen, weil ich nicht weiß, ob sie sich wirklich so um sie kümmern können, wie sie es brauchen." Während er redete zog er seinen Rezeptblock. „Ich verschreibe ihnen jetzt nochmal Tabletten, die sie beruhigen und mit denen sie auch besser schlafen können, damit sie in jedem Fall genügend Schlaf bekommen."

Susan war verwirrt. Sie holte ihr Telefon und versuchte James anzurufen. Er ging nicht an sein Handy. Bevor sie Samanthas Nummer wählte, musste sie daran denken, wie sie gestern auseinander gegangen waren. Sie erinnerte sich nicht mehr exakt, aber sie erinnerte sich daran, dass es einen Streit gegeben hatte.

Sam kam so schnell sie konnte. Dr. Ruben hatte auf sie gewartet, um mit ihr zu sprechen. Er bat darum, sie unter vier Augen zu sprechen.

Sie gingen ins Wohnzimmer, während ihre Mutter in der Küche wartete.

„Frau Regenhardt, schön, dass ich sie jetzt auch mal kennenlerne.", begann er freundlich. „Mein herzliches Beileid zunächst. Es muss für sie sehr schwer sein. Ich möchte sie gar nicht lange belästigen und ich möchte sie auch nicht beunruhigen. Ich mache mir große Sorgen, um ihre Mutter. Sie hat viel zu verarbeiten und macht nach außen hin einen stabilen Eindruck, aber ich befürchte, dass sie eine Psychose entwickeln könnte. Wissen sie, was das ist?", fragte er Sam. Sie nickte nur. „Ich möchte sie und ihren Bruder innständig bitten, ihre Mutter in dieser Zeit nicht allein zu lassen. Wechseln sie sich ab, wenn sie weggehen, nehmen sie sie mit. Geben sie ihr Halt. Ich empfehle tatsächlich einen stationären Aufenthalt, aber beraten sie sich mit ihrem Bruder. Ich habe ihrer Mutter nochmal ein Rezept mit Beruhigungstabletten gegeben. Ich bitte sie, wenn ihnen das alles zu viel wird, dann bringen sie sie für eine Weile auf Station. Ich gebe ihnen für den Notfall auch meine Telefonnummer.", Dr. Ruben drückte ihr seine Visitenkarte in die Hand und dann verabschiedete er sich von Sam und Susan.

Samantha war besorgt und verärgert zugleich. Wo war eigentlich James? Zwischen ihr und ihrer Mutter herrschte eisernes Schweigen. Sie machte Frühstück, ohne mit ihrer Mutter zu reden. Eier mit Tomaten und Käse im Sandwich. Sam selbst hatte keinen Hunger. Ihre Mutter aß ein bisschen was, bevor sie sich wieder auf das Sofa legte. Der Wein hatte ganze Arbeit geleistet, dachte sich Sam. Nachdem sie die Küche aufgeräumt hatte, ging sie raus in den Garten, um etwas Laub zu haken. Der Herbst war schon fast da. Der Rasen müsste auch nochmal gemäht werden, bevor der Winter ihn einfror.

Am frühen Abend kam James mit Alehandra nach Hause. Für Samantha bedeutete das nur, Feierabend. Sie hatte kein Bedürfnis noch länger zu bleiben. Sie erzählte James von dem Ratschlag von Dr. Ruben und bot ihm an, dass er sie anrufen könne, wenn etwas Wichtiges sei. Susan hatte fast den ganzen Tag geschlafen. Sam machte sich mit dem Bus auf den Heimweg.

Zu Hause erwartete sie schon Mohamed.

„Habibi, meine Liebe wie geht's dir? Ist alles okay? Was ist mit deiner Mutter." Er saß auf dem roten Sofa und hatte den Fernseher laufen. Es standen drei angezündete Teelichter auf dem Tisch und ein halbvolles Gals Tee. Die Wärme, die dieses Zu Hause ausstrahlte umgab Samantha von allen Seiten ihres Körpers.

„Alhamdulilahh.", sagte sie nur und setzte sich zu ihm.

„Habibi, ich hol dir auch einen Tee." Er ging in die Küche und brachte die silberne Teekanne mit und ein Teeglas mit.

„Ich muss morgen nochmal zur Polizei.", sagte er, während er Tee eingoss.

„Was?! Warum?", Samantha erschrak.

„Ich weiß es nicht genau, ich soll nochmal kommen, sie wollen mit mir nochmal meine Aussage durchgehen. Ich glaube das ist ganz normal, weil sie vielleicht immer neue Erkenntnisse haben, vielleicht von der Beerdigung oder so oder durch andere Zeugenaussagen, kein Grund zur Sorge, mich stört das nicht. Auf der Arbeit wissen sie eh Bescheid.", erzählte er.

„Hast du ihnen da alles erzählt?", Samantha wollt unter keinen Umständen, dass mehr Leute davon erfuhren, als nötig.

„Nein Habibi, nicht allen, nur mein Chef weiß Bescheid. Ich habe mit ihm geredet, weil ich die letzten Tage ja eben auch Abstriche machen musste. Und er hatte auch gemerkt, dass ich etwas abgelenkt war. Und ich hab auch mit ihm über deine Mutter geredet, er meinte er würde sie auch bei uns in Behandlung nehmen.", verteidigte er sich.

Er redete so nett, dabei war ihre Mutter so gemein gewesen.

Sam trank den Tee und sagte nichts mehr, sie wollte nur noch abschalten.

### Ermittlungen und Beziehungsarbeit

Am nächsten Morgen rief James an, er müsse weg, ob Samantha kommen könnte.um auf Susan aufzupassen. Sam gab keine Widerworte. Es war ihre Religion, die sie dazu brachte, gütig zu ihrer Mutter zu sein. Sie selbst ärgerte sich über sie.

Mohamed war schon auf dem Weg zur Polizei.

James hatte Sam gebeten etwas einzukaufen und so ging Samantha an den Umschlag ihres Vaters, der im Nachtschrank lag. Samantha hatte das letzte Mal hineingesehen, als sie mit ihrer Freundin das Geschirr gekauft hatte. Das war so ein schöner Tag gewesen. Ihr Vater war noch am Leben gewesen. Hätte sie damals gewusst wie schnell es gehen würde, hätte sie mit ihm die Altstadt besucht, wäre mit ihm ins Kino oder essen gegangen. Sie hatte ihren Vater sehr geliebt.

Der Umschlag lag im Nachtschrank, aber er war leer.

Das konnte nicht wahr sein. Jetzt fehlte wieder Geld. Sie wurde sauer und versuchte Mohamed anzurufen, er ging aber nicht ran. Warum hatte er denn jetzt schon wieder Geld genommen, ohne etwas zu sagen? Er verdiente doch gut als Psychiater, er hatte es doch gar nicht nötig, sich ständig an dem Umschlag zu bedienen.

Wütend machte sie sich auf den Weg zu ihrer Mutter.

Als sie in ihrem Elternhaus ankam, war James schon weg. Ihre Mutter lag immer noch auf dem Sofa und schlief. Es sah fast so aus, als hätte sie sich seit gestern, nachdem Sam gegangen war, nicht bewegt. Ein Flasche Wein stand auf dem Tisch, sie war leer. Sam gefiel das alles nicht. Wo sollte das denn hinführen? Trauern, okay, aber sich dermaßen gehenlassen, das konnte sie nicht verstehen. Und dieser Alkohol hatte doch wirklich gar keinen Nutzen. Wie sollte ihre Mutter ihre Trauer ausleben, wenn sie sie im Alkohol ertränkte? Es lief aus dem Ruder. Ihre Wut über Mohamed und die Tatsache, dass sie es nicht gleich klären konnte, ließen ihr auch keine Ruhe. Sie räumte die Flasche vom Tisch und stieß dabei an das Glas, das danebengestanden hatte, und jetzt mit einem lauten Klirren auf den Boden fiel. Susan schreckte hoch.

„Kann man hier denn nicht einmal ausschlafen?", murmelte sie schlecht gelaunt, drehte sich um und schlief weiter. Sam hatte nicht den Eindruck, dass sie sie bemerkt hatte und wieder hatte der Wein ganze Arbeit geleistet, dachte sie.

Sie ging in die Küche, um die leere Weinflasche in den Mülleimer zu werfen. Wie es aussah, hatte ihre Mutter gestern versucht, zu kochen. Die Küche sah aus wie ein Schlachtfeld. Im Waschbecken standen verbrannte Nudeln von gestern in einem Sieb. Sie dürften fertig abgetropft sein, dachte Sam. Auf dem Herd stand eine Pfanne und in ihr eine nicht gerade appetitlich riechende Thunfischsoße, die es wohl zu den Nudeln geben sollte, oder gegeben hatte. Der Herd war rund um bekleckert und Sam wurde immer wütender. Sie wollte einen Schwamm aus dem Küchenschrank nehmen, aber dieser hatte wohl auch schon bessere Tage gesehen. Wie sollte sie denn jetzt damit sauber machen? Sie ließ alles stehen und ging raus in den Garten. Vor vier Jahren hätte sie sich in dem Moment eine Zigarette angezündet. Sie stand auf der Terrasse und atmete tief ein, schloss die Augen, atmete aus und öffnete die Augen wieder. Tränen liefen über ihre Wangen. Sie fühlte sich allein.

Es war kalt geworden. Der Winter klopfte schon an die Tür. Deutschlands Winter waren in der Regel kalt und erbarmungslos. Nicht, dass sie die Winter in anderen Ländern schonmal erlebt hatte, aber sie stellte sich oft vor, mal einen Winter in Ägypten zu verbringen. Sie hatte schon als kleines Kind Fernweh verspürt. Sie war immer Teil dieser Gesellschaft, aber oft nur am Rande. Sie wusste nicht, ob das an ihren amerikanischen Wurzeln lag. Man sollte meinen, dass die Lebensweise der Amerikaner und die der Deutschen sich ähnelten. Deutschland war das Land der Denker und Dichter. Zu den Denkenden zählte Sam sich auf jeden Fall.

Das Klingeln ihres Handys riss sie aus ihren Gedanken.

Es war Mohamed. Na endlich.

„Habibi.", begrüßte sie ihn sehnsüchtig. Ihre Wut über das fehlende Geld war verflogen. Sie hatte es vollkommen vergessen.

„Habibi, wie geht's dir?", entgegnete er mit gleicher Sehnsucht.

„Alhamdulilahh, alles okay bei mir. Und bei dir? Was ist mit der Polizei?", Sam machte sich Sorgen.

„Alhamdulilahh. Sie befragen mich noch immer. Wir machen nur eine Pause, es ist ein Wunder, dass sie mir mein Telefon gegeben haben. Sie haben mich wegen meiner Telefonate in der Nacht befragt. Ich habe wohl in derselben Nacht telefoniert, in der auch deine Mutter angerufen wurde. Sag mal Habibi, hast du der Polizei davon erzählt?" Mohamed wirkte ruhig, aber Sam traf ein Stich ins Herz. Sie hatte mit ihrer Freundin darüber geredet. Aber sie hatte doch nicht gewollt, dass Mohamed deswegen Ärger bekommt.

„Nein…", begann sie. Sie schämte sich. „Ich hatte nur Alehandra davon erzählt.", rechtfertigte sie sich.

„Verstehe.", sagte er knapp.

„Ich habe mir nichts dabei gedacht, ich wollte nicht, dass du deswegen Ärger hast. Es tut mir leid Hamoudi!" Samantha war beunruhigt. Was, wenn er jetzt verdächtigt wurde?

„In sha Allah khair. Mach dir keine Sorgen, meine Blume. Alles gut in sha Allah. Ich muss jetzt wieder zurück. Habibi, halt die Ohren steif. Ich liebe dich!"

„Ich liebe dich." Antwortete sie und legte auf.

Sie ging zurück ins Haus. Es sah so aus, als sei ihre Mutter aufgestanden. Das Sofa war leer. Die Decke lag noch da. Sam ging in die Küche, um Kaffee aufzusetzen. Hatte Alehandra etwa gegen Mohamed ausgesagt? Warum hatte Sam ihr das nur erzählt? Wenn sie ehrlich zu sich selbst war, dann hatte sie den Verdacht geweckt. Aber sie hätte nie damit gerechnet, dass Alehandra bei der Polizei gegen Mohamed aussagt. Hatte sie ja vielleicht auch gar nicht. Aber irgendwoher mussten sie es wissen und Sam selbst hatte die Telefonate nicht erwähnt. Ihre Mutter hatte etwas bei der Beerdigung erwähnt. Könnte die Polizei vielleicht Recht haben, ihren Mann zu verdächtigen? Schließlich kannte sie ihn wirklich noch nicht so lange. Aber sie kannte ihn gut. Schließlich waren sie verheiratet. Nein, Mohamed hatte ihren Vater nicht getötet. Warum sollte er? Was sollte sein Motiv sein? Ihr Vater war der einzige gewesen, der Mohamed akzeptiert hatte.

„Guten Morgen Süße.", Susan stand mit zerzausten Haaren und offenem Bademantel in der Tür zur Küche. Plötzlich kamen Sam die Tränen. Sie trauerte. Ihre Mutter war eine trauernde Frau. Wie konnte sie ihr vorwerfen, Alkohol zu trinken oder nicht nett zu sein? Ihre Mutter trauerte um ihren Ehemann. Das war ihr gutes Recht. Sie fiel ihrer Mutter in die Arme und schluchzte.

„Alles gut, meine Liebe.", sagte Susan und streichelte Sam über den Rücken, während sie von der Umarmung nicht abließ.

„Es wird alles gut werden." Wiederholte sie mit ruhiger Stimme. Ihr Bademantel roch nach einer Mischung aus

Parfum und Waschpulver. Sehr frisch. Sam löste die Umarmung und sah zum Boden. Sie wischte ihre Tränen aus dem Gesicht. Sie traute sich nicht, ihre Mutter anzusehen.

„Ich hab Kaffee gemacht.", sagte sie und bewegte sich langsam Richtung Kaffeemaschine, um sich und ihrer Mutter etwas einzuschenken.

„Ich bin dir so dankbar meine Kleine, dass du so für mich da bist. Kaffee könnte ich jetzt gut gebrauchen.", Susan band ihren Bademantel zu und ihr zerzaustes Haar zu einem Pferdeschwanz. Dann setzte sie sich an den Küchentisch, auf dem Sam den Kaffee servierte.

„Möchtest du Frühstück?", fragte Sam.

„Danke, im Moment nicht. Komm, setz dich ein bisschen zu mir.", antwortete sie.

Sam setzte sich ihrer Mutter gegenüber. Das letzte mal, als sie so mit ihrer Mutter allein gewesen war, war an dem Tag, an dem sie ausgezogen war. Seit diesem Tag war alles so schwer geworden. Warum nur? Eigentlich sollten eine Hochzeit und eine Ehe doch Anlass zur Freude geben.

„Hast du gestern gekocht?", fragte Sam vorsichtig.

Susan sah sich um. „Ach das." Dann begann sie zu lachen. „Das hab ich schon wieder fast vergessen. Ich wollte für mich und James Nudeln machen. Aber die sind mir angebrannt. James hat dann Pizza geholt."

„Wo ist James?", wollte Sam wissen.

„Ich weiß es gar nicht. Ich hab noch geschlafen als er gegangen ist. Er kann ja nicht die ganze Zeit hierbleiben. Ich bin sehr schlecht drauf im Moment, ich kann nicht von ihm verlangen, dass er die ganze Zeit hier in diesem traurigen Zu Hause bleibt. Er muss sich ein bisschen ablenken. Andere Menschen treffen, frische Luft schnappen. Solche Dinge, die man in seinem Alter so macht."

Sam musste daran denken, was Dr. Ruben empfohlen hatte.

„Mag schon sein...", begann sie zögerlich. „Aber was ist mit dir? Ich meine, du brauchst auch unsere Hilfe. Und du solltest nicht hier alleine bleiben."

„Ich hab deinen Vater sehr geliebt. Es ist als wäre mit ihm eine Hälfte von mir gestorben." Susans Worte waren warm und gesetzt. Sie wirkte gefasst während sie redete.

„Wir waren so lange verheiratet und sein Tod kam so plötzlich. Das dauert bis ich das begreife. Weißt du Sam, als dein Vater vor sechs Jahren zum Islam konvertiert ist, da hatte ich ernsthaft überlegt, mich von ihm zu trennen. Ich war total schockiert darüber. Vor allem wegen dem, was man darüber hört und liest. Ich hatte kein Wissen. Aber jetzt, ich weiß nicht warum, irgendwie bin ich froh und beruhigt. Irgendwie beruhigt es mich, dass er seinen Weg zu Gott gefunden hat und nun ist er zu ihm zurückgekehrt." Susans Gefühle fuhren Achterbahn. Aber heute ging es ihr besser. Es beruhigte sie, dass Sam immer kam. Sie fühlte sich von ihrer Tochter unterstützt.

„In sha Allah.", vollendete Sam die Worte ihrer Mutter. So etwas Schönes hatte sie ihre Mutter noch nie sagen hören.

„Wie geht es deinem Mann?", fragte Susan, während sie einen großen Schluck aus ihrer Kaffeetasse nahm und Samantha nicht ansah.

„Alhamdulilahh, die Polizei verhört ihn heute nochmal. Er ist schon seit ein paar Stunden auf dem Revier. Ich hoffe, dass sie ihn bald gehen lassen. Er hat Papa nicht getötet, er hat ja ein Alibi und was für einen Grund sollte er haben? Papa mochte ihn.", Sam redete vorsichtig, sie spürte, dass ihre Mutter anders dachte, dies aber nicht geradewegs aussprechen würde, denn dafür war sie nicht mutig genug.

„Man weiß nie, was in den Menschen so vorgeht.", erwiderte Susan ebenso vorsichtig, auch wenn es sich für Sam wie ein Schlag ins Gesicht anfühlte.

„Was willst du damit andeuten?", fragte sie, während ihr das Herz bis in den Hals schlug.

„Ich meine ja nur. Sie haben schon ihre Gründe. Die Polizei arbeitet sehr gut. Sie sind sehr genau und sie sehen ja auch einen Zusammenhang zwischen den Attacken gegen mich und dem Tod deines Vaters.", fuhr Susan fort.

„Ya Rab[13]." Begann Samantha. Sie erinnerte sich selbst daran, dass Allah die Geduldigen liebte und dass es Unrecht war, laut gegen seine eigene Mutter zu werden. Allerdings nicht, wenn ihr Unrecht zugefügt wurde, und sie fühlte, dass es Unrecht war, was ihre Mutter andeutete. Und auch bei Unrecht war die Geduld besser. Sie atmete tief durch, um ihren Zorn zu unterdrücken und den Herzschlag zurück in den Teil des Körpers zu schicken, in dem er nicht so deutlich spürbar war.

„Ich kenne Mohamed. Er hat Papa geliebt. Ich weiß, dass er es nicht war. Ich kenne ihn, er ist mein Mann." Sagte sie mit ruhiger Stimme.

---

[13] Arabische Lautschrift; Ausdruck für „mein Herr"

„Das mag sein, aber ich kenne ihn nicht.", sagte Susan kalt und stand auf, um sich mehr Kaffee einzugießen. Mit ihr war es, als würde man auf einem Seil tanzen, man könnte jederzeit runterfallen und sterben. So fühlte sich Sam, wenn sie mit ihrer Mutter sprach.

„Mama, guck mal, ich verstehe, dass du durcheinander bist. Es ist so viel passiert. Vielleicht hast du auch Angst. Aber glaub mir, Mohamed hat mit diesen Geschichten nichts zu tun. Die Polizei muss einer Spur nachgehen, aber sie verschwenden ihre Zeit. Wie dem auch sei, es dürfte einfach sein, seine Unschuld beweisen."

„Naja, aber wenn er erstmal verdächtigt ist, dann lassen sie ihn sicher nicht so schnell in Ruhe.", trat Susan nach. Jetzt wollte sie Sam ärgern. Damit der Streit nicht eskalierte, verließ Sam den Raum und machte sich auf den Weg zum Einkaufen.


Als sie zurückkam, war James da und hatte etwas zu Essen gekocht. Samantha wollte am liebsten gehen, aber James überredete sie, zu bleiben.

„Es ist schön, dass du da bist. Zu zweit ist es auch ein bisschen schwer. Ist schöner, wenn das Haus etwas voller ist." Hatte er gesagt. Er hatte wie ein alter, weiser Mann geklungen. Eine Seite, die Samantha so von ihm noch nicht bekannt war.

Nach dem Essen legte Susan sich hin. Sam und James gingen nach oben und setzten sich mit einer Kanne Tee in die Galerie.

„Sam, kennst du Alehandra eigentlich gut?", fragte James aus heiterem Himmel. Die Psychologin in Sam deutete, dass James, nach dem Verlust seines Vaters auf der Suche nach einer neuen, engen Bezugsperson war, gleichzeitig sah sie aber die Gefahr, der noch nicht verarbeiteten Trauer, die ihn antrieb und seine Handlungen unnatürlich beschleunigte.

„Sam?", hakte er nach, da seine Schwester Löcher in die Luft zu starren schien.

„Ja, James, ja, nein, also …" begann sie zögerlich „Ich kenne sie aus dem Studium. Aber noch nicht allzu lange. Aber in dieser Zeit ist sie mir eine enge Freundin. Wir verbringen viel Zeit miteinander. Ihr offenbar auch.", antwortete sie.

„Hm, ja verstehe. Und…vertraust du ihr?" Er hatte seinen Kopf gesenkt, aber sah zu ihr hoch, wie ein kleiner, schulbewusster Junge, der dabei war, seiner Mutter zu beichten, dass er die Fensterscheibe des Nachbarn versehentlich mit dem Fußball zerschlagen hatte. Sam wusste nicht, wie sie das zu deuten hatte. Soweit reichten die Kenntnisse aus dem Studium dann doch nicht aus. Und vielleicht war es auch unklug, sie auf die Familie anzuwenden. Auch wenn das nicht immer zu vermeiden war. Manchmal geschah das automatisch.

„Ich weiß nicht. Ehrlich gesagt, nicht 100%ig. Wieso fragst du?", versuchte sie das Gespräch auf den Punkt zu bringen.

„Ach nur so.", begann er.

„Ist da was zwischen euch?", fragte sie.

„Nein noch nicht. Ich genieße einfach ihre Nähe. Ich bin froh, wenn ich mit ihr zusammen bin. Ich verbringe viel Zeit mit ihr, ich hab das Gefühl, mein Herz verloren zu haben. Ich hab

Angst, dass sie es bricht. Deswegen frag ich.", antwortete er offen. Sam war überrascht über diese Offenheit. Sie war überrascht über die romantischen Worte ihres Bruders. Sie schmunzelte.

„Sam, kannst du nicht heute Nacht hierbleiben? Ich würde mich freuen. Wir essen zusammen und schauen einen Film. Ich weiß, Mama und du ihr habt Probleme, aber ich weiß auch, dass sie immer froh ist, wenn du da bist und ich auch."

„Na klar.", sagte sie nur. „Sag mal James…" begann sie. „Wie empfindest du eigentlich Mama zurzeit? Hast du das Gefühl, dass sie gut zurecht kommt mit allem?", fragte sie.

„Naja, angesichts der Ereignisse, schlägt sie sich doch ganz gut. Sie ist tapfer, sie weint nicht andauernd oder so. Sie liegt halt viel auf der Couch und hat schon die ein oder andere Flasche Wein getrunken, sie isst kaum. Aber sie braucht halt Zeit, würd ich meinen.", sagte er mit einem nachdenklichen Selbstbewusstsein.

„Na du weißt doch, dass Dr. Ruben gemeint hatte, wir sollen überlegen, ob ein stationärer Aufenthalt nicht besser für sie wäre." Sam sah ihrem Bruder in die Augen, der seine bei dem Namen Dr. Ruben verdrehte.

„Dieser Typ ist echt so eine Nervensäge…", begann er.

„Nervendoktor.", korrigierte ihn Sam, um der Situation etwas Witz zu verleihen.

„Ja, mag sein, dass er ein paar Semester Psychologie studiert hat, aber er weiß gar nichts über Mama. Er kennt sie gar nicht und er urteilt so. Ich versteh das gar nicht. Es ist doch normal, dass Menschen sterben, das passiert und die Angehörigen trauern. Das müsste dieser Scharlatan doch in seinem
116

Studium gelernt haben. Was hat er eigentlich genau gesagt?", bohrte James, er fragte nur, um sowieso dem zu widersprechen, als würde er Streit suchen.

„Naja, er hatte ja gesagt, dass es ziemlich viel für Mama sei und, dass es eben wichtig sei, dass sie nicht allein ist in dieser Zeit. Für mich ist es schon okay ab und zu zu kommen, aber sie ist auch so gemein, weißt du? Also sie macht immer so Anmerkungen über Hamoudi, das gefällt mir nicht, und ich weiß nicht, ob ich mich immer so beherrschen kann, schließlich habe ich auch einen Vater verloren. Ich habe auch eine Ehe, wir sind noch ganz frisch, es ist nicht gut, wenn ich immer weg bin. Versteh mich nicht falsch, ich will dich unterstützen und euch helfen, aber ist das nicht eine Nummer zu groß für uns? Allem Anschein nach wurde Papa tatsächlich getötet, vielleicht ist Mama ja sogar in Gefahr.", Sam redete sich in Rage. Je mehr sie sagte, desto mehr Angst und Sorge stiegen in ihr auf. Allahhualem[14], dachte sie.

„Ja, du hast ja Recht. Alehandra hat das auch schon gesagt. Ich verstehe eure Sorge, aber ich weiß nicht, ob es nicht das Beste für Mama wäre, wenn sie hierbleiben würde. Das ist ihre vertraute Umgebung. Im Krankenhaus, das sind lauter fremde Menschen und vermutlich sogar noch so richtig verrückte Patienten. Ich kann mir nicht vorstellen, dass sie da besser trauern kann." James stand auf. „Ich muss mal eine rauchen gehen."

Von seinem Zimmer ging ein Balkon ab. Gut, dass er nicht im Haus rauchte. Es würde sicher niemanden stören, jetzt, wo es so leer war. Sam ging nicht mit, es war ihr zu kalt. Sie nutzte die Zeit, um Mohamed anzurufen. Es war schon ziemlich

---

[14] Arabische Lautschrift: Und Allah weiß am besten

spät. Sie vermisste ihren Mann. Sie wäre viel lieber zu ihm gefahren. Es klingelte zweimal, dann ging er ran.

„Habibi, wie geht's dir? Wo bist du es ist schon ganz schön spät." Er klang fröhlich. Er klang nett, so wie immer. Als wäre niemand gestorben, als hätte er nicht den Tag bei der Polizei verbracht. War er einfach nur kalt oder ein guter Schauspieler?

„Habibi hallo. Mir geht's gut alhamdulilahh und bei dir? Ist alles ok mit der Polizei?", wollte Sam wissen.

„Ja, sie mussten mich gehen lassen, aber ich weiß nicht, ob sie mir glauben. Sie haben mein Handy kontrolliert, aber sie meinen, dass ich ja ein anderes benutzt haben könnte. Ich weiß nicht wie es jetzt weitergeht, aber ich kann mir nicht vorstellen, dass sie uns in Ruhe lassen. Aber alhamdulilahh ich bin zu Hause. Wann kommst du? Ich vermisse dich.", sagte er.

Oh nein, sie vermisste ihn auch. Sie vermisste ihn schrecklich. Dieser Alptraum war nur in der Geborgenheit seiner Umarmung zu ertragen. Aber sie wollte ihren Bruder nicht im Stich lassen. Eine Nacht würden sie aushalten müssen.

„Habibi, ich vermisse dich auch.", begann sie. „Sag mal, ist es okay, wenn ich heute bei meiner Mama und James bleibe? James hatte mich darum gebeten. Ich bin morgen Nachmittag mit Alehandra zum Lernen verabredet, aber dann komm ich gleich nach Hause und wir machen uns einen schönen Abend in sha Allah.", fuhr sie fort. Sie überredete sich fast selbst, denn es war eigentlich nicht das, was sie wollte.

„Habibi muss das wirklich sein? Kannst du nicht ein andern Mal da schlafen? Ich habe das Gefühl, wir haben wenig Zeit zusammen. Viel zu wenig. Du fehlst mir wirklich sehr." Er versuchte sie zu überreden. Sie kannte das von ihm und sie liebte es.

„Glaub mir, ich würde viel lieber nach Hause kommen, aber ich glaube meine Familie braucht mich heute.", sagte sie, immer noch ihrem Willen entgegen.

„Ok, aber ich hol dich morgen von Alehandra ab. Um wieviel Uhr seid ihr ungefähr fertig?", fragte er verständnisvoll.

„Länger als bis 17:00 Uhr werden wir nicht brauchen denk ich."

„Wie lautet ihre Adresse?"

„Emser Straße 10, in Neukölln.", antwortete sie schnell.

„Oh, üble Gegend. Pass auf dich auf, rede da mit niemandem! Ich bin 16:45 Uhr da. Und dann gehörst du die nächsten drei Tage mir.", während er das sagte, konnte sie sein Lächeln hören.

„Ich liebe dich." Entgegnete sie nur.

„Alhamdulilahh, ich liebe dich.", antwortet er. Dann legten sie auf. Er war weder kalt, noch war er ein Schauspieler. Er war einfach ein wahnsinnig starker, verständnisvoller Mann.

„Warum grinst du denn so komisch auf einmal.", von einer nach Rauch riechenden Wolke umgeben, betrat James wieder die Galerie, das was die Zigarette mit ihm gemacht hatte, hatte Hamoudi mit Sam gemacht. Er hatte sie gedoped, er hatte sie beruhigt, er hatte ihr Kraft und Liebe gegeben…okay, dazu war die Zigarette sicher nicht in der Lage, verwarf sie ihren Gedanken wieder.

„Alles ok, ist nichts. Wollen wir zu Mama gehen?"

Sie verbrachten den Abend miteinander, in Frieden ohne Streit und ohne Wein.

### Die Schnauze des Hundes

Am nächsten Morgen war es sehr kalt. In Neukölln war noch alles ruhig. Dr. Ruben wartete am S-Bahnhof Sonnenallee auf den Bus. Es standen noch zwei Frauen und ein Mann mit Dr. Ruben an der Bushaltestelle und warteten. Dr. Ruben lebte schon seit zehn Jahren in Berlin, aber in Neukölln hielt er sich so gut wie nie auf. Er verabscheute es geradezu. Der Bus fuhr vor - na endlich, dachte er. Es war warm und voll. Er hätte nicht gedacht, dass es um die Zeit hier so voll wäre. Es gab keinen Sitzplatz, die Leute drängten sich aneinander. Hätte er doch lieber sein Auto genommen, dachte er in dem Moment, in dem eine Bulldogge mit seinem Bein kuschelte. Der Hund legte seine Schnauze auf seinen Schuh. Dr. Ruben sagte nichts, es war eine Mischung aus Angst und Höflichkeit, die ihn stumm blieben ließ. Er hatte Angst, man würde ihm seinen Wagen hier klauen, deswegen hatte er die BVG genommen. Das hatte er eindeutig unterschätzt. Diese Stunde Fahrt von Steglitz nach Neukölln hatte ihn mehr Nerven gekostet, als drei seiner schwierigsten Patienten. Und seine Nerven waren wertvoll, denn sie verhalfen ihm durch den Alltag. Als er aus dem Fenster des Busses sah, fiel ihm auf, dass viele Audis, BMWs und Mercedes auf der Straße unterwegs waren. Da wäre sein Auto gar nicht aufgefallen. Nach drei Stationen stieg er aus und lief ein Stück. Es war eisig kalt, vielleicht ein paar Grad über Null. Die Straße war wieder leer. Hier war genügend Platz. An einem großen Altbaugebäude angekommen, klingelte er. Der Hausflur war sauber und roch, als hätte gerade jemand gewischt. Im ersten Stock angekommen, stand Alehandra in der Tür.

„Hi.", begrüßte sie ihn mit einem Grinsen.

„Selber hi.", antwortete er etwas unfreundlich und betrat ihre Wohnung.

„Bitte zieh dir die Schuhe aus! Wer weiß, vielleicht bist du irgendwo reingetreten. Das ist sehr wahrscheinlich in meiner Straße liegt immer viel.", bat sie ihn freundlich.

„Kein Problem, aber kannst du bitte über etwas anderes reden, ich hab noch nicht mal gefrühstückt.", sagte er, immer noch etwas unfreundlich.

„Ah, das erklärt deine schlechte Laune. Willst du vielleicht einen Kaffee? Oder ein Croissant? Ich war schon beim Bäcker heute früh." Alehandra bat ihn in die Küche und deutete auf einen Stuhl, damit er sich setzen konnte.

„Ja, ein Kaffee wäre gut, aber essen möchte ich nichts. Ich habe einen sensiblen Magen…", begann er. „Na, ist ja auch egal, ich bin nicht zum Quatschen gekommen. Hast du das Geld?", fragte er sie, bevor er sich noch öffnete.

„Ja, na klar, warte.", sie stellte die Kaffeekanne ab und ging ins Wohnzimmer. Als sie wiederkam, drückte sie ihm 575€ in die Hand. „Hier bitte, das war gar nicht so leicht, ich hatte echt Angst, dass sie mich erwischt.", betonte sie, um ihre 50% zu rechtfertigen. Sie hatte das Gefühl, dass die meiste Arbeit an ihr hängen blieb, aber die Idee war seine gewesen, deswegen war er gewissermaßen der Boss. Außerdem hatte sie Angst vor ihm. Er war unberechenbar. Mal so mal so, richtig launisch. Aber das Geld zauberte ihm ein Lächeln ins Gesicht.

„Sehr gut, es geht ja weniger um den Betrag, vielmehr, um die Auswirkung... Ich hätte nicht gedacht, dass so viele Leute in Neukölln arbeiten.", sagte er zynisch.

„Ja..." Sie lächelte verlegen. Sie hatte nichts gegen Ausländer. Sie hatte auch keine Vorurteile.

„Hatten wir wirklich 50% gesagt?", hakte er nach.

„Ja, wegen dem Risiko. Guck mal, ich hab sogar mehr Risiko als du. Ich bin die ganze Zeit mit den Leuten privat in Kontakt. Du musst nur tun, was du eh immer tust, so ärztliche Ratschläge geben und so. Du musst das mal so sehen, ich riskiere so mein ganzes Leben. Sam ist immerhin eine gute Freundin. Ich hab sie sehr gern, auch wenn ich sie bisschen hasse, aber ich mag sie auch. Und außerdem bin ich eine Frau, ich bin gewissermaßen schutzbedürftig.", rechtfertigte sie sich erneut.

„Hm...", begann er nachdenklich und nahm einen Schluck Kaffee. „Gibt es denn etwas Neues an der Liebesfront?", fragte er.

„Nein, ich hab noch nichts erfahren. Ich weiß, seit Sam mir das mit den Anrufen erzählt hat, gar nichts mehr. Nur, dass Susan ihn verdächtigt, sie hat sogar gegen ihn bei der Polizei ausgesagt. James hat mir gestern Abend erzählt, dass Mohamed den ganzen Tag bei der Polizei war.", antwortete Alehandra.

„Ja das ist super, dazu hatte ich ihr geraten. Und die Polizei ist wie ich, richtig unfair und voller Vorurteile gegen Ausländer, das läuft wie am Schnürchen." Und wieder lächelte er.

„Du hast mir versprochen, dass er nicht ins Gefängnis geht. Sie sollen sich nur trennen, das war die Abmachung.", sagte Alehandra mit einer unschuldigen, flehenden Stimme.

„Du wirst deinen Liebling schon für dich gewinnen, wir schieben James das in die Schuhe, ich weiß nur noch nicht wie. Guck mal, das ist jetzt erstmal super so, wie es läuft. Das Haus der Liebe reißt immer ein bisschen mehr ein. Denn sie wird denken, dass sie ihren Mohamed gar nicht kennt. Und dann wird es Streit geben. Sie wird ihn verdächtigen und wenn dann am Ende sogar herauskommt, dass ihr eigener Bruder es getan hat, dann wird es ihr unendlich leidtun. Und überleg mal, wie dein Schwarm sich dann fühlt. Er wird tief enttäuscht sein, dass seine Frau ihm nicht geglaubt hat. Das Vertrauen ist kaputt, sowas lässt sich nicht ohne weiteres wieder aufbauen. Und wer ist dann da um ihn zu trösten? Du. Und wenn wir Susan erstmal in der Psychiatrie haben, dann ist es bis zur Entmündigung nicht mehr weit. Es ist ein Glück für uns, dass Cladius getötet wurde.", sagte er, als würde es nichts bedeuten.

„Wenn es sein muss, kann ich Sam etwas antun.", auf einmal wurde Alehandra kühl, ihre Augen wurden starr und sie sah auf den Boden. Ihr Blick wirkte apathisch

„Sie hat ihn nicht verdient. Sie hat doch schon alles. Sie hat diese wunderbare Familie, sie haben so viel Geld. Er gehört zu mir. Ich liebe ihn mehr als sie. Ich würde alles für ihn tun.", sie setzte sich Dr. Ruben gegenüber und trank auch ihren Kaffee.

„Ja, das hast du schon bewiesen. Aber ich bitte dich, du musst jetzt die Füße stillhalten, guck mal, es ist besser, wenn er sie hasst, als wenn er um sie trauert, verstehst du?!" Dr. Ruben kannte Alehandra noch nicht lange, aber lange genug, um ihre Launen mitzubekommen. Sie war Sam eine enge Freundin, das war von Vorteil, aber sie war unzuverlässig uns sehr von ihren Emotionen geleitet. Er wollte durch sie nicht auffliegen. Es war schwer sie im Griff zu haben. Aber die Liebe, die sie für Mohamed empfand, half ihm gewaltig bei seinem Plan.

Um Susan tat es ihm fast ein bisschen leid. Sie war eine schöne Frau, sie war sehr labil, er hatte mit ihr ein leichtes Spiel.

„Auf wieviel schätzt du eigentlich das Vermögen der Familie?", wollte Alehandra wissen. Ihr Blick wurde wieder weicher.

„Oh, die haben viel Geld, ich verspreche mir da eine Menge, wenn alles nach Plan läuft ist viel zu holen, und jetzt auch, da Claudius tot ist, nicht dass ich das gewollt hätte, aber da kommt noch die Lebensversicherung hinzu."

„Was glaubst du wer Claudius getötet hat?", fragte Alehandra.

„Spielt keine Rolle." Entgegnete Dr. Ruben knapp.

„Wieso? Ich meine, was wenn der Mörder auch hinter seinem Geld her ist? Nicht, dass er uns auch noch tötet.", merkte Aleandra an.

„Das kann ich mir nicht vorstellen. Die Polizei ermittelt, der wird sich sicher nicht nochmal so schnell in die Nähe der Familie trauen. Das war bestimmt irgend so ein irrer Patient von ihm. Mach dir keine Sorgen. Nicht mehr lange und wir sind reicht.", sagte Dr. Ruben.

„Mich interessiert das Geld nicht. Jedenfalls nicht in erster Linie. Ich möchte nur Mohamed. Sam kommt später zum Lernen. Ich hoffe sie hat entdeckt, dass das Geld weg ist. Ich hoffe, dass sie schon gestritten haben, oder dass sie wenigstens sauer auf ihn ist oder irgendwas. Ihr ewiges Liebesgequatsche halte ich nicht länger aus.", Alehandra stand wieder auf, um das Geschirr abzuräumen.

„Ich bitte dich, verhalte dich unauffällig. Falls sie dir davon erzählt, dann kannst du wieder ein bisschen gegen Mohamed reden, aber sei vorsichtig, sie soll dir ja weiterhin vertrauen. Und beherrsche dich. Wir müssen jetzt ein bisschen Geduld haben. Die Ereignisse überschlagen sich für die Familie, es wird schon so kommen, wie wir es uns wünschen. Susan wird eingeliefert werden, sie wird entmündigt, James, der dir ja aus der Hand frisst kommt wegen Mordes ins Gefängnis und Sam und Mohamed trennen sich. Wir kommen an das Geld der Familie und du bekommst den Mann deiner Träume. Aber wenn wir alles überstürzen, Alehandra, kann es sein, dass wir große Fehler machen. Deswegen bitte ich dich, kontrollier dich! Ich hab heute frei und fahre jetzt nach Hause. Ich bin sozusagen auf Abruf. Wenn etwas ist, dann ruf mich an!", redete Dr. Ruben eindringlich auf sie ein.

Alehandra vernahm seine Worte, aber ihr Herz malte sich aus, wie sie mit Mohamed vor dem Altar stand.

„Ja ist gut, ich hab es ja bis jetzt auch gut hinbekommen. Ach und Ralf, er mag dich nicht besonders.", sagte sie.

„Was meinst du?", Dr. Ruben verstand nicht.

„James. Er traut dir nicht, er findet dich unsympathisch und er folgt deinem Rat nicht. Du solltest hören wie er über dich redet, manchmal äfft er dich sogar nach.", in gewisser Weise triumphierte Alehandra, gerade nachdem er ihr eben noch so viele Tipps gegeben hatte. Sie konnte sich ein Schmunzeln nicht verkneifen.

„Du solltest noch ein bisschen aufräumen, bevor Sam kommt.", entgegnete mit leichter Verwirrung, aber einem kühlen eleganten Pokerface. Dann zog er sich die Schuhe an und machte sich auf einen langen Rückweg. Das nächste Mal würde er sicher das Auto nehmen.

### Die Freundschaft

Sam kitzelte die Sonne, weckte sie. Sie hatte nicht viel geschlafen, denn ohne Mohamed fehlte ihr etwas. Sie hatte einen Teil der Nacht gebetet. Das Gebet im letzten Drittel der Nacht war ein wertvolles, voller Segen. Ein Hadith besagte, dass *Abu Huraira, Allahs Wohlgefallen auf ihm, berichtete, dass der Gesandte Allahs, Allahs Segen und Heil auf ihm, sagte: „Unser Herr, Der Segensreiche und Erhabene, wendet Sich Gnädig in jeder Nacht unserem ersten Himmel zu, wenn das letzte Drittel der*

*Nacht übrigbleibt, und spricht: „Wer ruft Mich an, damit Ich ihm entgegenkomme? Wer bittet Mich, damit Ich ihm gebe? Wer bittet Mich um Vergebung, damit Ich ihm vergebe?"*[15] Im letzten Drittel der Nacht schliefen die meisten, deswegen war es etwas Besonderes, Schwerwiegendes für einen Muslim, wenn er in diesem Teil der Nacht betete. Sie hatte nicht viel geschlafen, aber die fühlte sich trotzdem gut.

Sie stand auf und zog sich ihren alten Bademantel an, den sie vor einigen Wochen noch regelmäßig getragen hatte, bevor sie aus ihrem Elternhaus ausgezogen war. Es kam ihr jetzt schon wie eine Ewigkeit vor. Sie fühlte eine Distanz zwischen sich und ihrem Elternhaus, ihrer Mutter, ihrem Bruder. Sie fühlte sich reifer, weiser, älter. Als wäre sie an der Ehe gewachsen. Als wäre sie eine Frau geworden. Sie ging ins Badezimmer, um zu duschen. Sie würde erst am Abend wieder zu Hause sein und Mohamed würde sie abholen. Sie freute sich auf den Tag. Sie freute sich auf ihren Mann. Auf klinische Psychologie hatte sie weniger Lust. Sie hatte auch gar nicht ihre Notizen dabei. Alehandras würden schon ausreichen, dachte sie sich. Es wäre ein großer Umweg, wenn sie jetzt nochmal nach Hause fuhr, bevor sie zu Alehandra ging. Sie wollte auch nicht Mohamed darum bitten. Er hatte schon so viel Arbeit. Es war besser, wenn er auch nicht zu viel Zeit bei ihrer Familie verbrachte. Es trennte sie. Etwas trennte ihre Familie von ihrem Mann. Vielleicht konnte James sie später fahren. Nach der erfrischenden Dusche, stieg sie in ihre Sachen von gestern die Mohamed ihr gekauft hatte. Er beschenkte sie oft. Nicht täglich, aber fast. Sie hatten so wenig Zeit gemeinsam, dass es Sam manchmal so vorkam, als würde er das mit den Geschenken kompensieren wollen.

---

[15] Sahih al-Buchari, Kapitel 73/Hadithnr. 6321

Vielleicht war die fehlende Zeit damals der Grund für die Scheidung zwischen ihm und seiner Frau. Sams Gedanken fingen an zu kreisen. Als sie angezogen war, stieg sie langsam die Treppen zum Erdgeschoß hinunter. Der Duft von frischem Kaffee stieg ihr in die Nase. James und ihre Mutter waren schon wach und saßen in der Küche.

„Sam, guten Morgen, komm setz dich! Ich hab Kaffee gemacht.", sagte James mit wacher, freundlicher Stimme und goss ihr eine Tasse Kaffee ein.

Sam nahm die Tasse und setzte sich. Ihre Mutter sah gut aus. Sie sah besser aus als die letzten Tage. Sie hatte keine Augenringe und ihre Haare waren gekämmt, außerdem trug sie ein Lächeln auf den Lippen. Kein strahlendes, eher ein bescheidenes, leichtes, aber es war ein Lächeln. Sams Gefühle waren gemischt. Sie traute dem Frieden nicht, aber irgendwie war sie auch beruhigt. Beruhigt, dass der Morgen in diesem Haus so ganz anders war, als die vorherigen.

„Guten Morgen. Danke James.", sagte sie und setzte sich auch an den Tisch.

„Hast du gut geschlafen?", fragte ihre Mutter. Sam fühlte sich wie früher. Es war nicht oft vorgekommen, dass sie zusammen frühstückten, aber als sie Kinder gewesen waren, da hatten sie das oft gemacht. James hatte sie früher immer geärgert. Er hatte sich immer Sachen überlegt, die sie zur Weißglut trieben. Jetzt war er viel reifer. Also meistens.

„Ja alles gut. Ich hab ganz gut geschlafen und du? Hast du gut geschlafen?", fragte Sam ihre Mutter.

„Ja, es geht. Ich hab heute das erste Mal wieder im Schlafzimmer geschlafen. Das war ganz gut. Etwas ruhiger, aber ich bin immer wieder aufgewacht und hab so wirre Sachen geträumt.", begann Susan zu erzählen. Die wirren Träume könnten von dem übermäßigen Alkoholkonsum der letzten Tage kommen, dachte sich Sam, verkniff sich aber jegliche Bemerkung. Es war überhaupt nicht nötig das zu äußern.

„Hm…", sagte sie stattdessen leise.

„Aber sonst hab ich gut geschlafen, ich fühl mich auch viel besser als die letzten Tage.", erzählte Susan weiter.

„Siehst du, eine Einweisung ist also nicht notwendig, Mama geht es schon wieder viel besser.", mischte sich James euphorisch dazwischen. Woher nahm er nur diese Power am Morgen. Sam hatte keine Lust auf diese Diskussion, sie fühlte sich noch sehr müde. Sie lächelte leicht.

„Sag mal James, kannst du mich nachher kurz nach Hause und dann zu Alehandra fahren? Wir sind heute Nachmittag zum Lernen verabredet, aber ich hab meine Notizen zu Hause.", bat Sam ihren Bruder freundlich.

„Aber na klar.", antwortete der mit einem strahlenden Lächeln, welches er bei dem Namen Alehandra immer aus dem Hut zauberte. Es war wie ein Automatismus. Der Name Alehandra war mit dem Lächeln von James automatisch verbunden.

„Hab ich was verpasst?", fragte Susan verwundert.

„Nein Mama, alles gut. Ist es okay, wenn wir dich nachher ein bisschen allein lassen? Es ist nicht lange, nur eine oder maximal zwei Stunden.", fragte Sam.

„Ja wieso denn nicht? Ich bin doch kein Kleinkind, das man pausenlos beaufsichtigen muss.", antwortete Susan noch verwunderter.

„Na unser lieber Dr. Ruben ist da anderer Meinung.", sagte James mit ironischem Unterton.

Susan wurde ernst: „James, was meinst du damit? Wie soll ich das verstehen? Hat er etwas über mich gesagt?"

In dem Moment wurde Sam bewusst, dass es schon ziemlich unseriös war, mit den Verwandten offener zu sprechen als mit den Patienten selbst.

James gab sich keine Mühe taktvoll oder zurückhaltend zu sein: „Er spinnt dieser Mann, wirklich er hat viel Fantasie. Er meinte wir sollten dich nicht allein lassen, dass dein Zustand nicht stabil sei und dass es am besten sei, wenn wir dich in die Geschlossene einweisen.", lüftete James das Geheimnis.

„Ich dachte, er hätte mit dir auch darüber gesprochen.", warf Sam ein.

Susan senkte ihren Blick. Sie fühlte sich auf einmal wieder kleiner. Ihr kamen die Tränen, sie dachte an Claudius. Sie vermisste ihn. Er war ihr Partner gewesen, aber auch ihr Beschützer, der beste Ratgeber in schwierigen Zeiten und ganz einfach der Halt, der ihr jetzt fehlte. Ja, Dr. Ruben hatte mit ihr darüber gesprochen. Aber ihr war nicht klar, dass er auch mit ihren Kindern darüber sprach. Sie fühlte sich wie eine Irre. Sie fühlte sich wie jemand, mit dem man nicht offen reden konnte. Sie stand auf und verließ die Küche. Sam wollte ihr hinterher, aber James hielt ihren Arm fest.

„Lass sie!", sagte er. „Sie beruhigt sich gleich wieder. Das ist normal. Ich glaube sie will vor uns einfach stark sein und schämt sich, wenn sie jetzt vor uns weint."

Solche Deutungen hatte Sam bei ihrer Mutter noch nicht vorgenommen, aber James konnte Recht haben. Das Verhältnis zwischen James und ihrer Mutter war weitaus gesünder als das zwischen ihr und Susan.

„Vielleicht sollten wir heute mit ihr zum Friedhof fahren, bevor du mich fährst.", schlug sie vor.

James zögerte: „Ich weiß nicht...meinst du nicht das ist noch zu früh?"

„Vielleicht fragen wir sie einfach selbst. Ich würde gern zum Friedhof. Wir haben ja noch Zeit, bevor wir losmüssen." Sam blieb hartnäckig. Abgesehen von dem Wissen aus dem Psychologiestudium empfand sie es als ungeheuer wichtig, dass sich ihre Mutter aktiv mit dem Tod ihres Vaters auseinandersetzte.

Nach ungefähr zwanzig Minuten kam Susan in die Küche zurück. Sie frühstückten gemeinsam und sprachen nicht mehr viel.

Am Ende der Mahlzeit fragte Susan: „Bin ich für euch eine Belastung?"

„Nein Mama, gar nicht!", sagte James entschlossen und umarmte sie.

Susan wollte nicht zum Friedhof. Sie wollte zu Hause bleiben.

Am frühen Nachmittag machten James und Sam sich auf den Weg nach Mariendorf. Sam holte ihre Notizen aus der

Wohnung. Mohamed war nicht da, aber die ganze Wohnung roch nach seinem Parfüm. Sie vermisste ihn schrecklich, dabei hatte sie ihn gerade einen Tag nicht gesehen. Auf dem Tisch im Wohnzimmer lagen ein paar Krümel vom Frühstück. Sie schnappte sich ihre Notizen und ging wieder zu James, der den Motor des Autos nicht mal abgestellt hatte.

„Kann ich noch kurz mit rauf kommen?", fragte James mit einem Augenzwinkern, als sie bei Alehandra vor der Tür in zweiter Reihe hielten.

„Hast du echt Lust darauf, dir hier einen Parkplatz zu suchen?", Sam wären eintausend Gründe eingefallen, warum sie ihn nicht dabeihaben wollte, diese Aussage hielt sie für effektiv.

„Verstehe. Viel Spaß euch. Und du kommst uns morgen dann wieder besuchen ja?", James fiel es schwer sich zu verabschieden. Vermutlich war es das große leere Haus, das ihn abschreckte. Als alle darin als junge Familie gelebt hatten, hatte er es geliebt. Er war zehn gewesen, als sie es sich angeschafft hatten. Endlich hatte er genügend Platz gehabt für sich allein ein eigenes Zimmer, dazu einen großen Garten mit Platz für ein Baumhaus und ein Trampolin. Vier Jahre später schon, hatte er diese Mengen an Platz nicht mehr gebraucht. Es war eher so, dass ihm sein Sofa im Zimmer und das Bücherregal ausgereicht hatten.

„In sha Allah.", sagte Sam, umarmte James und stieg aus dem Auto. James wendete und fuhr Richtung Britz. Sam sah ihm kurz nach, und ging dann zur Haustür, um bei Alehandra zu klingeln. Im Haus begegnete sie einer großen Frau. Sie war außergewöhnlich groß, hatte schwarze Locken und trug eine Brille.

„A salamualeikum.", sagte die Frau im Vorbeigehen.

„Wa aleikum salam.", antwortete Samantha mit einem Lächeln. Deshalb mochte sie Neukölln. Mafia hin, Mafia her. Hier lebten einfach viele Muslime. Alhamdulilahh. Samantha lief die Treppen hoch. Alehandra wohnte im ersten Stock. Sam hatte sie, seit sie sich kannten schon ein paarmal besucht. Sie hatten immer bei ihr gelernt, weil Sam ja noch bei ihren Eltern gelebt hatte, bis vor kurzem. Sie lernte gern mit Alehandra. Sam war ein intuitiver Mensch. Ein intuitiver Lerner. Sie legte viel Wert darauf, Wissen zu verinnerlichen, während Alehandra immer ganz genau wusste, welcher Stoff für welche Klausur gelernt werden müsste. Das ergänzte sich ganz gut. Oben angekommen, stand Alehandra mit einem Lächeln in der Tür, um Sam zu empfangen. Sie trug eine schwarze Jeans und einen langen schwarzen glitzern Pullover.

„Hi meine Süße!", Alehandra umarmte Sam und drückte sie fest.

„Wie geht es dir?", fragte sie sie, nachdem sie ihre viel zu feste Umarmung gelöst hatte. Hatte Sam etwas verpasst? Seit wann war denn Alehandra so emotional? Sie roch nach Parfüm. Als hätte sie jemand anderen erwartet. Vielleicht hatte sie ja damit gerechnet, dass James mitkam. Was auch immer. Sam verwarf ihre Gedanken, um sich aufs Wesentliche zu konzentrieren. Was war das nochmal?

„Komm rein, zieh deine Schuhe aus. Gib mir mal deine Jacke. Es ist ganz schön kalt draußen. Bist du mit der Bahn gekommen? Wie geht's dir? Gibt es noch diesen

Ersatzverkehr zwischen S Bahnhof Neukölln und S Bahnhof Sonnenallee", Alehandra reihte die Fragen aneinander, als wollte sie keine Antwort zulassen. Wie aus der Pistole geschossen kamen ihre Worte. Wortlos betrat Samantha die Wohnung. Es roch frisch, nach Putzmittel mit Zitrone. Es war sehr sauber und einladend. Hatte sie wirklich sie erwartet heute?

„Hast du jemand anderen als mich erwartet?", fragte Sam vorsichtig.

„Nein wieso?", fragte Alehandra unbeteiligt, während sie die Jacke aufhing. „Komm rein, wir setzen uns ins Wohnzimmer, da ist es gemütlicher."

Sam war sich nicht sicher, ob die es sich gemütlich machen wollte. Etwas kam ihr komisch vor. Alehandra ging in die Küche, um Kaffee und Kuchen zu holen. Sam betrat das Wohnzimmer. In ihm befanden sich eine mintgrüne Couchgarnitur, ein heller Holztisch und eine Schrankwand. Sicher stammten die Möbel aus den 90ern. Sam wusste, dass Alehandra nicht viel Geld hatte. Sie lebte immerhin in ihrer eigenen Wohnung, ihre Mutter war alleinerziehend gewesen und konnte sie finanziell nicht unterstützen. Als Studentin war es eine starke Leistung, sich überhaupt eine eigene Wohnung zu finanzieren. Sam setzte sich auf den mintgrünen Sessel.

Alehandra werkelte in der Küche und dachte darüber nach, wie sie am besten, Informationen aus Samantha herausbekommen. Sie ging mit einem Tablett auf dem der Kaffeetisch gedeckt war ins Wohnzimmer und setzte sich auf den mintgrünen Zweisitzer, gegenüber von Sam. Es gab Brownies, die aussahen wie selbstgebacken. Samantha hatte großen Appetit auf Kaffee, obwohl Pfefferminztee auch nicht schlecht gewesen wäre, angesichts der Wohnzimmereinrichtung.

„Und wie geht's dir?", fragte Alehandra, während sie den Kaffee eingoss. Es duftete fantastisch.

„Mir geht es gut. Ich habe heute eine Nacht bei Mama und James geschlafen.", antwortete Samantha.

„Oh, wieso das denn? Gab es Streit zwischen dir und Mohamed?", fragte Alehandra, etwas eindringlich, wie Samantha fand.

Samantha nahm einen Schluck Kaffee und sah Alehandra etwas irritiert an.

„Nein, glücklicherweise nicht." Es kam ihr fast so vor, als würde Alehandra etwas Derartiges erwarten. War sie auch gegen Hamoudi wie ihre Mutter? Nein, das konnte nicht sein. Sie kannte ihn doch auch aus dem Studium und als rassistisch hatte sie sie bisher auch nicht erlebt. Sonst wäre sie ja auch sicher nicht sesshaft in Neukölln. Andererseits hatte sie vielleicht auch keine andere Wahl, denn schließlich waren die Mieten hier sehr günstig und Alehandra hatte wenig Geld. Armut war eine Ursache von Rassismus in Deutschland. Armut und Arbeitslosigkeit. Es war die einfache Sündenbocktheorie, nichts anderes. Unwissenheit, Frustration und Dummheit, das war die Mischung die zu Rassismus führen konnte. Das wusste Sam. Das war nicht nur in ihrer tatsächlichen Heimat ein Problem, sondern auch in der, in der ihre Mutter verwurzelt war. Erst vor kurzem war ein Schwarzafrikaner von einem Polizisten bei einer Polizeikontrolle auf offener Straße zu Tode gewürgt worden. Das war ein großer weltweiter Skandal und ging durch alle

Medien. Sam war kein Freund von den Medien, aber in dem Fall fand sie es richtig, diese Geschichte an die Öffentlichkeit zu bringen. Das skandalöse daran war aber viel mehr, dass die Menschen drumherum standen, und filmten, anstatt einzugreifen. Wenn Sam so darüber nachdachte hasste sie die Medien in dem Zusammenhang jetzt noch mehr, denn es war typisch für die Medien. Die Berichterstattung und der Skandal waren wichtiger als die Lösung des dargestellten Problems. Wobei das Motiv eher unklar war. Es war entweder Geldgier, oder das Bedürfnis nach Aufmerksamkeit. Das eine sowie das andere war unverzeihlich, wie Sam fand.

Alehandra war zu klug, um rassistisch zu sein.

„Sollen wir mal anfangen zu lernen?", schlug Alehandra, enttäuscht über Sams Antwort, vor.

„Ja, gern. Ich hab meine Notizen dabei." Klinische Psychologie. Die Klausur umfasste mehrere Definitionen und eine Diagnose.

„Das geht alles so schnell, überleg mal, nächstes Semester machen wir schon unser Praktikum.", Samantha musste daran denken, wie sie später einmal ihre eigene Praxis haben würde. Das war immer ihr Traum gewesen. Ein bisschen wie ihr Vater.

„Ja, das hast du Recht.", Alehandra lächelte leicht. Sie wirkte etwas abwesend.

„Sag mal, Alehandra ist alles ok bei dir?" fragte Sam. „Ich hab das Gefühl irgendwas ist heute mit dir, ich weiß nicht genau…", fuhr sie fort.

„Was? Wieso? Nein, alles bestens…", begann sie, während sie krampfhaft darüber nachdachte, wie sie das oberflächliche Geplänkel in ein vertrautes Gespräch umwandeln konnte. Am besten wäre es, das Gespräch auf Geld zu lenken, um in Erfahrung zu bringen, ob Sam schon entdeckte hatte, dass das Geld aus dem Umschlag fehlte. Und dazu ein wenig psychologisches Fingerspitzengefühl. Wenn Alehandra sich selbst etwas öffnen würde, dann tat Sam das vielleicht auch.

„Obwohl, es ist mir ein bisschen unangenehm…", begann Alehandra zögerlich, während sie sich noch einen Kaffee eingoss.

„Ach vergiss es…", ergänzte sie taktisch.

„Wieso, was ist los?", fragte Sam neugierig.

„Also gut, es ist nur eine Frage, falls es nicht geht ok, aber bitte geh damit auch nicht hausieren ja?", begann Alehandra, während sie sich wieder in den Sessel setzte.

„Du kannst mir vertrauen.", sagte Samantha, während ein ungutes Gefühl in ihr aufstieg.

„Ich hab kein Geld für die Studiengebühren in diesem Semester, ich dachte, vielleicht könntest du mir was leihen. Du hast doch das Geld von deinem Vater. Ich weiß du hast gerade andere Sorgen, aber dadurch, dass ich in letzter Zeit nicht so viel arbeiten konnte, hab ich einfach kein Geld dafür übrig. Ich weiß nicht, wen ich sonst fragen soll." Alehandra war begeistert von ihren eigenen Schauspielkünsten.

Schlagartig stieg in Samantha das Adrenalin hoch. Sie hatte die Geschichte mit dem leeren Umschlag längst vergessen. Sie hatte auch Hamoudi noch gar nicht darauf angesprochen. Plötzlich konnte sie nicht mehr warten. Sie wollte das auf der

Stelle mit ihm klären. Es ging ihr ja gar nicht ums Geld, sondern viel mehr, um die Tatsache, dass er ihr das immer nicht sagte, wenn er sich Geld herausnahm. Wenn er es überhaupt gewesen war. Wenn nicht, dann hatten sie sowieso ein ganz anderes Problem.

„Ja klar Alehandra, das ist kein Problem.", sagte Sam etwas nervös.

„Oh, da fällt mir aber ein Stein vom Herzen.", sagte Alehandra, wobei ihre Gedanken ganz anderer Natur waren.

„Ich müsste mal kurz telefonieren. Kann ich in dein Schlafzimmer gehen?", fragte Sam, immer noch etwas nervös.

„Ja klar geh ruhig. Es ist aber nicht ganz so aufgeräumt wie der Rest der Wohnung." In Alehandra regte sich die leichte Hoffnung mit ihrer Frage doch etwas vorangetrieben zu haben. Geduld war ganz und gar nicht ihre Stärke.

Sam machte sich, immer noch nervös, auf den Weg ins Schlafzimmer. Sie stellte sich ans Fenster, das zur Straße rausging. Draußen war es trüb. Kein Sonnenstrahl, der Himmel war wolkenbedeckt. Es waren auch nicht viele Leute auf der Straße, dafür, dass es mitten am Tag, in der Innenstadt von Berlin war. Sie beobachtete einen Mann, der seinen Hund ausführte und einen Rollstuhlfahrer, der den Gehweg entlangfuhr. Die Bäume waren schon in bunten Farben getränkt und ihre Blätter kurz vor dem Verwelken. Normalerweise liebte sie den Herbst. Aber dieses Jahr, standen ihr große Herausforderungen bevor, sodass sie ihn nicht zu sehr genießen konnte. Sie wählte Mohameds Nummer.

„Habibi!!!", begrüßte er sie erfreut.

„Alsalamualeikum Habibi. Wie geht's dir?", Samantha fing beim Klang seiner Stimmer zu lächeln an.

„Wa aleikum Salam, meine Liebe. Alhamudulilahh und bei dir? Ich vermisse dich. Soll ich dich jetzt abholen von Alehandra?", fragte er freundlich.

„Nein Habibi, wir haben ja noch nicht mal richtig angefangen zu lernen. Ich habe eine Frage an dich.", begann Samantha gefasst.

„Ja, was brauchst du meine Süße?", forderte er die Frage heraus.

„Nein, nichts, ich wollte nur wissen, ob du dir nochmal Geld aus dem Umschlag von Papa genommen hast." Sie war froh, dass die Frage gestellt war, denn offenbar hatte sie die Sache belastet.

„Nein Habibi, ich habe nichts genommen. Ich hatte die 500€ auch wieder zurückgetan. Wieso?", antwortete Mohamed. Samantha war erschrocken über die Antwort, denn wenn er es nicht war, dann muss es jemand anderes gewesen sein, was bedeuten würde, dass entweder jemand eingebrochen war, oder jemand, der sich legal Zugang zur Wohnung verschafft hatte, das Geld gestohlen hatte.

„Habibi wirklich nicht? Der Umschlag ist leer. Das ganze Geld ist weg. Das waren, wenn du die 500€ zurückgelegt hast, über 1000€. Und er lag die ganze Zeit im Schlafzimmer.", Samantha wurde panisch.

„Bist du sicher? Bist du sicher, dass du es nicht irgendwie ausgegeben hast?", Mohameds Stimme wurde ernster aber blieb ruhig, beruhigend.

„Ja wirklich.", Samantha wurde immer nervöser. Sie fing an, im Zimmer auf und ab zu laufen.

„Habibi, alles gut in sha Allah. Ich werde mich gleich auf den Weg machen, dich abzuholen, ich möchte jetzt nicht, dass du weit von mir weg bist. Wenn wir zusammen zu Hause sind, werden wir die Polizei verständigen. Sag Alahandra nichts, sprich mit niemandem!", sagte er planvoll.

„Wieso Alehandra? Was soll sie damit zu tun haben?", Samantha war durcheinander. Sie wusste gar nichts mehr. Sie konnte nur noch zuhören.

„Ich traue jetzt niemandem mehr. Diese ganzen Ereignisse, das ist einfach eigenartig, alle die dich umgeben, könnten etwas damit zu tun haben. Bitte verhalte dich ganz normal und lerne mit ihr, bis ich dich abhole. Das dauert nicht allzu lange. Bitte Habibi, das schaffst du. In sha Allah khair.", er redete eindringlich auf sie ein, sie liebte seinen Kampfgeist. Egal worum es ging, er war immer voll bei der Sache und aufrichtig.

„Ok Habibi. Danke.", sagte sie leise.

„Gut Habibi, bis gleich.", sagte er und legte auf.

Als er nicht mehr am Telefon war, spürte Sam eine leichte Angst. Sie fühlte sich auf einmal sich selbst überlassen in einer Situation, die durchaus gefährlich sein könnte. Sie war davon ausgegangen, dass Mohamed das Geld genommen hatte. Sie hatte alles ignoriert. Diese Sache mit der Fensterscheibe, den Mord, das Geld…sie hatte es solange von sich weggeschoben, bis es sie jetzt einholte. Sie hatte ja nicht gedacht, dass es so nah an sie herantreten würde. Sie hatte gedacht, wenn sie tatsächlich in Gefahr wäre, dann hätte die

Polizei das sicher erkannt und entsprechenden Schutz gegeben. Aber vielleicht war sie nicht in Gefahr. Vielleicht hatte auch James einfach das Geld genommen, weil es ihm peinlich gewesen war, zu fragen. Mit etwas zittrigen Knien verließ sie das Schlafzimmer und ging zurück zu Alehandra, die, wie vorher auf dem Sessel saß. Sam wusste nicht, dass Alehandra sie heimlich belauscht hatte und innerlich schon am Kochen war, denn wie ein Streit hatte das am Telefon ganz und gar nicht geklungen. Warum vertraute sie ihm nur so sehr? Es gab doch so viele Zeichen, die in ihr Misstrauen wecken müssten

„Und alles klar?", fragte sie mit zynischem Unterton.

„Ja alles ok.", sagte Sam, in der innerlich die Angst aufstieg. Sie quälte sich ein Lächeln heraus.

Alles ok? Alles ok. Na super, dachte Alehandra, während das Adrenalin und die Wut in ihr aufstiegen. Wann hatte Sam denn damit aufgehört, ihr persönliche Angelegenheiten anzuvertrauen?!

„Möchtest du vielleicht einen Saft?", Alehandra musste unbedingt den Raum verlassen, damit sie nicht platzte vor Wut.

„Ja gern.", antwortete Sam, wieder mit einem gequälten Lächeln aber etwas beruhigtem Gemüt. Alehandra ließ sich das nicht zweimal sagen, schnappte sich auch das Kaffeetablett und verließ schnell den Raum. In der Küche nahm sie zwei große Gläser für den Orangensaft aus dem Schrank. Sie hatte doch eindeutig ihren Namen gehört. Was, wenn sie sie verdächtigten? Dann würde ihr Plan nie aufgehen. Sie würde in den Knast wandern und Sam und Mohamed würden immer zusammenbleiben und viele

Kinder kriegen. Nein, das durfte nicht sein. Wie sollten sie sie verdächtigen? Auch wenn sie einen kleinen Verdacht hegten, James fraß ihr aus der Hand. Er vertraute ihr, er würde für sie ein gutes Wort einlegen. Sie goss den Orangensaft ein. Und was wenn nicht? Was wenn sie sie nicht verdächtigten, aber sich einfach nicht streiten würden? Was, wenn sie einfach nie auseinandergehen würden? Nein das durfte nicht sein. Sie zog ihr Handy aus der Tasche.

„Ja hallo, Alehandra, ist alles gut?", fragte Dr. Ruben am anderen Ende.

„Ralf, ich weiß es nicht.", Alehandra war nervös.

„Was ist los? Ist etwas passiert?", Dr. Ruben wurde auch nervös.

„Nein noch nicht. Es ist einfach nichts aus ihr rauszukriegen. Sie ist so verschwiegen mir gegenüber, ich glaub sie hat vorhin mit Mohamed telefoniert. Sie hat, glaub ich auch meinen Namen erwähnt. Was wenn sie mich verdächtigen? Ich weiß nicht, was ich jetzt machen soll.", redete sich Alehandra ihr Leid von der Seele. Auf der einen Seite tat es ihr gut, aber auf der anderen Seite hatte sie das Gefühl, dass sich ihre Sorgen dadurch verstärkten.

„Du machst jetzt gar nichts. Alehandra, das Beste ist, wenn du zusiehst, dass Sam jetzt so schnell wie möglich deine Wohnung verlässt. Sag einfach dir geht's nicht gut oder so. Ich komm gleich vorbei. Ich bin nicht weit weg von Neukölln. Bitte halte dich zurück und vor allem halte dich an meine Anweisungen! Ich bin gleich da." Dr. Ruben redete eindringlich auf sie ein.

„Ja ok. Bis gleich." Alehandra legte auf. Sie holte tief Luft, nahm die Gläser und machte sich wieder auf den Weg ins Wohnzimmer und stellte die Gläser auf den Tisch.

„Hast du eigentlich mit Mohamed telefoniert vorhin?", fragte sie, entgegen dem, was Ralf ihr gerade geraten hatte. Sie konnte ihre Neugier nicht zurückhalten, sie musste wissen, ob sie mit ihrem Plan eine Chance hatte.

„Ja, ich hatte ihn nur gefragt, ob es ok ist, wenn wir dir etwas Geld leihen.", log Samantha.

In Alehandras Herz zog sich zusammen.

„Ich hatte dich doch gebeten, damit nicht hausieren zu gehen.", entgegnete sie verwirrt. Das klang ganz und gar nicht nach Streit oder Zwietracht.

Sam hob ihren Kopf und sah Alehandra in die Augen. „Das tut mir leid.", log sie weiter. Ihr klopfte das Herz laut. Sie hatte plötzlich ein sehr schlechtes Gefühl. Sie bemühte sich um ein Pokerface und fuhr fort: „Es tut mir leid, ich bespreche fast alles mit Mohamed, ich hatte da nicht dran gedacht, aber ihn betrifft das ja auch. Sei mir nicht böse, ich hatte das irgendwie vergessen."

„Schon okay.", begann Alehandra, „Ich hol mal eben meine Notizen aus dem Schlafzimmer. Dann können wir lernen." Sie stand langsam auf lief hinter dem Sessel an Sam vorbei, griff nach der kleinen Schirmlampe, die hinter Sam auf dem Regal stand, und schlug sie im Affekt Samantha auf den Kopf.

„Er gehört mir.", stieß sie dabei aus. Samantha wurde sofort bewusstlos und sackte auf dem Sessel in sich zusammen. Alehandra erschrak vor sich selbst. Oh nein, oh nein, das

143

hatte sie nicht gewollt. Sie warf die Schirmlampe weg und ging sofort zu ihr, schlug ihr mehrmals mit der Hand auf die Wange, aber Samantha regte sich nicht. Was sollte sie denn jetzt tun? Sie sah Blut auf dem Polster. Es war nicht viel, es war sicher nicht allzu schlimm. Sollte sie einen Krankenwagen rufen? Nein, sie würden sie sicher gleich verhaften. Oh nein oh nein oh nein oh nein. Alehandra lief im Wohnzimmer auf und ab. Es wäre gut, wenn sie die Blutung stoppte, ja das wäre vielleicht gut. Sie lief ins Badezimmer um eine Kompresse und Verband zu holen. Vielleicht konnte sich Sam, wenn sie aufwachte ja an gar nichts erinnern. Alles halb so wild. JA halb so wild. Alehandra könnte ihr erzählen, dass sie plötzlich zusammengebrochen war. Sam hatte ja hinten keine Augen, sie wusste gar nicht, was passiert war. Nein es war richtig wild, sie würde in den Knast wandern, es war alles aus. Was, wenn sie gar nicht mehr aufwachte. Jetzt klingelte es an der Tür. Ein Glück, Dr. Ruben, er kam genau im richtigen Moment. Sie betätigte den Türöffner, lehnte die Tür an und lief sofort ins Bad, um den Verbandskasten zu holen und dann ins Wohnzimmer zurück, um Samantha zu verarzten. Sie vernahm Geräusche an der Haustür und rief: „Komm rein, ich wollte das nicht, ich konnte mich einfach nicht zurückhalten. Du musst mir helfen." Wieder schlug sie Samantha auf die Wange, aber sie reagierte nicht. Als sie von ihr aufsah stand Mohamed vor ihr.

„Mohamed!"

„Samantha!" riefen sie gleichzeitig. „Was ist passiert??", fragte er besorgt. „Sam!" Er schlug ihr sanft ins Gesicht. Samantha bewegte sich nicht. „Was ist passiert? Hast du einen Krankenwagen gerufen? Warum blutet sie? Was hast du getan?", Mohamed war aufgelöst.

„Ich...ich", stotterte Alehandra. „Gar nichts, ich hab nichts getan. Ich hab es noch nicht geschafft, einen Krankenwagen zu rufen. Sie ist einfach so zusammengesackt. Ganz plötzlich. Ich hab das gar nicht kommen sehen. Hatte sie das früher schonmal? Vielleicht ist das ja eine Art Epilepsie oder so.", Alehandra versuchte sich rauszureden, aber im Grunde ihres Herzens wusste sie, dass sie keine Chance mehr hatte. Mohamed rief sofort einen Krankenwagen und auch die Polizei. Er wusste nichts von einer Epilepsie. Er setzte sich neben Sam und redete auf sie ein.

„Samantha, Habibi. Wach auf. Bitte." Ihr Gesicht war schön. Sie sah aus, als ob sie schlief. „Oh Allah, lass mir meine Frau! Ich liebe sie so sehr.", Mohamed hob seine Hände zu einem Bittgebet.

Alehandra brach in Tränen aus. „Es tut mir leid.", schluchzte sie.

Mohamed nahm die Kompresse und den Verband und verband Samantha die Wunde am Kopf.

„Was tut dir leid? Was hast du getan?", fragte er ruhig.

„Nichts, ich meine, sie ist einfach so zusammengebrochen, dabei hat sie 'sich den Kopf so gestoßen. Ich hätte sie abfangen sollen oder besser auf sie aufpassen...", log sie weiter, während ihre Tränen unaufhörlich liefen.

„Weißt du was?", Mohamed ließ seinen Blick kurz von Samantha ab, um Alehandra anzusehen. Ihre Schminke war verlaufen. Der schwarze Kajal lief ihre Wangen entlang. Sie sah verstört aus.

„Ich glaube dir nicht.", sagte er mit selbstbewusster Stimme.

„Alehandra, was ist passiert?" Plötzlich stand Dr. Ruben im Wohnzimmer. Mohamed hatte die Tür nicht richtig zugemacht. Als er Mohamed neben Samantha entdeckte, bereute er, die Wohnung betreten zu haben. Alehandra sah ihn nur an, sie sagte nichts mehr. Sie wusste nicht was sie sagen konnte. Es war alles verloren. Sie hatte Mohamed verloren. Sie hatte alles riskiert und verloren.

„Und Sie sind?", fragte Mohamed.

Dr. Ruben wusste nicht, wie er reagieren sollte.

„Ich…", begann er zögerlich aber gesetzt. „Mein Name ist Dr. Ruben. Es fällt unter die ärztliche Schweigepflicht, meine Patientin hat mich angerufen. Sie hatte eine akute Panikattacke.", log auch er.

„Dr. Ruben? Sind sie nicht der behandelnde Psychiater von Samanthas Mutter? Und Alehandra ist bei ihnen in Behandlung?", fragte Mohamed verwundert. Er fühlte sich wie in einem Film. Er wusste nur nicht ob das ein Komödie oder eine Tragödie sein sollte.

Plötzlich öffnete Samantha die Augen.

„Mohamed!", sagte sie leise und lächelte leicht. Sie war überglücklich, sein Gesicht zu sehen. „Was ist passiert?", wollte sie wissen.

Er entschied sich für eine Liebeskomödie.

„Das soll die Polizei klären.", antwortete er erleichtert.


Nach einigen Minuten trafen die Polizei und der Krankenwagen ein.

## Das Weiß des Schnees

Das Weiß des Schnees strahlte wie das Lächeln in ihrem Gesicht. Der Winter hatte Berlin ganz und gar ergriffen und eingefroren. Der Schnee reflektierte die Sonne mit glitzernden Eiskristallen. Es war ein herrlicher Tag. Die Temperaturen lagen weit unter null und die Aussicht auf eine lange Flugreise ließen Samantha die Kälte der Hauptstadt vergessen.

„Wir müssen zum Terminal C.", sagte Mohamed und zog den großen Koffer hinter sich her. Vier Wochen Amerika, endlich würde Samantha ihre Verwandten kennenlernen. Endlich flog sie in die Flitterwochen mit Mohamed.

Als sie in der Halle standen, bahnte sich die Vorfreude an. Sam hatte nicht gedacht, dass ihr Fernweh so groß gewesen war. Sie hatte Europa noch nie verlassen und sie hatte überhaupt nicht gedacht, dass ihr erstes Ziel Amerika sein würde. Amerika, verschrien als rassistisch und islamfeindlich. Aber auch das waren nur Vorurteile. Es war für sie das Land, in dem ihre Wurzeln lagen.

„Ich bin gespannt wann James nachkommt.", sagte Mohamed. „Willst du eine Cola? Oder etwas anders? Einen Kaffee?"

„Ja, gern einen Kaffee.", sagte Sam dankend. Sie liefen zu dem völlig überteuerten Flughafen -Starbucks.

„Meinst du, Alehandra hätte mich auch getötet?", fragte Sam plötzlich.

„Niemals hätte sie das geschafft. Ich pass immer auf dich auf, solange auch nur ein Tropfen Blut durch meine Adern fließt.", antwortete er mit Eifer. „Ich weiß nicht, wie gefährlich sie ist. Sie hat dich getäuscht, aber es ist alles gut gegangen alhamdulilahh. Ich denke, dass der Prozess das zeigen wird.", sagte Mohamed.

„Ich hab ein bisschen Angst vor dem Prozess. Ich möchte Alehandra gar nicht wiedersehen. Aber ich bin froh, dass wir Mama in die Klinik gegeben haben. Ich hab das Gefühl, dass es ihr dort besser geht. James hat sich eindeutig getäuscht in Dr. Ruben. Ich hab das Gefühl er hat einen guten Zugang zu Mama. Und wenn alles gut geht, dann ist sie wieder draußen, wenn wir zurück sind.", merkte Sam an.

„In Sha Allah.", sagte Mohamed gedankenverloren.

„Alhamdulilahh. Ich bin so glücklich. Ich liebe dich.", Sam umarmte ihren Mann. Sie fühlte sich wohl. Endlich konnte sie das Gefühl, das er ihr gab, ungeschliffen fühlen.

„Ich auch Habibi.", er lächelte.

Er lächelte immer.

Zweiter Teil

**Susan**

Susan öffnete die Augen. Die Nacht war wieder sehr anstrengend gewesen. Sie ließ ihren Blick durch das Zimmer schweifen. Die Wände waren weiß und kahl. Ihre Zimmernachbarin Barbara saß auf dem Bett und las Zeitung. Susan las in der letzten Zeit nicht so gern Zeitung. Sie hatte eine neue Angst vor dem, was in der Welt passierte. Oft hatte sie Angst davor, dass das, was in der Welt passierte auch mit ihr passieren würde. Und die Dinge, über die die Zeitung berichtete, waren zum Teil grausam. Nicht, dass die Welt grausam war, aber die Zeitung profitierte von grausamen Nachrichten mehr, als von solchen, die keinen Skandal hervorbrachten. Manchmal kam es ihr so vor, die Zeitungen und Nachrichten würden über Susan selbst berichten, allerdings in Form von versteckten Botschaften. Dr. Ruben nannte das „Beziehungserleben".

Barbara trug eine Brille zum Lesen. Roswita, ihre andere Zimmergenossin, traute Barbara nicht. Sie sagte, sie würde Informationen über sie weitererzählen, an das Personal, an die anderen in der Klinik. War das auch Beziehungserleben?

Jedenfalls trug dieses Gerede nicht dazu bei, dass es Susan besser ging. Roswita kam aus Polen. Sie war etwas älter als Susan und sie hatte immer Süßigkeiten. Schokolade, Gummibärchen, Chips, sie war immer am Essen. Da nahm sie wohl auch ihre Energie her, wenn sie mitten in der Nacht aufstand, um mit einem Schwamm die Wände zu waschen. Susan war davon wach geworden und Roswita hatte gemeint, Susan solle ihr helfen. Sie hatte Susan sogar die Decke weggezogen, weshalb Susan sie etwas unhöflich angefahren war. Sie wollte schlafen und in Ruhe gelassen werden. Abgesehen davon, mochte Susan Roswita eigentlich. Sie machten hier auf Station fast alles zusammen. Sie gingen zusammen zum Essen, sie gingen gemeinsam spazieren, sahen fern. Susan fühlte sich ein wenig wie auf Klassenfahrt, denn jegliche Verantwortung für Haushalt, Finanzen oder Kinder waren von ihr abgefallen. Sie war jetzt seit vier Wochen hier und sie hatte sich eingelebt. Auch wenn die Ausstattung im Vergleich zu ihrem schönen Haus zu Hause karg schien, so war es das Gefühl von Gemeinschaft, weshalb sie sich hier wohlfühlte. Zumindest an manchen Tagen.

Sie stand aus ihrem Bett auf.

„Guten Morgen.", sagte sie kurz zu ihrer nicht ganz so beliebten Zimmergenossin Barbara, nahm ihre Kleidung für den heutigen Tag und betrat vorsichtig den Flur. Roswita schlief noch, was Susan nicht wunderte. Es war schon 8:20 Uhr und Frühstück gab es nur bis 9:30 Uhr. Susan schmulte vorsichtig raus, ob jemand auf dem Flur war, denn es war ein unangenehmes Gefühl von jedem auf dem Flur, im Schlafanzug gesehen zu werden. Zum Glück war er leer. Nur eine Schwester, die gerade den Gang entlanglief. Susan huschte rüber zum Badezimmer. Es war abgesperrt. Ein Zettel klebte an der Tür: „Toilette verstopft". Das kam hier öfter vor. Susan hatte den Verdacht, dass es von den anderen Patienten kam. Sie hatte hier in der Psychiatrie öfter das Gefühl, dass die Patienten, den „Befehlshabern", den Schwestern und Ärzten, Streiche spielten. Heute war Montag. Immer montags gab es eine Versammlung aller Patienten auf Station. Es wurden Aufgaben verteilt für die Woche. Zum Beispiel waren immer zwei für die Zubereitung des Abendessens verantwortlich. Dann waren wieder zwei dafür verantwortlich, den Einkauf zu tätigen. Wieder zwei sollten den Flur fegen uns so weiter. Susan hatte eine Zeit lang mit Roswita das Abendessen zubereitet. Es war klassisches, deutsches Abendbrot. Brot mit Aufstrich, welches nur angerichtet und aufgetischt werden musste. Dann gab es manchmal noch Salat und Obst. Es war also nicht zu viel Arbeit, aber es war für Susan eine beruhigende Sache. Sie hätte gern geduscht, aber sie wollte auch nicht länger durch den Flur laufen, um nach einem Badezimmer zu suchen, das nicht abgesperrt war. Also machte sie sich auf den Rückweg in ihr Zimmer.

Barbara hatte die Zeitung inzwischen weggelegt und Roswita war auch wach. Sie unterhielten sich. Es war Small Talk.

„Susan, meine Liebe, wie geht es dir?", Roswita freute sich, Susan zu sehen, und Susan freute sich, dass sie jemand mochte. So ein Klinikaufenthalt konnte ganz schön einsam sein, auch wenn James sie regelmäßig besuchte.

„Die Toilette ist schon wieder verstopft.", sagte Susan nur und setzte sich auf ihr Bett. Es gab nicht viele Sitzmöglichkeiten, denn am Ende war dies einfach nur ein Krankenhauszimmer. Gut, dass es hier auch eine kleine Nische mit einem Waschbecken und einem Spiegel gab.

Es waren so zwei bis drei Allianzen in dieser Klinik. Die Patienten waren generell misstrauisch den Ärzten und dem Pflegepersonal gegenüber. Die meisten hielten ihre Medikamente für überflüssig und versuchten, soweit es ging, das Einnehmen zu vermeiden. Manchmal dachte Susan, dass psychische Störungen sich hier durch entsprechende Maßnahmen verstärkten. Zum Beispiel schlossen sie je nach Situation die Station ab. Es durften dann nur die Leute nach draußen, die sich aufgrund ihrer psychischen Verfassung dazu qualifiziert hatten. Susan durfte immer raus, wenn sie das wollte, allerdings hatte sich ihre Wahrnehmung verändert. Es war nicht mehr so einfach, allein spazieren zu gehen. Andauernd vermutete sie hinter dem Verhalten der anderen Menschen einen Wink, eine Andeutung, so etwas wie ein Zeichen. Manchmal war sie dann draußen ziellos umhergeirrt. Nicht, dass sie nicht mehr wusste, wo sie war, aber sie hatte ihr eigentliches Ziel, zum Beispiel, wollte sie den einen Tag etwas Kleines bei Edeka kaufen, aus den Augen verloren. Dann kam sie völlig ausgepowert und verwirrt, aber ohne den Einkauf zurück. Dr. Ruben nannte das: Psychose. Sie hielt sich viel auf ihrem Zimmer auf. Roswita hatte ihre Medikamente sogar mal eingepflanzt, um damit Experimente zu machen. Sie sagte, sie würde für eine Zeitung arbeiten und über die Missstände in der Psychiatrie berichten. Susan war sich nicht sicher, ob sie log, fantasierte, oder die Wahrheit erzählte. Aber eines gefiel ihr auch nicht: Sie fand, dass Roswita viel zu viel Medikamente bekam. Sie nässte seit einiger Zeit sogar nachts manchmal ein. Das war neu und es bestand ein eigentlich zweifelloser Zusammenhang zwischen der Erhöhung der Medikamentendosis und dem nächtlichen Einnässen. Das nächtliche Einnässen hatte einen erhöhten Anspruch an das

Pflegepersonal zur Folge, welches wiederum an anderen Stellen der Station fehlte.

Deswegen wollte Susan keine Verschwörungstheorie aufstellen, zumindest im Moment nicht, denn alles hing mit allem zusammen und die Dinge passierten eben.

Handelten die Menschen nicht nach bestem Wissen und Gewissen? Jedenfalls hatte Susan diese Vorstellung von den Menschen. Was schief lief, war Zufall oder Unwissenheit. Sam würde sagen, es ist alles von Allah. Seit sie konvertiert war, hatte sie sich verändert. Manchmal gefiel es Susan, denn Sam war ruhiger und geduldiger geworden. Aber manchmal machte es ihr, Angst.

„Komm Susan, lass uns frühstücken. Heute ist Montag, es steht viel auf dem Plan."

Susan wurde von Roswita aus ihren Gedanken gerissen. Besser so, manchmal verlor sie sich zu sehr. Besonders in der jetzigen Zeit.

Sie wusste nicht wie es weitergehen sollte. Ihr Mann war tot, ihre Tochter ausgezogen. Da waren nur noch sie und James. Manchmal kam sie sich vor, als würde sie ihn einsperren. Nicht weil sie das wirklich tat, aber weil ihr bewusst war, wie wenig sie ohne ihn sein wollte und wie sehr sie die Einsamkeit vermeiden wollte, die sich durch all ihre Knochen zog, wenn sie allein in diesem großen Haus saß. Sie war wie eine graue Wolke diese Einsamkeit. Sie schwebte über ihr und ließ sie nicht mehr allein. Manchmal hatte sie das Gefühl, dass sie regnete.

Es gab frische Brötchen und Marmelade zum Frühstück. Der Speisesaal war hell und hatte viele Fenster, die die

Morgensonne hereinließen. Es war nicht nur hell, sondern auch warm und gut besucht. Es roch nach frischem Kaffee. Susan fühlte sich gut, sie fühlte sich nicht einsam, sie fühlte sich willkommen.

## Liebe und Amerika

Titusville, eine Stadt in der Nähe von Orlando in Florida. Mitten im Dezember waren es noch 20 Grad Celsius. Amy, Sams und James Tante und die Schwester von Susan lebte dort mit ihren zwei nun schon erwachsenen Kindern und ihrem Mann Connor. Sie hatten ein großes, luxuriöses Haus, in der Nähe des Ozeans. Sam und Mohamed hatten die letzten vier Wochen hier verbracht. Es waren himmlische Flitterwochen gewesen, wie Sam fand. Sie fühlte sich komplett entspannt und ließ keinen negativen Gedankenzweifel in ihren Kopf. Heute war ihr letzter Tag, gleich morgen früh ging ihr Flieger nach Deutschland zurück.

Sam und Mohamed liefen händchenhaltend den endlosen Sandstrand entlang. Die Sonne war kurz vor dem Untergang und es war noch mild. Sie gingen direkt in ein Restaurant, das sie in letzter Zeit regelmäßig besucht hatten. Es hatte einen großen Außenbereich und war wahnsinnig romantisch mit direktem Blick auf das Meer. Das Meer, das Sam so sehr liebte. Sie sah es an und spürte, wie ihr Herzschlag sich beruhigte, das Rauschen der Wellen in ihren Ohren, wie eine Medizin, wie eine Beruhigungstablette. Wenn es nach ihr gegangen wäre, hätte sie diesen Ort vorerst wohl nicht mehr verlassen. Er war die Erholung pur. Es fühlte sich frei an. Eine ruhige Freiheit. Die Familie ihrer Mutter war sehr gastfreundlich gewesen. Sam und Mohamed durften auch in ihrem Haus beten. Sie fühlte sich nicht diskriminiert, sie fühlte sich willkommen und voll Liebe und Wärme aufgenommen, angenommen wie sie war. Wie sie waren, sie und ihr Ehemann Mohamed. Vielleicht war es, weil sie höflich waren und sich kaum kannten und sie auch wussten, dass sie bald wieder abreisen. Vielleicht war es aber auch dieses wunderschöne Fleckchen Erde, zu dem Allah sie geleitet hatte. Vielleicht war es einfach das gesamte Zusammenspiel. Es war einfach schön.

Als sie wieder am Haus ankamen, war es schon dunkel. Amy saß im Wohnzimmer, sie hatte auf die beiden gewartet. Sie saß auf dem dunkelgrünen Chesterfieldsofa vor dem Kamin. Vor ihr eine Tasse Tee. Sie sah nachdenklich aus.

„Hi, wir sind wieder da.", kündigte Sam sie an, während die das Wohnzimmer betraten. Es herrschte eine gemütliche Atmosphäre.

„Hey ihr zwei." Amy drehte sich um. Ihr deutsch war gut, sie sprach fast einwandfrei mit einem deutlichen Akzent.

„War er schön, euer Abend?", fragte sie mit einem milden Lächeln. Sie trug blondes, schulterlanges Haar. Ihre Kleidung sah immer adrett aus. Hemden mit Kragen, Wollkragenpullover mit kariertem Muster, schicke Blusen in Pastelltönen. Sam hatte nichts gegen Pastelltöne. Sie mochte sie sogar. Vor allem die blauen. Sie hatte seit ein paar Jahren eine neuartige Freude an Farben und Schönheit, wie sie sie vorher nicht gekannt hatte. Sie hatte die Theorie, dass es mit der Zeit zu tun hatte. Sie hatte viel mehr Zeit als früher. Früher war sie immer im Stress gewesen. Jobs, Familienprobleme, Schule. Sie hatte das Gefühl immer unterwegs zu sein, immer zu tun zu haben.

Ihr letztes Jahr im Abitur hatte sie sich nur Zeit zum Lernen genommen und seit dem Studium hatte sie viel Ruhe und Zeit, sodass sie frei war, die Schönheit dieser Welt wahrzunehmen. Sie war nicht lebensnotwendig, diese Schönheit, aber sie war wohltuend. Schön halt, präventiv wenn man so will. Was dem Herzen und der Seele guttat, ohne dass es überlebensnotwendig war, konnte man doch als präventiv bezeichnen. Prävention vor zum Beispiel psychischen Störungen oder einfach nur Traurigkeit oder Armut. Nein, half Schönheit gegen Armut? Ein starkes Herz war nicht anfällig für Schlechtes. Ein starkes Herz konnte das Schlechte sogar bekämpfen.

Amy trug heute eine roséfarbene Bluse. Eine Decke lag auf ihrem Schoß und der Kamin heizte.

Mohamed ging rauf ins Zimmer, um zu schlafen. Sam setzte sich zu ihrer Tante mit einer Tasse Tee. Sie liebte den Kamin. Heute war ihr letzter Abend.

„Wie geht es dir?", fragte Amy.

„Es geht mir gut, danke meine Liebe. Ich bin sehr erholt. Es war einfach schön hier bei euch. Wenn es nach mir ginge, würde ich noch nicht abreisen. Aber die Pflicht ruft, was soll man machen?!", Sam nahm einen Schluck Tee. Sie dachte nur leicht und oberflächlich an das, was sie in Berlin erwarten würde. Sie ließ die Gedanken nicht vollständig an sich ran.

Sie kratzte sie sozusagen etwas an. So wie man die Tapete von einer Wand mit dem Spachtel entfernte, bevor man die Wand aufmachte, weil sich unter ihr, Schwarzschimmel befand, der, wenn man ihn nicht entfernte, die inneren Organe angreifen würde. Es war eine Schutzmaßnahme. Vielleicht war es aber auch einfach nur die normale Vorgehensweise in logischer Reihenfolge, wenn ein hartes Stück Arbeit vor einem lag. Ihre Mutter war in der Psychiatrie, ihre beste Freundin wurde des Mordes an ihren Vater verdächtigt und ihr Bruder liebte diese Frau, ohne eine Gewissheit darüber zu haben, ob sie unschuldig war. Sam hatte Amy von all dem nichts erzählt. Sie wusste nur, von dem Tod ihres Vaters. Amy war Anfang vierzig. Sie war liebevoll und warmherzig. Anders als ihre Mutter. Nicht, dass ihre Mutter nicht auch liebevoll war. Nein, sie war einfach viel labiler. Vielleicht lag es daran, dass sie sich in jungen Jahren selbst entwurzelt hatte, und nach Deutschland gegangen war.

„Warum ist Mama damals eigentlich weggegangen?", fragte Sam, wie aus dem Nichts.

Amy wirkte überrascht.

„Da fragst du was. Das ist schon so lange her.", Amy lächelte Sam ins Gesicht.

„Weißt du, ich bin ja das erste Mal hier. Ich find es einfach so schön hier, dass ich mir nicht vorstellen kann, dass man irgendeinen inneren Drang hat, von hier wegzugehen. Gab es Probleme in der Familie? Ich meine, das schiene mir logisch. In Berlin haben wir keinen Ozean vor der Haustür. Im Winter ist es da sehr kalt. Es wirkt im Vergleich zu diesem Ort etwas naja, … trist.", Sam musste sich auf die Zunge beißen, um nicht über die Probleme ihrer Mutter zu reden.

„Weißt du, ich glaube es war die Liebe, die sie nach Deutschland zog. Sie hatte deinen Vater hier an der Uni kennengelernt. Er machte nur ein Auslandssemester. Es war eigenartig. Sie war wie besessen von ihm. Auf einmal schien alles andere unwichtig. Sie ging direkt mit ihm mit. Es gab einen großen Streit mit Mom deswegen. Sie war ängstlich. Susan hatte bis dahin noch in ihrem Elternhaus gelebt. Sie zog sehr plötzlich aus. Und dann auch noch so weit weg. Und dann gleich mit einem Mann zusammen. Mom hatte Angst, dass er ein Nazi war, weil er aus Deutschland kam. Sie versuchte alles, Susan davon abzuhalten. Aber es ging nicht. Es wirkte wie eine verspätete pubertäre Rebellion, denn zuvor hatten Mom und Susan nie Probleme miteinander gehabt. Aber keiner konnte ahnen, dass es einfach mal ihr Lebensentwurf gewesen war." Amy lächelte immer noch.

Sie wirkte mit sich und all dem im Reinen. Sam hatte nicht das Gefühl, dass sie sauer war, oder es nicht wirklich verstand. Die Parallelen, die Sam zu ihrem eigenen Auszug von zu Hause sah, verblüfften sie sehr. Sie hielt einen Moment inne, starrte auf den Kamin. Wieso konnte ihre Mutter sie nicht verstehen, wo sie doch fast die gleiche Geschichte hatte? Vielleicht war ihr das gar nicht so bewusst. Vielleicht hatte sie damals ihre Entscheidung aber auch bereut. Vielleicht war Deutschland an ihrem Zustand schuld. Vielleicht war es die Schuld von diesem verkopften System, das Papiere und Bürokratie, und die Arbeit über alles andere stellte und dann nicht mal genügend Sonnenlicht zur Verfügung hatte, um sie mit ausreichend Vitamin D zu versorgen, sodass ihrer Mutter nichts anderes übrigblieb als psychisch krank zu werden. Sie war nie krank, aber immer labil gewesen. Vielleicht hätte sie sich hier in Titusville anders entwickelt. Vielleicht hätte sie hier auch so ein ausgeglichenes Gemüt, wie ihre Schwester Amy bekommen. Hätte hätte Fahrradkette, der Shaytan[16] möchte, dass wir so denken, nichts passiert ohne die Erlaubnis von Allah, verwarf sie ihre Gedanken und schüttelte den Kopf, ohne es zu merken.

„Na da ist eine aber tief in Gedanken. Alles ok?", fragte Amy.

„Ja, alles gut. Ich hatte nur gerade einen Gedanken verworfen.", sagte Sam freundlich.

„Ja das kenn ich. Ich bin auch so. Sam, ich werde euch morgen begleiten.", sagte Amy plötzlich.

„Was?", Sam verstand nicht.

„Seitdem ihr beiden hier seid, kann ich nicht aufhören daran zu denken, nach Deutschland zu gehen. Ich denke so viel an deine Mutter, ich vermisse sie. Es ist nicht normal, wir haben uns bestimmt 15 Jahre nicht gesehen.", sprudelte es aus Amy heraus.

„Oh, wirklich? Und du kommst einfach so morgen mit? Hast du denn ein Flugticket?", Sam war überrascht aber sie freute sich auch. Das könnte ihrer Mutter guttun. Blöd nur, dass Amy nichts von ihren Problemen wusste, aber da gäbe es sicher eine Lösung.

„Ich hab das Ticket schon zwei Wochen. Ich hatte nur nichts gesagt, weil ich mir bis heute nicht sicher war, ob das eine gute Idee ist, aber irgendwann musste ich eine Entscheidung treffen. Und ich habe ein gutes Gefühl dabei.", sagte Amy motiviert.

---

[16] Islamische Bezeichnung für den Teufel

„Ist dir klar, dass im Moment -4 Grad in Deutschland sind?",
fragte Sam verschmitzt.

Amy stieß ein Lachen aus „Ja ich hab so eine Jacke von Jack
Wolfskin, richtig dick."

„Ich freu mich, wenn du mit uns kommst. Du kannst auch bei
Mama wohnen, sie hat ein großes Haus. Seit Papa tot ist, tut
ihr Gesellschaft sehr gut. Nicht dass das vorher nicht auch so
gewesen wäre, aber sie braucht es im Moment besonders. Oh,
und dann lernst du James kennen. Er wird sich freuen, er ist
wirklich toll. Oh Mann das wird super." Sam war
euphorisiert.

Als sie ins Bett ging, schlief Mohamed schon. Eine lange Reise
lag vor ihnen.

### Untersuchungshaft

Die Wände waren kahl, es wirkte alles so ruinenmäßig.
Ruiniert sozusagen. In ihrem Zimmer befand sich ein Bett, ein
kleiner Schreibtisch und ein Waschbecken. Sie war den
ganzen Tag allein. Nur beim Ausgang auf den Hof, traf sie
mal ein paar andere Frauen. Aber sie redete kaum mit einer.
Worüber sollte sie auch reden? Es gab kaum etwas
Erfreuliches zu erzählen. Mit welchen Worten sollte man
Kontakt aufnehmen? „Hey, ich sitz wegen Diebstahl, wollen
wir Freunde sein?" Normalerweise waren die Frauen hier

nicht so sehr darauf aus, einem zu erzählen weshalb sie saßen. Alehandra wurde des Mordes an den Vater ihrer besten Freundin angeklagt. Ein Urteil wurde noch nicht verkündet. Der Prozess hatte auch noch nicht begonnen. Es gab also noch Hoffnung. Oder auch nicht, denn alles sprach gegen sie. Sie konnte sich nicht erklären, wie sie hier gelandet war. Eben war sie noch eine erfolgreiche Studentin gewesen, die nahe an einer Cinderella Story vorbei geschlittert war, und jetzt befürchtete sie, den Rest ihres Lebens in diesen engen vier Wänden, und was viel schlimmer war, in absoluter Einsamkeit, verbringen zu müssen. Wenn sie für schuldig befunden wurde, würde das fünfundzwanzig Jahre bedeuten. Wenn nicht, Freispruch. Wenn sie verurteilt wurde, konnte sie frühzeitig nach guter Führung entlassen werden. So stellte ihr Anwalt, Herr Kenzler, ihr ihre zukünftigen Aussichten vor. Glaubte er an ihre Unschuld? Sie war sich nicht sicher. Sie wusste selbst nicht, woran sie glauben sollte.

„Besuch für sie.", rief eine unhöfliche Stimme ohne Gesicht durch die Luke in der Zellentür. Ein Schließgeräusch folgte und forderte Alehandra indirekt zum Aufstehen und Mitkommen auf. Sie kam der Einladung nach und stand auf. Sie stieg in ihre Hausschuhe und schleppte sich mühsam aus der Zelle. Die unhöfliche Stimme ohne Gesicht kehrte ihr den Rücken und wies ihr den Weg. Es war ruhig in den Gängen. Alehandra war sich nicht sicher wie spät es war. Die Zeit war so schleppend, wie die Schritte die sie vornahm. Dr. Ruben hätte ihr sicher eine Depression diagnostiziert und ihr etwas zum Schlafen verschrieben. Er hatte ihr gesagt, wenn sie sich an seinen Plan hielt, dann würde alles gut werden und sie könnten sich am Ende eine Summe von 500.000€ teilen. Sein Plan war, dass sie James heiraten sollte, damit er sich für sie ins Zeug legte. Sie hatte kleine Aufgaben übernommen, wie in der Nacht Sams Mutter anzurufen, Geld aus Sams Briefumschlag zu stehlen, aber sie tat es nicht aus Habsucht. Sie hatte Mohamed geliebt. Sie hatte gedacht, sie wäre seine Frau. Sie wäre für ihn perfekt. Nach dem unglücklichen Vorfall in ihrer Wohnung, in der sie über Sam herfiel und sie niederschlug, hatte sie gemerkt, dass es nichts brachte, denn spätestens jetzt hasste Mohamed sie. Wenn sie ihm nicht einfach völlig egal war. Und jetzt sollte sie eine Art Heiratsschwindel begehen, nur des Geldes wegen? Also was sollte sie tun? Ihr Anwalt war engagiert und er suchte nach Beweisen für ihre Unschuld. Aber Dr. Ruben kannte sie schon sehr lange. Allerdings war sie sich nicht sicher, ob sie ihm vertrauen konnte.

James saß im Besucherraum. Mit ihm hatte sie nicht gerechnet. Hatte Dr. Ruben das etwa veranlasst? Wie sollte sie ihm denn gegenübertreten? Das war doch so schon alles zu viel. Sie wusste nicht, wann sie das letzte Mal geduscht hatte. Wieso besuchte er sie denn einfach? Glaubte er nicht, dass sie seinen Vater getötet hatte? Als sie ihn ansah, lächelte er.

„Du siehst hübsch aus.", sagte er nur. Alehandra lächelte verlegen und setzte sich ihm gegenüber.

„James, was machst du hier?", fragte sie, während sie verschämt zu Boden sah.

„Ich möchte dir helfen.", sagte er nur. Es war eine Mischung aus Naivität und selbstsicherer Bestimmtheit, die Alehandra ein leichtes Gefühl von Geborgenheit verlieh.

„Mir ist nicht mehr zu helfen.", sagte sie leise, während ihr Blick am Boden haftete.

„Doch, Alehandra. Ich glaube schon. Du warst es doch nicht oder? Ich meine du hast meinen Vater doch nicht getötet. Du bist unschuldig. Du kannst so etwas nicht. Ich kenne dich, ich kenne dich besser als du denkst." James sah sie eindringlich an, in der Hoffnung, dass sie endlich seinen Blick erwiderte.

„Was glaubst du, warum ich hier im Gefängnis sitze?", fragte sie während sich ihr Blick langsam vom Boden löste und ihm in seine blauen Augen sah.

„Du bist ein Trottel, du hast irgendwie einen Verdacht auf dich gelenkt. Das ist was ich glaube.", antwortete er mit bestehender, selbstsicherer Bestimmtheit.

„Du bist naiv.", sagte sie kopfschüttelnd mit einem Lächeln.

„Ich bin nicht naiv, nur weil ich daran glaube, dass es für Menschen, die zu Unrecht angeklagt werden, Hoffnung auf Freispruch gibt." James blieb standhaft.

„Wie geht es deiner Schwester?", lenkte Alehandra ab.

„Oh, mach dir um sie keine Sorgen. Ihr geht es gut, sie werden heute aus Titusville kommen. Ich werde sie gleich vom Flughafen abholen. Ich bin gespannt was sie erzählt." Er klang euphorisch.

„Das freut mich." Alehandra vermisste ihre Freundin.

Alles war grau. Alles war traurig und hoffnungslos. Sie stand den Tränen nah.

„Ich hol dich hier raus. Ich verspreche es dir.", sagte James, immer noch euphorisch.

„Kannst du mir einen Gefallen tun?", fragte sie.

„Ja, was immer du willst.", antwortete er, als hätte er auf diese Frage gewartet.

„Kannst du ab und zu nach meiner Mutter sehen? Sie beruhigen, sie fragen, ob sie was braucht?" bat sie ihn.

„Natürlich, das mach ich. Und wie steht es mit dir? Brauchst du etwas?" Er wollte ihre Hand nehmen, schwenkte einen Blick durch den Raum, sah den Blick des Gefängniswärters und verwarf seine Absicht. Er kannte es aus Filmen, dass man die Insassen nicht berühren durfte. Aber vielmehr war er schüchtern und hatte Angst vor Alehandras Ablehnung als vor der Intervention des Gefängniswärters.

„Ich brauche nur einen Freispruch.", antwortete sie schnell. „Danke James, dass du mich besucht hast.", ergänzte sie mit einem leisen Lächeln und stand auf, um zurück zu ihrer Zelle zu finden. James blieb sitzen und sah ihr nach.

### Wer ist hier verrückt?

„Susan, hast du Lust mit mir zum Backkurs zu gehen? Der findet jetzt statt. Letztes Mal haben wir so eine wahnsinnig leckere Sahnetorte gemacht. Das war echt lustig und hat gut geschmeckt.", Roswita machte sich die Haare vor dem winzigen Spiegel über dem Waschbecken, während sie mit Susan redete.

„Nein danke.", sagte die, die auf dem Bett saß und verloren aus dem Fenster sah. Heute Morgen hatte sie sich besser gefühlt, aber jetzt hatte sie ein echtes Tief.

„Ach komm schon! Das wird ein echter Spaß, glaub mir!" Roswita hätte ihrer Stimmung nach zu urteilen, ein Mitarbeiter der Station sein können. Oder ein Motivationstrainer, oder einfach nur eine Nervensäge.

„Nein, ich kann nicht Roswita, ich habe gleich ein Patientengespräch mit Dr. Ruben.", sagte sie.

„Das klingt, als wäre er der Patient und du seine Therapeutin.", Roswita lachte laut. Sie hatte manchmal etwas Künstliches an sich.

„Ich finde ja, reden hilft nicht immer. Wieviel Wert die so auf Therapie legen ist doch nicht normal. Die Kurse sind super. Ich will morgen auch mal die Maltherapie ausprobieren.", trällerte sie sich ihre Wimpern tuschend.

„Na das ist doch schön für dich." Susan war nicht in der Lage, sich zusammenzureißen um freundlich zu wirken, denn sie hatte das Gefühl, ganz gleich was sie tat, Roswita war so groß und stark, dass eh alles an ihr abprallte.

Dr. Ruben holte sie ab. Sie liefen gemeinsam in sein Büro. Susan fühlte sich immer noch klein. Sie erinnerte sich daran, wie er vor ihrer Tür gestanden hatte, kurz nachdem Claudius gestorben war. Es war eine schreckliche Zeit gewesen, aber dennoch fühlte sich die Erinnerung daran schön und besser an, als die Lage, in der sie sich jetzt befand. Heute Morgen war es ihr besser gegangen. Jetzt hatte sie Sehnsucht nach ihrem Haus. Sie hatte Sehnsucht nach ihren Kindern. Sie hatte Sehnsucht nach ihrem Mann. Ihr Leben war doch schön gewesen. Warum nur, war sie nie vollkommen glücklich? Es war ein mieser Zeitpunkt, um ein Gespräch mit Dr. Ruben zu führen. Er würde sie nie hier rauslassen, wenn er immer einen schlechten Eindruck von ihr hätte. Aber vielleicht war das auch richtig so. Vielleicht war sie zu Hause gar nicht überlebensfähig. Dr. Ruben war so still. Er wirkte kalt. Er war eigentlich immer nett und verständnisvoll. Sie hatte das Gefühl, gut mit ihm reden zu können, aber heute wirkte er kalt. Sie verspürte eine leichte Angst. So als wäre es ihre Schuld, dass er schlechte Laune hatte.

In seinem Büro setzte sie sich auf den Stuhl ihm gegenüber und wartete darauf, dass er das Gespräch einleitete. Das tat er eine Weile nicht. Bestimmt drei Minuten saß sie ihm gegenüber und sah ihm zu, wie er etwas an seinem Computer las. Er las, dann schrieb er etwas. Ab und zu sah er in ein Buch. Sie fühlte sich unbehaglich. Als wäre sie ihm was schuldig. Als hätte sie ihm etwas getan. Sie sprach mit ihm zweimal die Woche. Meistens fühlte sie sich nach diesen Gesprächen motiviert. Sie hatte Hoffnung, dass alles gut werden würde und dass sie schnell wieder nach Hause könnte, aber dieses Gefühl hielt keinen Tag lang an.

„Entschuldigen Sie mich!", sagte er knapp, ohne sie anzusehen und stand von seinem Stuhl auf. Susan war wirklich nicht in bester Verfassung. Es war Montag. Montage waren hier immer sehr schwierig. Sie trug einen dicken weißen Wollpullover, ihre Haare waren zu einem Zopf zusammengebunden und sie fühlte sich verwahrlost und klein. Viel kleiner als das letzte Mal. Dr. Ruben verließ den Raum mit dem Telefon am Ohr.

Vor ihr lag ihre Akte. Verkehrtherum. Sie musste sie nur umdrehen und raufsehen. Ein kleiner Blick. Sie musste ja gar nicht alles lesen, sie musste es nur geschickt anstellen und dann würde es niemand bemerken. Besser sie rührte nichts an. Dr. Ruben war heute eh schon so komisch, es war nicht gut, ihn zusätzlich zu verärgern. Das wäre ein Vertrauensbruch. Andererseits…war es nicht ihr gutes Recht zu wissen, was er über sie schrieb? Vielleicht war es etwas ganz anderes als er ihr erzählte. Er sagte immer sie hätte eine Psychose und sie müsste sich schonen, damit es nicht schlimmer werden würde. Das würde am besten in der Klinik gehen, weil sie hier auch nicht immer wieder mit den Erinnerungen ihres verstorbenen Ehemannes konfrontiert würde. Dr. Rubens Stimme war aus dem Nebenzimmer zu hören. Die Tür war verschlossen. Sie drehte die Akte in einem schnellen Moment, während sich ihr ganzer Körper mit Adrenalin füllte. Er hatte eine Sauklaue der Dr. Aber das sagte man ja über Ärzte. Es war stickpunktartig notiert: Schwachstellen- ihre Tochter, der Tod von Claudius, Mord, Batrachotoxin, To dos: Alehandra besuchen, Susan in der Klinik behalten…

Dr. Rubens Stimmte stoppte, Susan erschrak und brachte mit einer hektischen Bewegung die Akte in ihren ursprünglichen Zustand. Schon stand Dr. Ruben im Zimmer. Susan fühlte sich ängstlich. Sie hoffte, dass er das nicht bemerkt hatte. Er bemerkte sonst immer alles, was mit ihr war. Was waren das für eigenartige Notizen? Und woher kannte Dr. Ruben Alehandra? Und was hatte das mit ihr zu tun, sodass er es in ihre Akte schrieb?

„Susan.", sagte Dr. Ruben mit freundlicher, aber bestimmter Stimme und setzte sich wieder hinter seinen Schreibtisch.

„Es tut mir leid, heute geht es hier drunter und drüber. Ich entschuldige mich, ich bin ein bisschen gestresst. Das ist unhöflich von mir." Er sah wieder auf den Laptop. Harmlos, dachte Susan. Er wirkte harmlos. War er das? Das erste Mal hegte sie Misstrauen ihm gegenüber. James hatte ihn ja von Anfang an nicht gemocht. Vielleicht war sein Instinkt richtig gewesen.

„So, was haben wir denn?!", fragte er sich selbstgesprächsartig während er in ihre Akte sah.

„Ah ja…wie geht es ihnen?", nach dem Auftakt hatte sie eine tiefgründigere Frage erwartet.

„Ich bin heute nicht so gut drauf." Sagte sie knapp.

„War ihre Tochter sie denn mittlerweile besuchen?" Er faltete seine Hände wie zusammen, lehnte sich zurück und sah Susan an. Sie hatte jetzt seine volle Aufmerksamkeit, aber am liebsten würde sie einfach zur Tür raus gehen und sich in ihr Bett legen. Es kam ihr komisch vor diese Notizen. *Schwachpunkte- ihre Tochter.* Was sollte das denn heißen? Susan liebte ihre Tochter.

„Haben sie Kinder?" entgegnete sie ihm.

„Nein, ähm nein, hab ich nicht. Keine Leiblichen.", Dr. Ruben wirkte überrascht.

„Wie schlafen sie denn?", fragte er weiter.

„Es ist wohl nicht üblich, dass der Therapeut über sich selbst spricht." Erwiderte sie.

„Naja, nicht mit seinen Patienten jedenfalls." Er stieß ein kurzes Lachen aus. „Aber um mich geht es ja hier auch nicht.", riss er sich wieder zusammen. „Wie sind die Nächte hier in der Klinik? Das letzte Mal sagten sie, dass sie manchmal Einschlafschwierigkeiten hätten." Er schlug die Beine übereinander, lehnte sich zurück und setzte sein -ich-höre-ihnen-aufmerksam-zu-Gesicht auf.

„Naja, meine Zimmergenossin wäscht die Wände in der Nacht und weckt mich dann, weil sie meine Hilfe braucht. Ich verstehe das auf der einen Seite, wir halten ja zusammen und wir helfen einander.", sie pausierte. „Aber ich weiß nicht genau, weshalb die Wände gewaschen werden müssen.", begann sie zu erzählen und als sie sich selbst so reden hörte, merkte sie, wie absurd das klang. Aber irgendwie war es eine lustige Absurdität- es erinnerte wieder an die Klassenfahrt. Man ärgert den Lehrer, indem man die Regeln bricht.

„Wer ist nochmal ihre Zimmergenossin?" Das ich-höre-Ihnen-aufmerksam-zu-Gesicht hielt nicht, was es versprach, dachte Susan. Sie saß doch nicht das erste Mal hier. Dr. Ruben schien heute wirklich neben der Spur zu sein. Sie erzählte ihm oft von Roswita. Sie war ja auch ihre einzige Freundin hier drin.

„Dr. Ruben, ich fühle mich heute wirklich nicht so gut, ich würde das Gespräch lieber abbrechen und das nächste Mal fortsetzen."

„Ok, ich verstehe sie. Ich überlege Ihnen etwas zum Schlafen zu verschreiben. Wissen sie, der Schlaf ist bei psychotischen Patienten überaus wichtig. Wenn sie nicht genügend davon bekommen, dann können sich ihre Psychosen vermehren oder verstärken.", sagte er.

Susan fühlte sich gar nicht psychotisch. Nicht im Moment jedenfalls. Aber morgen konnte das schon wieder anders aussehen. Und er hatte Recht. Schlaf war wichtig.

„Ok.", sagte sie nur.

„Lassen sie sich nicht hängen Susan, ich werde versuchen, ihre Familie zu kontaktieren, damit sie sie besuchen. Ich denke das tut ihnen gut." Er stand auf, um ihr die Hand zum Abschluss zu reichen. Ein höflicher Rausschmiss.

„Wir sehen uns in zwei Tagen.", sagte er, ihr die Hand schüttelnd und setzte sich dann wieder.

Susan stand auf, drehte sich um und verließ den Raum. Wann kam James nur?

Er stand derzeit am Flughafen, um seine Schwester und seinen Schwager abzuholen. Der BER war neu und sehr groß. Alles war auf dem neuesten Stand. James wartete schon seit dreißig Minuten. Der Flug hatte Verspätung, was ein teures Parkticket bedeutete. Aber das machte nichts. Er hatte sich einen Kaffee geholt und beobachtete das Setting. Es war etwas Wunderschönes, diese Familien, die aufeinander warteten und die, gespannt zum Gate sahen und deren Augen mit Hoffnung erfüllt waren, jedes Mal, wenn sich die Tür öffnet. Viele hatten Geschenke mitgebracht. Rosen oder andere Blumenarten. James kannte sich mit Blumen nicht so aus. Ein kleines Mädchen hielt einen Heliumballon. Sicher war der für ihren Vater, der geschäftlich in Amerika gewesen war. Ihm fiel auf, dass er gar nichts dabei hatte für seine Schwester und seinen Schwager. Vier Wochen war ja eine lange Zeit. Naja, er war immerhin da, um sie anzuholen. Das müsste reichen fürs erste. Er musste ja erstmal sehen wie sie sich fühlten. Er konnte ja nach vier Wochen ihrer Abwesenheit nicht wissen, worüber sie sich freuen.

Nach diesem Türöffnen kamen Mohamed und Sam. Sie sahen erholt aus. Sie lächelten und begrüßten ihn freudig mit einer Umarmung.

„Mein lieber Bruder. Das ist unsere liebe Tante Amy.", sagte Sam vor Freude fast platzend und zeigte auf eine kleine Dame, mittleren Alters, die eine nagelneue Jack Wolfskin Jack trug.

„Wow", James hatte es die Sprache verschlagen.

„Hi.", nickte Amy ihm in höflicher Zurückhaltung zu.

„Hi, herzlich willkommen. Ich wusste nicht, dass du kommst. Es ist schön, dich kennenzulernen.", begrüßte er sie.

„James, hilfst du mir mit den Koffern?", bat ihn Mohamed.

„Na klar.", James nahm zwei Koffer, in jede Hand einen und ging mit Mohamed voran.

„Warum habt ihr mir nicht gesagt, dass sie kommt?", fragte er flüsternd.

„Tut mir leid, sie hat das irgendwie spontan entschieden, wir wollten dir noch schreiben, aber dann haben wir das vergessen. Ist das ein Problem?", fragte Mohamed.

„Nein, also. Naja, das Haus ist einigermaßen sauber, ist schon ok."

Mohamed lachte leicht. „Das ist doch kein Problem. Sie ist wirklich sehr nett, sie wird sich wohlfühlen."

„Das hoffe ich", sagte James und führte seine Herde zu seinem BMW.

Im Haus angekommen gab es Tee und Kekse. Sam hätte auch eine Pizza vertragen können.

„Ich hab einen Bärenhunger! Hast du nichts Richtiges hier?", fragte sie fordernd.

„Kaum da und schon Ansprüche stellen. Meine Liebe, das ist hier ein Junggesellenhaushalt, ich bin etwas unvorbereitet.", sagte James mit einem Augenzwinkern. Seine Augen konnten entspannt zwinkern, sie hatten ja auch nicht diesen Riesenhunger.

Ja, genau, es steht ja auch erst seit vier Wochen fest, dass wir heute ankommen.", sagte Sam schnippisch.

„Ich bestell uns eine Pizza.", sagte Mohamed, das Problem mit einem Anruf lösend.

„Komm Amy, ich zeig dir dein Zimmer." Sam zog Amy den Flur entlang ins Gästezimmer, gegenüber dem Schlafzimmer ihrer Mutter.

„Wow, das ist richtig schön hier.", sagte Amy. „Sag mal wo ist denn Susan? Ich freue mich so sehr auf sie. Ich wollte sie ja überraschen, ihr habt ihr doch nichts gesagt oder?", fuhr sie fort, während sie sich vorsichtig im Zimmer umsah.

Sam wusste nicht, was sie antworten sollte. Am liebsten hätte sie ihr alles erzählt. Sie mochte Amy und zwischen ihnen war eine Vertrautheit entstanden, sodass sie jetzt gern mit ihr über alles geredet hätte. Wie mit einer Freundin. Wie mit Alehandra früher. Andererseits wäre das jetzt wohl ein bisschen viel, so nach einem vierzehn Stunden Flug zu erfahren, dass die Schwester psychisch im Moment so labil ist, sodass es einen Klinikaufenthalt nötig machte.

„Nein, wir haben nichts verraten. Sie ist leider noch auf Geschäftsreise.", log sie. Ihr war klar, dass sie diese Lüge nicht lange aufrecht halten könnte. Aber Amy würde das sicher verstehen. Sie war einfach eine liebreizende Frau.

Mohamed und James saßen derweil im Wohnzimmer und tanken Tee.

„Ich weiß gar nicht was Sam hat, die Kekse sind super lecker.", sagte James.

Mohamed lachte: „Ich sag dir was sie hat: sie hat Hunger."

„Ja, gefährlichen Bärenhunger. Der ist bei Sam immer schlimm.", ergänzte James lächelnd.

„Ja, ach alles gut. Es war ein langer Flug. Ich bin richtig platt." Mohamed nahm einen Schluck von seinem Tee.

„Soll ich dir lieber einen Kaffee machen?", fragte James zuvorkommend.

„Das wäre super." In dem Moment klingelte Mohameds Handy. Er machte eine entschuldigende Geste mit der Hand, aber James winkte ab, da er eh in die Küche gehen wollte, um Kaffee zu kochen.

Als er in der Küche stand sah er vom Küchenfenster aus, eine Gestalt näherkommen. Es sah aus wie eine Frau. Es war schon dunkel, deshalb konnte er nur Umrisse sehen. Es klingelte an der Tür. James ging in den Flur und öffnete die Haustür. Als er sah, wer der stand, erschrak er kurz, denn damit hatte er nicht gerechnet. Das würde jetzt ein Drahtseilakt werden, dachte er und versuchte höflich zu sein.

„James." Vor der Tür stand Regina, Alehandras Mutter.

„Regina, hallo.", sagte er nur.

„Es tut mir leid, dass ich hier so auftauche. Ich hoffe ich störe dich nicht. Hast du ein paar Minuten Zeit für mich?" Sie sah sehr heruntergekommen aus. Hätte er es nicht besser gewusst, hätte er sie auch für eine Obdachlose halten können. Er konnte sie unmöglich draußen stehen lassen. Aber für Sam wäre es furchtbar, sie zu sehen. Schließlich hatte Alehandra Sam niedergeschlagen.

„Na klar.", sagte er aber instinktiv „Komm rein." Er führte sie in die Küche. Sam war ja beschäftigt. Er könnte kurz mit Regina reden, dann würde sie wieder gehen und Sam würde es gar nicht bemerken. In der Küche roch es schon nach Kaffee.

„Setz dich!", bat er sie. „Möchtest du einen Kaffee?", fragte er während er schon welchen in eine Tasse goss.

„Nein danke.", winkte sie ab. „Ich bleib nicht lange, ich weiß nur nicht, an wen ich mich wenden soll. Mir geht es so schlecht.", sie begann zu weinen. James fühlte sich unbehaglich. Sollte er sie trösten? In den Arm nehmen? Das kam ihm übergriffig vor.

„Weißt du, Alehandra ist jetzt vier Wochen in Haft. Ich war sie nicht einmal besuchen.", Regina schluchzte. James bekam Angst, dass sie jemand weinen hörte. Er setzte sich ihr gegenüber und nahm ihre Hand.

„Ich bin eine furchtbare Mutter.", fuhr sie fort.

„Nein alles ok.", er versuchte sie zu beruhigen.

Plötzlich stand Mohamed in der Küchentür.

„Hallo.", sagte er nur lässig am Türrahmen lehnend.

„Hey.", James wurde nervös. Zum Glück kannten die beiden sich nicht. „Das ist Regina.", mehr fügte er nicht hinzu, goss Mohamed einen Kaffee ein und reichte ihn ihm. „Wartest du kurz im Wohnzimmer? Ich bin gleich da, das ist dringend.", sagte er ihm leise ins Ohr.

Mohamed nickte verständnisvoll: „Hat mich gefreut.", und verließ den Raum wieder.

„Regina, ich verstehe dich. Das ist nicht leicht. Aber Alehandra ist dir nicht böse. Kann ich dir irgendwie helfen? Brauchst du etwas? Wenn du möchtest, können wir sie das nächste Mal zusammen besuchen.", schlug er vor.

„Glaubst du an ihre Unschuld?", Regina selbst schien davon nicht überzeugt zu sein.

„Ja, ganz fest. Alehandra ist keine Mörderin.", antwortete er entschlossen.

„Wenn du das so sagst, klingt das irgendwie überzeugend.", sie lächelte leicht. Sie lächelte verlegen. Sie war verwirrt. Sie wirkte verloren. „Ich werd jetzt wieder gehen. Ich will dich nicht aufhalten. Ich hab das Gefühl es passt grad nicht so gut." Da lag sie absolut richtig, dachte James. Er nahm einen Zettel und einen Stift, um seine Nummer aufzuschreiben.

„Hier Regina, bitte ruf mich an, wenn du etwas brauchst.", er reichte ihr den Zettel und begleitete sie zur Tür. Als sie weg war, war er erleichtert. Er fühlte sich, als würde er Sam hintergehen. Wenn Alehandras Unschuld erstmal bewiesen war, würde sie ihn verstehen. James war schon wieder auf dem Weg in die Küche als es plötzlich erneut an der Haustür klingelte. Sam flitzte an ihm vorbei, um die Tür auszumachen.

„Na endlich.", sagte sie mit einem strahlenden Lächeln.

„Zweimal Cheesy, Funghi, Wumbo. Das macht vierzig Euro bitte." Es war der Pizzabote.

## Haft und Lügen

„Das Beste wäre, wenn du James heiratest.", Dr. Ruben war regelmäßig bei Alehandra im Gefängnis. Schließlich hing er in der Geschichte mit drin und musste sich um ein sauberes Ende kümmern. „Ich meine, ich gehe mal davon aus, dass du Mohamed abgeschrieben hast.", ergänzte er.

Alehandra begann zu weinen. „Ihn abgeschrieben? Meinst du nicht, dass ich hier drinnen andere Sorgen habe? Weißt du eigentlich wie schrecklich das ist? Ich verstehe nicht, wie sie darauf kommen, dass ich Claudius umgebracht habe. Nur weil ich Sam niedereschlagen hab. Das war so eine komische Reaktion. Keine Ahnung was mit mir los war.", ihr Weinen wurde leiser.

„Du hast die Kontrolle verloren, das ist passiert. Alehandra!", begann Dr. Ruben eindringlich zu reden. „Ich habe dir das immer gesagt. Du musst Geduld haben. Hättest du das nicht gemacht, dann hätten wir diesen Schlamassel jetzt nicht. Du musst ruhig bleiben. Du flippst jetzt schon wieder so aus, das hilft dir nicht. Du musst deine Gefühle im Zaum halten, sonst funktioniert das alles nicht.". Dr. Ruben wurde ungeduldig. Er bereute allmählich, dass er Alehandra am Plan beteiligt hatte. Vorher hatte sie nicht so labil gewirkt. Eher tough und kühl. Das Gefängnis hatte sie nochmal geschwächt.

„Und ich soll deiner Meinung nach James heiraten? Darf ich dich mal fragen, was das bringen soll? James ist der Einzige der noch zu mir hält. Und ich soll ich jetzt an der Nase herumführen? Ich habe diese Lügen so dermaßen satt. Ich versteh das alles nicht. Hat die Polizei denn keine neuen Hinweise?", sie schlug die Hände über dem Gesicht zusammen und stützte ihre Stirn ab.

„Die Beweise sind erdrückend. Die Sache ist klar. Ich bin mir nicht mal sicher, ob sie noch ermitteln.", sagte er.

„Na das sind ja motivierende Worte.", Alehandra hatte das Gefühl, dass ihr die schlechten Nachrichten wie Tennisbälle aus einer Ballmaschine entgegenschmetterten. Sie versuchte sie zurückzuschmettern. Ihr war egal wohin, ihr war egal wer ihr Gegner war. Sie wollte nur, dass es aufhörte. Sie hatte Kraft, sie war sauer. Hatte Dr. Ruben sie nicht in das alles hineinmanövriert? Warum saß er eigentlich nicht hier? Auf dieser Seite des Tisches.

„Beruhige dich. Wenn du dich weiter so aufregst, dann werfen sie mich raus, da haben wir beide nichts von. Du musst mir glauben. Vertrau mir, mach was ich dir sage und du bist hier schnell wieder draußen."

Wieso sollte sie ihm glauben?

„Was ist denn dein Plan? Ich meine, eben erzählt du mir noch, dass die Polizei den Fall schon abgeschlossen hat und im nächsten Moment willst du mir sagen, dass ich hier rauskomme, nur wenn ich James heirate? Mal ganz davon abgesehen, dass ich mich frage, wie du ihn dazu bringen willst, mich zu heiraten.", sprudelte es aus ihr raus. Die Tennisbälle waren durch das Sprudeln nicht aufzuhalten, aber es bildete eine Art Schutzwall um sie selbst herum.

„Vertrau mir einfach.", sagte er nur.

„Ich weiß, dass James dir nicht vertraut.", antwortete sie schnippisch.

Dr. Ruben fiel es schwer mit ihr zu reden. Es schien als hätte sie die Seiten gewechselt. Als wäre sie plötzlich jemand anders. Vermutlich konnte ein Gefängnis einen verändern. Höchstwahrscheinlich sogar. Er hatte gehört, dass Frauen im Gefängnis schlimmer und erbarmungsloser waren als Männer. Er konnte es sich nicht leisten Alehandra zu verlieren, sie wusste einfach zu viel. Okay, sie wusste nicht, dass er Claudius getötet hatte. Aber sie kannte seinen Plan, sie kannte sein Motiv. Wenn sie offen mit der Polizei reden würde, dann steckte er in ernsten Schwierigkeiten.

„Lass das mal meine Sorge sein." Er versuchte seine Sorge durch Coolness zu verdecken.

„Okay, wie du meinst. Sind wir hier fertig?", fragte sie gelangweilt.

„Alehandra!", begann er nochmals eindringlich. „Ich bitte dich. Ich kümmere mich um James und um den Rest. Es dauert nicht lange und dann bist du draußen. Vertrau mir und hab Geduld.", er bemühte sich, ruhig zu bleiben. Es nervte ihn, mit Alehandra so zu reden. Das war ja wie auf der Arbeit.

„Alles klar.", sagte sie augenverdrehend, schob den Stuhl mit einer Bewegung weg, stand auf und verließ den Raum.

„Ich melde mich.", rief er ihr nach. Ich melde mich? War er denn ihr verdammter Hund? Lief er ihr jetzt hinterher oder was? Was war nur los? Sie hatte doch keine Wahl. Besonders jetzt wo sie hier drin saß. Erschwerte Umstände hin oder her. Auf jeden Fall machten sie eine Veränderung der Situation erforderlich. Und es gab doch nur ihn. Oder etwa nicht?


Am nächsten Morgen war Sam als erste wach. Es war noch dunkel draußen. Das Morgengebet war immer vor dem Sonnenaufgang. Sie liebte es, morgens allein zu sein. Das Haus war ruhig und sauber. Sie zog sich ihren Morgenmantel über und ging in die Küche, um sich einen Kaffee zu machen. Der erste Kaffee am Morgen. Es war schön wieder zu Hause zu sein. Auch wenn Titusville zweifelsfrei das bessere Wetter und die schönere Landschaft hatte. So hatte sie auch den Geruch ihres Hauses und die klirrende Kälte in Berlin vermisst. Sie goss sich eine Tasse Kaffee ein und ging ins Wohnzimmer. Sie zog die Vorhänge auf, und setzte sich auf das Sofa, ohne das Licht anzumachen. So hatte sie einen schönen Blick auf den Garten. Der wunderbare Garten, den sie als Kind so geliebt hatte. Sie hätte auch gern ein Haus mit Mohamed. Andererseits gab es ja dieses Haus. Aber sie fühlte sich mit ihrem Mann nicht richtig willkommen. James war zwar tolerant, aber ihre Mutter war es nicht. Seit dem Tod ihres Vaters gab sie sich nicht mal Mühe das zu verbergen. Sam hoffte, dass die Klinik ihr helfen würde, wieder zur

Vernunft zu kommen. Sie hoffte, dass die psychische Krankheit ihr den Weg wies. Sie hoffte, dass Allah ihr Herz drehte, so dass sie verstehen konnte.

*„[…]Gewiß, Wir haben auf ihre Herzen Hüllen gelegt, so dass sie ihn nicht verstehen, und in ihre Ohren Schwerhörigkeit; und wenn du sie zur Rechtleitung rufst, dann werden sie sich also niemals rechtleiten lassen."* [17]

Sam war nicht verantwortlich dafür, ihre Mutter rechtzuleiten. Sie wünschte sich so sehr, dass sie den Islam annahm, aber ihre Mutter wollte davon nichts hören und wenn Sam davon anfing, dann gab es immer Streit. So blieb ihr die Geduld und das Vertrauen auf Allah. Die Zurückhaltung in manchen Dingen ist eine Kunst. Sich zu beherrschen auch wenn man es besser weiß und die Menschen in ihr Unglück rennen zu lassen, war schwer. Aber es steckte hinter allem eine Weisheit und das war gut. Es nahm Sam die Verantwortung. Denn sie hatte sich immer für alles verantwortlich gefühlt. Und auch jetzt wieder. Manchmal wusste sie nicht, wohin mit ihrer Kraft, denn ihre Mutter hatte sie, seit sie konvertiert war bis zu einem gewissen Grad abgelehnt. Und so schwer es auch war für Sam, weniger mit der Familie zu tun zu haben, so entlastend wirkte es sich auch auf sie aus.

Einmal hatten sie im Garten gesessen. Susan hatte für die beiden einen Erdbeershake gemacht. Erdbeeren mit Milch. Sam hatte eine Biene beobachtet, die sich auf den Rand des Glases setze, um sich dem Erdbeershake zu nähern. Nach einer kurzen Weile lag die Biene im Shake und war kurz vor dem Ertrinken. Das milchige, schleimige Getränk, welches so

---

[17] Übersetzung des heiligen Korans Sure 18 Vers 57

verführerisch gerochen hatte, hätte für die Biene beinahe den Tod bedeutet. Sam hatte die Biene herausgeholt und ihrer mit Shake verklebten Flügel mit Wasser gereinigt. Nach kurzer Zeit, konnte sie fliegen und flog auf und davon. Einige Minuten später kam sie wieder und setzte sich auf den Rand des Glases, um sich der Versuchung erneut auszusetzen. Sam hatte die Biene weggejagt und den Erdbeershake in die Küche gebracht, um die Biene zu schützen. Es war ihr wie eine Metapher vorgekommen.

*„Doch es mag sein, dass euch etwas widerwärtig ist, was gut für euch ist und es mag sein, dass euch etwas lieb ist, was übel für euch ist. Und Allah weiß es, doch ihr wisset es nicht."*[18]

Sie hatte dabei an den Alkohol gedacht. Er war schlecht für die Menschen, er war schlecht für den Körper und er konnte sogar tödlich sein, der Mensch war nicht von selbst in der Lage, mit dem Alkohol umzugehen, er musste entfernt werden. Er musste verboten werden. Zum Schutz. So wie die Biene der Versuchung nicht widerstehen konnte. Vielleicht hatte sie nicht gemerkt welch größeres Übel Sam von ihr abgewendet hatte, und vielleicht merkte der Mensch nicht.

Mohamed kam die Treppe hinunter.

„Habibi.", sagte er mit einem breiten Lächeln. „Ich kann nicht gut schlafen ohne dich. Was machst du?", fragte er und setzte sich neben sie auf das Sofa. In seiner Nähe fühlte sich alles leichter an. Sam hatte schon einen halben Kaffee getrunken und ihre wirren Gedanken spielen lassen, sodass sie hin und her gerissen war, sich zu entspannen und nochmal schlafen zu gehen, oder den Tag zu beginnen.

---

[18] Übersetzung des heiligen Koran Sure 2 Vers 216

„Hamoudi hat du Fajr gebetet?!", fragte sie ihn.

„In sha Allah, ja meine Liebe. Warum hast du mich nicht geweckt?", fragte er müde.

„Aber das hab ich doch.", antwortete sie. Sie weckte ihn jeden Morgen. Er liebte den Schlaf zu sehr. Sie liebte neben ihm zu schlafen. Er arbeitete immer viel. Er hatte sich den Schlaf verdient. Nicht mal in den Flitterwochen hatte er frei gehabt. Immer wieder hatte die Klinik angerufen, weil irgendetwas war. Er war ein erfolgreicher Mann. Es gab Probleme dadurch, aber es gefiel ihr.

„Ich überlege, Alehandra im Gefängnis zu besuchen.", sagte Sam plötzlich. Mohamed hob seinen Kopf, der gerade noch auf ihrer Schulter gelehnt hatte und sah sie an.

„Du bist schön.", sagte er nur und lehnte sich wieder an ihre Schulter.

Sam lächelte. „Sie ist ganz allein. Ich meine, okay sie hat mich niedergeschlagen aber ich weiß nicht, ob sie wirklich fähig ist, einen Menschen zu töten.", fuhr sie ungehindert fort.

„Hast du einen Kaffee für mich?" Er hob erneut seinen Kopf. Es war an der Zeit, wach zu werden. Aber das war zu viel für ein Gespräch vor dem ersten Kaffee.

Sam ging in die Küche und holte einen Kaffee. Der Tag konnte beginnen. Als sie wiederkam, war er in sein Handy vertieft. Er war wieder am Arbeiten.

„Hier mein Lieber.", sagte sie liebevoll und stellte ihm den Kaffee hin. „Arbeitest du wieder?", fragte sie und sah ihn erwartungsvoll an.

„Ja, nein, also ich check nur meine Mails.", sagte er kurz ohne aufzusehen.

„Also arbeitest du.", beantwortete sie sich selbst die Frage.

„Alles ok Sam.", sagte er, legte das Handy beiseite und nahm einen Schluck Kaffee.

„Also was denkst du?", fragte sie.

„Worüber?", er hob die Augenbrauen, als wäre ihre Frage irgendwie absurd, so schien seine Geste.

„Na über den Besuch bei Alehandra.", fügte sie an.

„Hm, was denkst darüber? Ist das sinnvoll?", gab er die Frage zurück.

„Ich weiß nicht, ich denke sie ist ganz allein. Sie hat niemanden, der sie unterstützt. Ich bin mir fast sicher, dass sie unschuldig ist. Ja okay, anfangs hatte ich wirklich gedacht, sie könnte etwas mit dem Mord an Papa zu tun haben. Immerhin hat sie mich einfach niedergeschlagen…", Sam nahm auch einen Schluck Kaffee. Es war schon ihre zweite Tasse.

„Ja genau, immerhin hat sie dich niedergeschlagen.", sagte Mohamed in einem ernsten Ton. „Es ist nicht klug sie jetzt zu besuchen. Ich kenne da jemanden, der deine Aufmerksamkeit mehr verdient hätte.", sagte er.

„Meinst du dich?", Sam lächelte.

„Ja, auch", er lächelte zurück. „Aber jetzt gerade hatte ich jemand anderen gemeint. Eine andere Frau, die gewissermaßen auch eingesperrt ist."

„Sie ist nicht eingesperrt. Sie ist freiwillig dort. Es ist gut für sie. Das hoffe ich jedenfalls. Es ist schwer für mich Hamoudi, ich weiß nicht wie ich ihr gegenübertreten soll. Sie ist komisch.", Sam wurde emotional. Sie hob die Stimme und wurde nervös.

„Alles gut Habibi, du musst sie ja nicht besuchen, wenn du das nicht willst, ich meine nur, bevor du Alehandra besuchst, solltest du lieber deine Mutter besuchen. Sie hat mehr Anrecht darauf."

Wie schön waren doch die Flitterwochen gewesen, dachte Sam.

„Ich liebe dich.", sagte sie.

### Tante Amy

Berlin war kalt, aber heute schien die Sonne. James war froh, dass das Wetter so angenehm war. Er war froh, mit seinem vollgetankten BMW durch die Stadt zu cruisen und seiner Tante Amy die Stadt zu zeigen.

„Wieso kannst du eigentlich so gut deutsch? Dafür, dass du noch nie in Deutschland warst, sprichst du richtig gut.", sagte er, während er Schwierigkeiten hatte, sich auf den hoch aufkommenden Verkehr zu konzentrieren. Normalerweise war es vormittags leerer. Aber heute war es voll.

„Naja, ich bin Deutschlehrerin.", begann sie.

„Ah, genauso wie Mom.", fiel er ihr ins Wort, während er einen blauen Range Rover überholte. Er liebte seinen BMW und nur allzu gern trat er auf das Gaspedal, um zu beschleunigen. War das Angeberei? Prahlerei? Vielleicht. Vielleicht kam es so an, aber seine Absicht war es sicher nicht. Er liebte die Geschwindigkeit. Das Gefühl, wenn er schneller wurde. Es gab ihm einen Hauch von Freiheit. Sein Auto war wie seine zweite Wohnung, eine bewegliche Wohnung, die obendrein noch wunderschön war. Liebte er auch das Gefühl, das ihn überkam, wenn andere ihn deswegen ansahen? Konnte sein, aber seine Absicht war es dennoch nicht.

„Ja, außerdem ist eine liebe Kollegin von mir auch Deutsche. Wir reden meistens deutsch miteinander, weil ich viel dazu lernen kann. Du weisst schon, die wachsende Muttersprache.", erzählte Amy.

„Nein weiß ich nicht.", sagte James verwundert und auf den Verkehr konzentriert. „Was soll das sein?"

„Na jeder hat ja eine Muttersprache, manche haben auch zwei, wenn sie zweisprachig aufwachsen. Aber jeder fühlt sich in einer Sprache richtig wohl und die meisten werden mit einer Sprache groß, die sogenannte Muttersprache. Die ist bei mir zum Beispiel englisch und bei deiner Mutter übrigens auch. Sie hat erst angefangen Deutsch zu lernen, als sie deinen Vater kennenlernte. Na jedenfalls kann man, wenn man eine Muttersprache hat, eine zweite Sprache lernen. Aber dein Denken bleibt ja in der Muttersprache. Wir sagen immer Sprache ist Denken. Es gab so ein Phänomen, das Sprachwissenschaftler wegen dieser Muttersprache erforscht haben. Wenn man zum Beispiel auswandert und dann Kinder bekommt, so ist es eben wichtig, dass die Kinder die Muttersprache lernen, damit sie eine zweite Sprache lernen können. Wachsende Muttersprache bedeutet, wenn man in einem anderssprachigen Land lebt, spricht man weniger die Muttersprache, allenfalls nur noch in der Familie. Allerdings entwickelt sich ja jede Sprache auch weiter, weil sich die Gesellschaft auch weiterentwickelt und so gibt es heute Begriffe, die es eben früher nicht gab. Die Sprache wächst mit der Gesellschaft, aber wenn man in einem anderen Land lebt, bricht die Muttersprache gewissermaßen ab. Das ist aber nur so eine Theorie. Ich geb da nicht allzu viel drauf. Was ich aber auf jeden Fall weiß, ist, dass Sprache Denken ist und ich liebe Sprache, und ich liebe fremde Sprachen. Deutsch ist sehr schwer, aber wenn man es beherrscht macht es einfach Spaß." Amy blühte auf, während sie mit ihrer Erzählung ausholte.

„Wie philosophisch. Du bist bestimmt eine tolle Lehrerin." James war fasziniert von ihrer Art zu reden. Es machte ihm Spaß, ihr zuzuhören. Da könnten sich einige Lehrer an seiner Schule etwas von abschneiden.

„Ich finde als Lehrerhat man eine große Verantwortung. Man muss seine Vorurteile kontrollieren und man darf nie vergessen, dass man einen Lehrauftrag hat. Ich meine die Schüler, die schlecht sind und nicht zu hören, die muss man auch fördern. Ich hab immer viel Stress mit Lehrern. Man muss wirklich Fingerspitzengefühl haben. Wenn man jemanden aus Versehen beleidigt oder unsensibel ist, kann man ihm die ganze Zukunft versauen. Also dass er den Spaß am Lernen verliert, und jemand, der eigentlich Professor hätte werden können, endet als KFZ Mechaniker und erhält

Mindestlohn und ist zusätzlich frustriert, weil er total unterfordert ist.", auch James konnte ausholen.

„Ganz so schnell geht das nicht. Aber du hast recht. Es ist wichtig, eine gute Lernatmosphäre zu schaffen und die Schüler nicht zu sehr unter Druck zu setzen, aber gleichzeitig das Potential aus ihnen rauszuholen. Ich mag meinen Beruf. Das ist auch wichtig. Das ist jedem Beruf wichtig. Liebe was du tust!", sagte Amy.

Die Autobahn war immer noch voll, aber glücklicherweise staute es sich nicht. Auch wenn es James nichts ausmachte, mit Amy zu reden, wäre es bei einem Kaffee sicherlich angenehmer gewesen.

Nach einer halben Stunde und einer anstrengenden Parkplatzsuche hatten sie endlich die Friedrichsstraße erreicht. Es war immer noch herrliches Wetter und die beiden flanierten gemeinsam die Friedrichsstraße entlang. Amy kaufte sich einige Röcke und Oberteile, James war geduldig und begleitete sie. Sie war eine nette Frau. Es war schön Familie zu haben. Er hatte seit langem das Gefühl, wieder Teil einer Familie zu sein. Seit sein Vater gestorben war, nein eigentlich schon als Sam ausgezogen war, hatte es angefangen, sich einsam anzufühlen. Sam war immer warmherzig gewesen. Sie war immer für ihn da gewesen, wenn er nach Hause kam, wenn er aus dem Haus ging, ja einfach immer. „Cause you only need the light when it's burning low, only miss the sun, when it starts to snow…", das war tatsächlich eine Wahrheit. Sam war ein echtes Licht.

„Sollen wir ins Starbucks? Ich weiß das habt ihr Amerika auch, aber das hier an der Friedrichstraße ist schön und der

Kaffee ist einfach superlecker.", versuchte er Amy zu überzeugen.

„Ja gern, ich mag Starbucks. Ein bisschen Heimat kann nicht schaden." Amy musste gar nicht überzeugt werden.

„Ich frag mich wie es kommt, dass ihr uns nie besucht habt.", James war neugierig, was seine Familiengeschichte betraf.

Amy nahm einen großen Schluck von ihrem süßen Caramel Macchiato. Das tat gut bei der Kälte. Die beiden suchten sich einen kleinen runden Tisch mit Blick aus dem Fenster auf die S Bahn. James zog seine Jacke aus und setzte sich.

„Das kommt daher, dass deine Mutter und ich nicht das beste Verhältnis haben, würde ich meinen. Nicht, dass wir zerstritten wären aber wir waren nie die dicksten Freunde. Wir gratulieren uns zum Geburtstag, zu Weihnachten und solche Sachen. Jetzt nach Claudius' Tod hatten wir auch wieder Kontakt. Ich vermisse sie sehr. Wann wird sie denn aus Frankfurt zurück sein?"

„Frankfurt?", fragte James überrascht, bevor ihm einfiel, dass das die Notlüge gewesen war, die Amy von den unangenehmen Problemen fernhalten sollte.

„Sie ist doch auf Geschäftsreise dachte ich.", ergänzte Amy nichtsahnend.

„Ja, äh nein.", James wollte nicht mehr lügen. „Amy, du bist so eine nette Person. Darf ich offen mit dir reden?", fragte er.

„Ja natürlich, ich bitte darum.", antwortete sie leicht überrascht.

„Mom ist nicht auf Geschäftsreise. Es ist ein bisschen kompliziert. Es ging ihr nicht gut nach Papas Tod und ehrlich gesagt schon länger. Sie hat psychische Probleme und im Moment ist sie in der Psychiatrie.", platzte er fast unverfroren heraus.

„Was?!" Amy fiel aus allen Wolken.

„Ja, es tut mir leid, dass wir es dir nicht gesagt haben. Sam weiß auch gar nicht, dass ich mit dir darüber rede, aber ich fand es wichtig, ich meine du bist immerhin ihre Schwester. Du bist kein Geschäftspartner, bei dem man einen guten Eindruck hinterlassen muss oder so. Du bist Familie. Und...ich weiß ja auch nicht genau wann sie wieder rauskommt. Wie lange sollten wir dir also noch etwas vormachen? Es ist auch einfach nur fair, wenn du Bescheid weißt. Bitte sei nicht böse deswegen!"

„Wow, das hätte ich am allerwenigsten erwartet. Ich hatte schon gedacht, dass etwas komisch ist, aber das hätte ich nicht gedacht. Wie kam es denn dazu?", fragte Amy weiter.

„Naja, es fing alles an kurz bevor Papa starb. Es gab so Anrufe in der Nacht, sie hatte irgendwie einen unglücklichen Mix aus Schlaftabletten und Wein. Naja und dann kam ja der plötzliche Tod von Papa und am Ende, weißt du ...", er wurde leiser und sah runter.

„Ja und am Ende...?", fragte Amy an seinen Lippen hängend.

„Naja da ist noch diese Sache mit Alehandra. Das ist meine persönliche Angelegenheit und ich kann mit niemandem darüber reden.", er hielt inne.

„Jetzt machst du mich aber neugierig. Wer ist Alehandra?", so etwas hatte Amy nicht erwartet.

„Alehandra ist die Frau, die ich liebe. Ich liebe sie schon lange und ich denke andauernd an sie. Ich möchte sie heiraten. Vor einer Weile hatte Sam mir dazu geraten. Ich fand das erst albern aber jetzt möchte ich einfach nur ihr Ehemann sein. Mich um sie kümmern, mit ihr zusammen sein.", James fühlte sich wohl, wenn er von Alehandra sprach, das entging auch Amy nicht.

„Wow, James das klingt wunderbar romantisch, fast schon ein bisschen poetisch. Was hält dich ab?", fragte sie.

„Naja, also sie wird verdächtigt, meinen Vater getötet zu haben und sitzt in Untersuchungshaft.", fasste James sich kurz. Es entstand eine kurze Stille.

„Und was denkst du darüber?", Amy blieb erstaunlich ruhig. Sie ließ sich von dem Mordverdacht wenig beeindrucken.

„Es ist nicht so leicht zu ignorieren, was die Polizei sagt, aber in meinem Herzen liebe ich diese Frau und ich glaube fest daran, dass sie unschuldig ist.", schwärmte James.

„Weißt du James. Ich bin eine unverbesserliche Person. Ich sage dir, hör auf dein Herz. Ich habe vieles erlebt, besonders auf der Schule beobachte ich, wie das Gerede der Leute großen Schaden anrichtet. Also nicht nur das Gerede, einfach immer diese Verdächtigungen. Am Ende muss das alles nicht stimmen. Manchmal machen diese Verdächtigungen die Personen erst kriminell.", Amy wurde philosophisch.

„Was meinst du damit?", James verstand nicht, worauf sie hinauswollte.

„Zum Beispiel neigen wir als Lehrer gerne mal dazu, Vermutungen über die Familien unserer Schüler anzustellen. Das geht schneller als man denkt. Auf einmal ist der Vater
190

eines Jungen, der seine Hausaufgaben nicht macht, ein Alkoholiker, ein Krimineller oder einfach nur nachlässig. Dabei kann es genauso gut sein, dass der Junge, Probleme hat, von denen keiner weiß. Es kann auch sein, dass der Vater den Jungen dazu bewegen möchte, Hausaufgaben zu machen, aber der Junge sich wehrt. Es kann auch sein, dass der Junge Schwierigkeiten hat, sich Dinge zu merken. Jedenfalls, wenn ein Verdacht sich erst einmal in den Kopf gebrannt hat, dann ist es schwer sich so zu verhalten, als hätte man den Verdacht nicht. Wenn man über jemanden schlecht denkt, dann hat derjenige meistens schon verloren, denn das Denken kann man nicht beeinflussen. Jedenfalls nicht unmittelbar." Amy holte Luft, trank einen Schluck Kaffee und lächelte James erwartungsvoll an.

„Naja, es gibt Beweise gegen Alehandra. Man hat das Gift, mit dem Papa vergiftet wurde, in ihrer Handtasche gefunden. Außerdem hat sie kurz davor Sam niedergeschlagen, obwohl sie ihre beste Freundin war.", sagte James stirnrunzelnd.

„Siehst du?!Die Polizei reimt sich jetzt Sachen zusammen aufgrund von Dingen, die zusammenpassen. Dadurch, dass sie jetzt verdächtigt wird, wird es schwerer für sie etwas zu finden, das für sie spricht, weil sie nicht explizit danach suchen. Hat sie denn jemanden, der ihr hilft?", fragte Amy weiter. Sie war voller Enthusiasmus.

„Ja, also naja, sie hat einen Anwalt. Ich weiß nicht, ob er etwas taugt.", antwortete James zweifelnd.

„Und du? Glaubst du an ihre Unschuld?", Amy ließ nicht locker.

„Ja.", sagte er ohne Zweifel.

„Also wird es dir leichter fallen, Beweise, die für sie sprechen, zu finden, weil du daran glaubst. Die Polizei hat einen Ruf, in Amerika ist der im Moment fragwürdig. Die Bevölkerung vertraut der Polizei weniger, seitdem gefilmt wurde, wie ein Cop einen Schwarzen erwürgt hat. Und genau das ist es: nur weil die Polizei die Polizei ist, muss sie nicht unbedingt recht haben. Es zählt doch der einzelne Mensch und was er in seinem Herzen hat. Nicht was sie irgendwann mal gelernt haben oder für wen sie arbeiten. Verstehst du? Und nur mit der Suche nach der Wahrheit und vor allem durch Kommunikation können wir auch die Wahrheit herausfinden. Und vor allem sollten wir dabei an uns selbst glauben."

James war überwältigt von dieser Rede. „Wow, du hättest Psychologieprofessorin werden sollen, oder Bürgermeisterin.", sagte er schmeichelnd.

„Ich bin zufrieden, aber danke dir. Ich fasse das als ein Kompliment auf.", antwortete sie.

Draußen begann es zu schneien. Der Himmel hatte sich zugezogen. Amy und James machten sich auf den Weg zum Auto, um ihren erfolgreichen Stadtbummel zu beenden. Es war kälter als vorher und James verschränkte die Arme beim Gehen, um sich selbst zu wärmen. Die feinen Schneeflocken wurden von einer leichten, aber eisigen Brise begleitet. Als sie am Auto ankamen, standen zwei Polizeibeamte an James Wagen. Sie wollten ihm gerade ein Knöllchen schreiben.

„Entschuldigung?!", sagte James, während er versuchte höflich zu bleiben. Er hatte sicher zwanzig Minuten nach einem Parkplatz gesucht. Es konnte nicht sein, dass das hier ein Parkverbot gab.

„Hallo, ist das ihr BMW?", fragte der Beamte.

„Ja, aber hier ist doch parken erlaubt oder nicht?", fragte James, der nicht verstand, weshalb er ein Knöllchen bekam.

„Sagen sie, wie lange haben sie denn ihren Führerschein?", fragte der Polizeibeamte. James verstand nicht, warum er das fragte.

„Wieso fragen sie das?", wollte er wissen.

„Antworten Sie einfach!", der Mann in blau wurde ungeduldig.

„Ein knappes Jahr.", sagte James kleinlaut. Es war ihm unangenehm vor Amy so vorgeführt zu werden.

„Sehen sie das da?" Er deutete auf ein Parken Verboten Schild, in dessen Zone sich sein roter BMW befand.

„Ja das seh ich aber ich bin mir sicher, dass das vorhin da noch nicht stand.", James war verwundert. Er hatte so lange nach einem Parkplatz gesucht, dass er mit Sicherheit keinen Fehler gemacht hatte. Das konnte nicht sein.

„Was wollen sie damit andeuten?", der Beamte fühlte sich provoziert.

„Ja, nein gar nichts, ich bin mir nur sicher, dass das Schild da vorhin noch nicht stand.", er blieb bei seiner Meinung.

„Geben sie mir mal bitte ihren Führerschein und ihre Fahrzeugpapiere!", forderte der Polizist ihn auf. James wurde sauer. Das konnte doch jetzt nicht wahr sein. War das sein Erst?

„Ja Moment.", er versuchte seinen Ärger zu unterdrücken.

„Sie warten hier bitte.", sagte der Polizist und ging mit seinem Kollegen zu dem Mannschaftswagen, der hinter seinem roten BMW stand. James hatte zuvor noch nie Probleme mit der Polizei gehabt.

„James, ich kenn mich nicht aus, und ich wusste nicht was das Schild bedeutet, aber du täuschst dich. Es stand vorhin schon da.", flüsterte Amy ihm zu.

„Echt? Oh Mann, dann muss ich das übersehen haben.", James wunderte sich über sich selbst.

„Das ist kein Problem, wir machen alle Fehler. Ich glaube ich habe dich durch mein Gerede im Auto auch ganz schön abgelenkt.", gestand Amy sich ein.

„Oh, wenn das so ist, dann war es das aber wert.", sagte er mit einem Lächeln, aber dennoch beunruhigte ihn diese Verkehrskontrolle.

Nach ein paar Minuten erschien der Beamte wieder und reichte James seine Papiere.

„Sagen Sie junger Mann, sie brauchen ja zum Autofahren eine Brille, haben sie die dabei?", fragte er. Es nahm einfach kein Ende.

James hatte den Sehtest nicht ganz bestanden. Er hatte sich auch mal eine Brille anfertigen lassen, allerdings war ihm die schon nach ein paar Monaten kaputt gegangen. Seitdem war er immer ohne Brille gefahren, da er nicht viel Dioptrien hatte und er nicht das Gefühl hatte, eine Brille zu brauchen. Wie sollte er das aber dem Polizisten erklären?

„Ähm, nein tu mir leid, die habe ich wohl zu Hause vergessen.", antwortete er verlegen und sah dabei auf den Boden. Es war keine große Sache, aber es fühlte sich so an.

„Das könnte eine Erklärung dafür sein, dass sie das Schild übersehen haben. Wie dem auch sei, wenn sie keine Brille dabeihaben, dann muss ich sie darüber belehren, dass sie ihr Auto jetzt nicht weiterfahren dürfen. Hat ihre Begleiterin einen Führerschein?" der Polizist sah Amy fragend an. James war das alles furchtbar peinlich. Er wollte einfach nur nach Hause.

„Ja, den hab ich allerdings hab ich den nicht dabei.", antwortete sie.

„Also dann müssen sie wohl oder übel das Auto stehen lassen.", sagte der Polizist, während er sich etwas notierte.

„Es gibt eine Möglichkeit.", mischte sich sein Kollege dazu. „Hier um die Ecke gibt es so einen Drogerieladen. Die haben Brillen. Wenn sie nicht zu viel Dioptrien haben, können sie sich dort eine Brille kaufen, dann dürfen sie auch mit ihrem Auto weiterfahren. Sie müssen uns aber versichern, dass sie das auch tun.", fuhr er fort. Das erleichterte James. Es wäre jetzt wirklich noch die Krönung gewesen, das Auto stehen zu lassen und mit der Bahn nach Hause zu fahren. Ganz abzusehen von den Kosten für den Parkplatz.

„Ja natürlich, das werde ich machen.", sagte James. „Sagen sie, ich bin ja noch in der Probezeit. Was wird denn jetzt auch mich zukommen?", fragte er verunsichert, denn die Polizei saß auf jeden Fall, das stand außer Frage, am längeren Hebel.

„Naja ein Ordnungsgeld wegen Falschparken das sind in der Regel 25€. Wegen der Brille müsste ich mal schauen, warten sie kurz.", er sah in seinem Handy nach. „Ah ja, auch 25€."

„Okay, ich danke ihnen.", sagte James und verabschiedete sich. Er war froh, dass es keinen Punkt oder ein Fahrverbot bedeutete. Er ging mit Amy eine Brille kaufen, was er für absolut unnötig empfand. Im Anschluss fuhren sie nach Hause. Die Brille setzte er sich oben auf den Kopf, für den Fall, dass die Polizei ihn kontrollierte.

## Das Paradies liegt unter den Füßen der Mütter

Einige Tage später machte sich Sam auf den Weg zu ihrer Mutter in die Klinik. Mohamed war wieder auf der Arbeit und Sam hatte noch immer Semesterferien. Das war das Schöne am Studentenleben. Es hatte etwas Freies. Insgesamt vier Monate frei im Jahr, das würde nach dem Studium nicht mehr wiederkommen. Außer vielleicht, wenn sie in Elternzeit gehen würde. Aber um daran zu denken, war es noch zu früh. Sie wollte Kinder, keine Frage, aber es war wohl ratsam, erst das Studium abzuschließen. So hatte ihre Mutter es ihr geraten. Wenn es nach Mohameds Mutter ging, konnte es nicht schnell genug gehen. Sam selbst dachte eher an die erste Variante, allerdings war die Vorstellung von einem gemeinsamen Baby so entzückend, dass sie es sich doch schon schneller vorstellen wollte. Während des Studiums, so hatte sie es auch schon gehört, sei die beste Zeit, ein Baby zu bekommen. Es gab sogar Kinderbetreuung an der Uni.

Als sie das Klinikgelände betrat, erinnerte sie sich an das letzte Mal, als sie hier gewesen war. Das war der Tod ihres Vaters gewesen. Sie hatte zu dem Zeitpunkt nicht damit gerechnet, dass er bald sterben würde, während sie damals in voller Panik den angelegten Weg im Park des Krankenhaugeländes entlanggerannt war. Alehandra hatte sie damals begleitet. Hätte sie das denn wirklich getan, wenn sie schuldig gewesen wäre? War sie eine so gute Schauspielerin, dass sie ihr ihr Mitgefühl und das Überrascht sein alles nur vorgespielt hatte? Und wie blind musste Sam gewesen sein, das alles nicht zu merken. Während sie jetzt den Weg entlanglief und die Erinnerungen in ihr aufstiegen, taten dies auch die Tränen in ihren Augen und sie versuchte sie zu unterdrücken. Ein paar bahnten sich allerdings trotz ihrer Bemühungen den Weg ihrer Wange entlang. Sie wischte sie mit einer kurzen Bewegung weg und suchte nach dem Pavillon 81, in dem ihre Mutter zurzeit untergebracht war. Untergebracht war, wie komisch das klang. Sie war ja nicht behindert oder ein Kleinkind. Ihre Verfassung war auch nicht allzu schlecht gewesen damals, aber Sam hatte Schwierigkeiten an sie heran zu kommen. Pavillon 81. Sie stand direkt davor. Sie atmete tief durch und ging durch die Tür. Am Empfang standen zwei Schwestern hinter einer Glasscheibe. Sie sahen beschäftigt aus. Nach ca. einer halben, Sam ewigvorkommenden Minute sah eine der beiden Schwestern auf. Sicher hätte Sam sich schon vorher bemerkbar machen können, allerdings war sie über allen Maßen verunsichert.

„Kann ich ihnen helfen?", fragte die Schwester in einem Ton, den Sam nicht richtig deuten konnte.

„Ja, ich suche meine Mutter.", sagte sie leise.

„Wer ist denn ihre Mutter?", fragte die Schwester. Ihr Ton war rau.

„Susan Logan. Sie ist schon seit vier Wochen hier.", antwortete Sam.

„Und dennoch sehe ich _sie_ das erste Mal hier.", entgegnete die Schwester patzig. „Unsere liebe Susan. Sie liegt ist in Zimmer 8. Sie müsste auch auf ihrem Zimmer sein. Es ist den Gang runter auf der rechten Seite. Wenn sie sie dort nicht finden, kommen sie nochmal zu mir.", ergänzte sie knapp und widmete sich wieder ihren Unterlagen.

Sam lief den Gang entlang. Es sah aus wie ein normales Krankenhaus, allerdings ein wenig verkommener. Eine Lampe im Flur flackerte und an der Tür zur Toilette gab es ein Schild, auf dem stand: „Toilette verstopft". Im Großen und Ganzen konnte man sagen, dass hier nicht wirklich eine Wohlfühlatmospähre herrschte. Sam hatte in ihrem Studium ein Seminar gehabt, das sich Sozialpsychiatrie nannte. Es war interessant, weil es genau das aufgriff, was Sam in dem Moment fühlte, in dem sie diesen Gang entlanglief, nämlich, dass psychische Krankheiten von der Gesellschaft nicht wirklich ernst genommen wurden. Früher war es noch schlimmer gewesen als heute, aber das flackernde Licht, weckte in ihr die Frage, ob den Leuten hier wirklich an dem seelischen Wohl der Patienten gelegen war. Sie konnte sich nicht vorstellen, dass es zum Beispiel auf der Krebsstation genauso aussah. Aber war das vergleichbar?

Zimmer 8, eine weiße, geschlossene Tür. Sam klopfte vorsichtig. Sie vernahm ein leises „herein", von dem sie nicht sicher war, ob es von ihrer Mutter kam und betrat das

Zimmer. Ein schlichtes, aber freundliches Dreibettzimmer. Ihre Mutter saß an einem Tisch mit zwei Stühlen und schrieb etwas. Als Sam das Zimmer betrat, sah sie auf. Sam war nervös. Als ihre Mutter sie anlächelte, fühlte sie sich erleichtert.

„Sam meine Liebe.", Susan legte ihren Stift hin, stand auf und umarmte ihre Tochter. „Mit dir hab ich ja wirklich nicht gerechnet.", fügte sie hinzu. „Wie schön, dass du da bist.", Susans Umarmung war fest und herzlich, genau wie ihre Worte. Sam war beruhigt, dass es ihrer Mutter einigermaßen gut zu gehen schien.

„Warte kurz Sam." Susan räumte ihre Schreibsachen von dem Tisch in ihren Nachttisch, der neben ihrem Bett stand, nahm sich eine Haarbürste und kämmte sich vor dem Spiegel. „Wir gehen in die Cafeteria einen Kaffee trinken.", sagte sie mit einem Lächeln.

„Gern.", antwortete Sam schüchtern. Außer den beiden war niemand in dem Zimmer.

Als Susan vor dem Spiegel fertig war, hakte sie sich bei ihrer Tochter unter und die beiden liefen den Gang, den Sam eben noch gedankenverloren entlanggelaufen war, wieder zurück. Sie verließen die Station und beeilten sich, in das gegenüberliegende Gebäude zu kommen, in dem sich die Cafeteria befand, da die klirrende Kälte erbarmungslos unter Susans Pullover kroch.

„Oh Mann ist das kalt. Ich war wirklich ein paar Tage nicht draußen. Ich hab meine Jacke jetzt ganz vergessen.", sagte sie.

„Sollen wir sie lieber holen?", Sam fühlte sich leicht eingeschüchtert. War es ein schlechtes Gewissen, weil sie ihre

Mutter hier hat unterbringen lassen? Oder war es eine normale Verlegenheit, weil sie ihre Mutter einfach lange nicht gesehen hatte? Oder war es die Ungleichheit und das Gefühl, ihrer Mutter Unrecht anzutun, da es ihr selbst sehr gut ging, sie gerade wunderschöne Flitterwochen in Amerika verbracht hatte, und ihre Mutter hier, bei flackerndem Licht im Flur, psychische Gesundheit erlangen sollte? Ja, vermutlich war es das.

„Nein Sam ist schon gut. Lass uns einfach schnell gehen, wir sind ja gleich da.", Susan war glücklich über den Besuch ihrer Tochter. Die Cafeteria war gut besucht.

„Möchtest du auch ein Stück Kuchen?", fragte Susan. Die Theke bot Käsekuchen, Apfelkuchen und Kirschstreußel. Sam liebte Kuchen. Das war eine Gemeinsamkeit, die sie mit ihrer Mutter hatte.

„Ja gern. Kirschstreußel.", antwortete sie.

„Mit oder ohne Sahne?", wollte ihre Mutter wissen.

„Gern mit.", Sam liebte neben Kuchen, auch Kuchen mit Sahne.

Susan bestellte zwei Kaffee, einen Apfelkuchen und einen Kirschstreußel mit Sahne. Sie suchten sich einen Zweiertisch mit Blick auf das Krankenhausgelände.

„Wie geht es dir?", fragte Sam das Gespräch suchend.

„Gut, mir geht es ganz gut. Ich bin okay, ich verstehe mich gut mit meiner Zimmergenossin, Roswita. Ich muss sie dir mal vorstellen, sie ist wirklich nett. Und sie gibt mir immer Süßigkeiten. Ich hab bestimmt schon ein paar Kilo zugenommen.", sprudelte es aus Susan heraus.

„Das freut mich.", sagte Sam und sah mit einem verlegenen Lächeln auf ihren Kirschstreußel, der saurer schmeckte, als sie erwartet hatte. Mit Sahne war die richtige Wahl gewesen.

„Und dir Sam, wie geht es dir? Wie war dein Urlaub? Wie geht es meiner Schwester?", fragte Susan enthusiastisch.

„Gut. Gut, war sehr schön." Sam hatte ein schlechtes Gewissen. Sie konnte ihr eigenes Glück in diesem Moment nicht ertragen. Sie schämte sich für ihren üppigen Urlaub in Amerika zu berichten, während ihre Mutter die letzte Zeit hier in der Psychiatrie verbracht hatte.

„Amy ist hier.", ergänze Sam.

„Wie hier? Wie meinst du das?", Susan sah ihre Tochter fragend an.

„Also nicht hier im Krankenhaus. Sie hat uns begleitet nach Berlin.", antwortete Sam.

„Das ist ja wunderbar." Susans Blick füllte sich mit Hoffnung. „Wie schön das ist. Kann sie mich besuchen?", Susan freute sich sehr, was Sam erleichterte.

„Naja,", begann sie zögerlich. „Deswegen bin ich hier. Sie will dich unbedingt sehen. Und ich wollte dich erst fragen, ob das für dich okay ist. Und ich möchte außerdem wissen, wann du rauskommst. Also du bist ja schon eine ganze Weile hier.", fragte Sam.

„Ja, sie kann mich gern besuchen. Das muss sie unbedingt. Ich hab sie ewig nicht gesehen. Oh bitte Sam,", sie nahm ihre Hände, „bitte bring sie her."

„Ich seh mal was ich tun kann.", antwortete sie zuversichtlich. „Aber mir ist doch nochmal wichtiger, dich wieder nach Hause zu holen.", sagte Sam.

„Ja, das musst du mit Dr. Ruben besprechen. Er ist der Meinung, es sei besser, wenn ich noch hierbleibe. Ich bin wohl psychotisch.", antwortete Susan.

„Ok, aber was denkst du? Wie fühlst du dich?", wollte Sam wissen. Psychosen kannte sie bereits aus dem Studium.

„Es ist schwer zu sagen Sam. Ich habe heute einen guten Tag, aber ich glaube, das kommt, weil du hier bist. Aber ich kann schwer allein sein. Ich hab schnell Angst. Ich kann kaum alleine raus gehen, ich verlier den Fokus, und fang an, herumzuirren.", begann Susan zu erzählen.

„Was meinst du damit?", fragte Sam.

„Zum Beispiel ist das so: Wenn ich allein hier spazieren gehe und Menschen in meiner Umgebung sehe und höre was sie sagen, dann bezieh ich das komplett auf mich. Also ich gehe zum Beispiel hier so auf dem Gelände spazieren und ein Kind redet mit seiner Mutter und sagt, Mama, diese Blume ist aber schon kaputt. Dann denke ich, dass ich die Blume bin und das Kind weiß, dass ich krank bin. Und das ist mit allen Leuten so. Der Unterschied ist nur, dass ich das anders deute, je nach Person. Manchmal versteh ich ihre Aussagen als Anweisung und dann fang ich an, umher zu irren. Ich hab das Gefühl, dass die Leute in meinem Kopf drin sind und alles über mich wissen.", Susan hielt kurz inne. Sie stand den Tränen nahe, weil sie selbst nicht verstand was mit ihr los war.

„Das Schlimmste ist, dass ich nichts machen kann. Ich denke es funktioniert, aber das tut es nicht. Ich denke es ist kein Problem, wenn ich einfach einen Spaziergang zur Tankstelle mache, um mir etwas zu kaufen und dann sehe ich da einen jungen Mann, der eine Platzwunde am Auge hat und ich bekomme sofort Angst, weil ich denke, es war falsch loszugehen.", ergänzte Susan.

„Mama.", sagte Sam nur und umarmte ihre Mutter. Sie machte sich große Sorgen. Das klang gar nicht so, als würde man sie demnächst entlassen können. Andererseits war sie erstaunlich selbstreflektiert.

„Weiß Dr. Ruben davon?", fragte Sam.

Susan sah bedrückt auf den Boden. „Ich weiß nicht, nein ich habe jetzt über eine Woche nicht richtig mit ihm gesprochen, das letzte Gespräch haben wir abgebrochen, ich kann dir nicht mal sagen, an wem es lag, an mir oder an ihm. Sam, ich hab irgendwie das Gefühl, dass man ihm nicht trauen kann.", sagte sie leise.

„Wie meinst du das?", Sam versuchte den Vermutungen ihrer Mutter offen gegenüber zu treten, was ihr nach dem, was Susan gerade erzählt hatte, etwas schwerfiel.

„Keine Ahnung, er war so komisch. Ich hatte angefangen in meiner Akte zu lesen. Da standen Sachen über dich, dass du mein Schwachpunkt wärst. Ich meine, ist es die Aufgabe von einem Therapeuten nach Schwachpunkten zu suchen?", fragte Susan.

„Naja, man sollte eigentlich ressourcenorientiert arbeiten.", antwortete Sam prompt, denn das war etwas, das sie im Studium immer wieder vermittelt bekamen: Und sei die

Situation des Klienten noch so aussichtlos, es gäbe immer Ressourcen. Sam war überzeugt davon, dass das Studium ein guter Weg war. Sie hatte die Hoffnung, als Therapeutin, den Menschen helfen zu können. Das hatte sie schon immer gewollt. Anderen helfen. Wo sie sich jetzt allerdings ihre Mutter anhörte, hatte sie Zweifel daran, ob die Therapie in der Klinik ihr tatsächlich half. Sie hatte nicht im Geringsten den Eindruck, dass es ihr besser ginge, vielleicht hatte sich ihr Zustand sogar verschlimmert. Sie war nun länger als vier Wochen hier und bevor sie hier eingezogen war, hatte sie noch keine Psychosen gehabt.

„Gibt es denn noch andere Sachen, die dich beunruhigen?", wollte Sam wissen. Wenn sie Menschen helfen wollte, dann sollte sie wohl bei ihrer Mutter anfangen. Das war eines der wichtigsten Gebote ihrer Religion und gleichzeitig eine der größten Prüfungen für Sam persönlich. Mohamed unterstützte sie immer wieder darin.

Abu Huraira, Allahs Wohlgefallen auf ihm, berichtete:

Ein Mann kam zum Gesandten Allahs, Allahs Segen und Heil auf ihm und fragte: „Oh Gesandter Allahs, wer hat am meisten Anspruch auf meine gütige Kameradschaftlichkeit?" Der Prophet sagte: „Deine Mutter."

Der Mann fragte weiter: „Und wer sonst?"

Der Prophet sagte: „Deine Mutter!"

Der Mann fragte weiter: „Wer sonst?"

Der Prophet sagte: „Deine Mutter!"

Der Mann fragte weiter: „Wer sonst?"

Der Prophet sagte: „Dann dein Vater!"[19]

Die Stellung der Eltern war etwas sehr Wichtiges, das Sam erst neu erlernen musste. Während sie als Kind noch ein makelloses Verhältnis zu ihrer Mutter gehabt hatte, hatte dies mit der Pubertät schnell an Glanz verloren. Die Fronten waren seitdem verhärtet. Seit sie konvertiert war, schien ihre Mutter wiederum sauer, oder distanziert und nach der Hochzeit mit Mohamed, hatte Sam die Hoffnung auf eine gute Beziehung fast aufgegeben. All das, was danach geschah, schien im ersten Moment zwar schwierig, aber jetzt merkte Sam erst, dass sich ihr Möglichkeiten boten, das Verhältnis zu ihrer Mutter zu reparieren.

Susan sah auf ihren Kuchen, dann sah sie Sam an.

„Macht es dir was aus, wenn wir rausgehen? Ich würde gern eine rauchen?", fragte sie ihre Tochter. Susan hatte ihren Kuchen fast nicht angerührt.

„Du rauchst wieder?", Sam, deren Teller nur noch ein paar Krümel beherbergten, fiel aus allen Wolken.

„Ja, ich weiß das ist richtig blöd.", Susan schämte sich. Sam wollte absolut nicht raus, es war schön kuschelig in der Cafeteria.

„Du hast ja deinen Kuchen gar nicht angerührt. Willst du nicht noch etwas essen?", fragte Sam ihre Mutter in einem fürsorglichen Ton.

„Nein, tut mir leid, der Kaffee hat mir gereicht. Ich kann ihn mir ja mitnehmen.", antwortete Susan, sich fast rechtfertigend.

---

[19] Sahih al Bukhari Kapitel 71/ Hadithnr. 5971

„Na schön, ich trink nur meinen Kaffee aus.", sagte sie und nahm einen großen Schluck.

Draußen war es kalt und tatsächlich ein bisschen windig. Susan hatte Schwierigkeiten, ihre Zigarette anzuzünden. Es war ein ungewohntes Bild, ihre Mutter rauchen zu sehen. Da stand sie, ohne Jacke, frierend, die Arme verschränkt. Und wenn Sam sie so genau ansah, hatte sie nicht zu-, sondern abgenommen.

„Weißt du, du hattest mich gefragt, was mir noch aufgefallen ist. Es ist diese Sache mit den Medikamenten bei meiner Zimmernachbarin. Sie haben ihr die Dosis so sehr erhöht, dass sie nicht mal mehr die Kontrolle über ihre Blase hat.", sagte sie vor Kälte zitternd.

„Wirklich? Warum haben sie das gemacht?", fragte Sam forschend.

„Sie macht ein bisschen Ärger. Aber wirklich nur ein bisschen. Ich meine, das ist nichts Großes. Sie hat einmal mit ein paar anderen Patienten im kleinen Vorgarten, zu dem wir raus können, wann wir wollen, vandaliert. Sie haben in der Nacht überall Toilettenpapier verteilt. Die Pflegerinnen haben das gar nicht mitbekommen. Ich übrigens auch nicht. Am nächsten Morgen gab es dann eine Moralpredigt von den Ärzten und dem Pflegepersonal. Und so eine Frau aus Zimmer 2 hat sie dann verraten. Ich verstehe ja, dass sie für Ordnung sorgen müssen, aber ich finde, man darf das nicht so ernst nehmen. Das ist so ein Schulstreich. Nichts Schlimmes, einfach richtig harmlos. Wir sind ja hier nicht auf der Lehrschule vom Ordnungsamt, ich meine, das ist doch nun mal Psychiatrie. Wo sollte sowas stattfinden, wenn nicht hier?" Die Zigarette beflügelte Susan.

„Ja ich verstehe.", sagte Sam, die sehr unter der Kälte litt. „Wollen wir vielleicht mal wieder reingehen? Mir ist wirklich sehr kalt.", schlug sie vor.

„Ja, kein Problem, wir können ja schonmal zum Pavillon schlendern." Susan begann loszulaufen während sie weitererzählte. „Na und sie ist halt nachts einfach regelmäßig wach und macht solchen Unsinn, aber wie gesagt, das sind alles harmlose Sachen und niemand kommt zu Schaden oder so. Und seit ein paar Tagen schläft sie die Nächte durch, aber uriniert jede Nacht ins Bett. Ich meine, jetzt haben die Pflegekräfte doch noch mehr Arbeit, wenn sie jeden Tag das Bett beziehen müssen. Ich hoffe natürlich, dass das nicht die einzige Priorität ist, die sie hier setzen, aber manchmal kommt es einem so vor. Seit gestern pflanzt Roswita die Tabletten ein. Ich weiß nicht genau, was das soll, aber sie nimmt sie jedenfalls nicht mehr." Susan trat ihre Zigarette mit einer lässigen Bewegung aus und ging in den Pavillon. Ein bisschen erinnerte sie Sam an James. Sam folgte ihr schweigend.

Wieder im Zimmer angekommen kramte Susan ihren Block hervor. Sie waren allein und setzten sich an den kleinen Tisch.

„Guck mal, das hab ich geschrieben.", Susan drückte Sam ein Stück Papier in die Hand. Sam begann leise zu lesen.

*Mit zittrigen Händen*

*lässt es sich schwer schreiben*

*lässt es sich nicht denken*

*denken ist nicht falsch und wenn doch?*

*Ich habe keine Angst*

*Ich habe Angst vor der Zukunft*

*Angstbewältigungstraining steht auf dem Programm*

*Es steht da nur aber tut nichts*

*Ich steh da nur aber tue nichts.*

*Weg damit. Seele befreien.*

*Sellerie essen.*

*Gesundheit und was darüber hinaus?*

*Unterhaltung und wovon? Heute oder was ist morgen?*

*Ich habe Angst vor der Zukunft.*

*Das kann so nicht weitergehen. Wohin soll es führen?*

*Mein innerstes*

*Ich liebe meine Kinder, aber ich kann sie nicht versorgen. Sorge.*

*Die Sorge wohnt in mir zurzeit. Diese Zeit ist nicht gut. Kommen bessere?*

*Ich hoffe es sehr. Ich liege und kann nicht genießen, dass ich verdonnert bin zur Stressfreiheit.*

*Ich liebte Stress und ich habe mich ausgeliefert.*

*Immer wieder.*

*Dem Stress. Dem Dreck. Vielen, viel zu vielen Menschen.*

*Das ist nur eine Reinigung.*

*Es muss raus es muss weg all diese Wolken über meinem Kopf vor meinem Fenster.*

*Wo bin ich? Wo bin ich geblieben?*

*Ich will mich zurück. Ich will wieder ich sein. Ich will wieder lachen. Und weinen.*

*Und es liegt ganz allein an mir. Ich bin allein, nein ich hab euch.*

*Meine ganze Familie. Ich bin schwach. zu schwach. Das will niemand hören. Das kann keiner lesen.*

*Ich bin voll von mir und gar nicht da.*

*Es gibt Laufgruppen und E Gruppen. Und dann gibt es die mit dem P.*

*Wie ein Stigma. Wie ein Stempel. Und kaum hab ich mich versehen muss ich jetzt kreativ sein.*

*Und geduldig. Mit mir selbst.*

*Weg damit. Raus den Dreck. Die schwarze Wolke, der Frisch und der Frosch.*

*Meine Hände zittern noch immer.*

*Ich hab's Rauchen wieder angefangen. Ich höre auf wenn's mir besser geht sagen die Leute.*

*Sagen viel zu viele Leute.*

*Heute blieb ich zu Hause und außer Wäsche tu ich nichts.*

*Ich bin immerhin angezogen.*

*Ist das eine Strafe? Bin ich zu dämlich? Bin ich zu männlich?*

*Bin ich eher wie ein Teenager? Ich will wieder eine Frau sein. Nein, gut drauf sein, der Rest ergibt sich.*

*Ich bin immerhin angezogen. Schreiben wir's weg. Weg den Dreck, der über meinem Kopf sich ausgebreitet hat.*

*Geh! Ich brauch dich nicht! Niemand brauch das.*

„Wow.", sagte Sam nur, während es ihr die Sprache verschlug. Sam kannte wenig von Gefühlsleben ihrer Mutter aber jetzt hatte sie ein Bild. Sie hatte einen Eindruck, es war als könnte sie sie fühlen.

„Mama, das ist ja richtig poetisch. Ich wusste ja gar nicht, dass du so schreiben kannst.", sagte Sam, nachdem sie ihre Sprache wiedergefunden hatte.

„Ja, ich bin halt Lehrerin. Ich liebe Sprache. Naja was solls. Keine Ahnung.", Susan schien deprimiert.

„Meinst du, ich kann mal mit Dr. Ruben sprechen?", Sam hatte das Bedürfnis, ihre Mutter nach Hause zu holen. Sie würde noch einen Monat Semesterferien haben und Amy würde den Monat auch da sein. Es wäre eine absolute Verschwendung, wenn Susan diese Zeit in der Klinik verbringen würde. Es sei denn, sie wollte es so.

„Warum willst du mit Dr. Ruben sprechen?", Susan wurde misstrauisch.

„Ich möchte, dass du nach Hause kommst. Ich will sehen, was er davon hält. Auch wenn wir nicht seine Erlaubnis brauchen. Ich möchte nur seinen Eindruck hören.", antwortete Sam zuversichtlich und vertrauensvoll.

„Na, ich kenn seinen Eindruck. Ich fühl mich neben ihm klein. Das war nicht immer so. Aber seitdem ich hier bin hab ich das Gefühl, dass alles anders ist. So als hätte er einen Heimvorteil. Ich denke nicht, dass er es befürworten wird, dass ich nach Hause gehe", sagte Susan.

„Ja, da kannst du ja recht haben und er kann uns ja auch gern seine Meinung mitteilen, aber entscheiden tun wir das doch. Oder besser gesagt du. Und möchtest du nicht nach Hause?", fragte Sam ihre Mutter, während sie ihr in ihre Augen sah. Sie waren tiefblau. Sam hatte braune Augen, was sie immer komisch gefunden hatte. Früher hatte sie gedacht, dass sie deswegen anders wäre als ihre Mutter. Weil die Augen sich voneinander unterschieden, so wie ihre Mentalität.

Susan sagte zunächst gar nichts und sah Sam nur an.

„Mama, nimmst du eigentlich Medikamente?", fragte sie. Ihr fiel ein, dass es bei andauernden Psychosen eigentlich üblich war, Medikamente zu verschreiben.

„Ja. Manche von uns nehmen ihre Medikamente nicht, aber ich schon. Ich versuche eigentlich dem Personal zu vertrauen. Den Patienten vertrau ich manchmal nicht, aber dem Personal eigentlich schon."

„Ich sprech mit ihm Mama, ich möchte gern, dass du rauskommst. Jetzt wo auch Amy da ist, wird das klappen. Glaub mir. Und wenn es dir besser geht, wirst du vielleicht auch nach Amerika reisen können und deine Mama besuchen.", sagte Sam liebevoll. Susan sah sie an und ihr kamen die Tränen.

„Sam, versuch es gern. Ich bin unentschlossen. Ich denke, ich bräuchte viel Unterstützung von euch, wenn ich rauskomme."

„Ich geh mal gucken, ob ich ihn gleich sprechen kann. Ich komm gleich nochmal wieder.", sagte Sam entschlossen und verließ das Zimmer.

Währenddessen waren James und Mohamed in der Kleingasse nahe des Justizvollzugs. James war entschlossen, Alhandra einen Antrag zu machen. Er liebte sie und er konnte nicht so falsch liegen, wenn sie einmal die beste Freundin seiner Schwester gewesen war.

Sie suchten nach einem Juwelier. Mohamed hatte Bedenken, allerdings begrüßte er die Heiratspläne seines Schwagers. Schließlich seien diese eine Zeichen dafür, dass er es mit Alehandra ernst meinte. Darüber hinaus hatte es etwas Ehrbares, denn wer wollte schon eine Frau heiraten die des Mordes angeklagt war. James schien von ihrer Unschuld überzeugt.

„James.", begann Mohamed, während sie die Gasse entlangliefen, „Was machst du eigentlich, wenn sich herausstellt, dass Alehandra schuldig ist?"

„Ist die nicht.", schmetterte James ihm, ohne ihn eines Blickes zu würdigen, entgegen.

„Okay, aber was, wenn doch? Immerhin hat sie Sam niedergeschlagen.", Mohamed hatte nicht vergessen, was geschehen war.

James blieb stehen. „Mohamed, ich verstehe, dass du ihr böse bist, sie hat deine Frau angegriffen, das war mit Sicherheit nicht ihre Sternstunde, du solltest ihr verzeihen. Ich bin mir sicher, dass sie das bereut. Sie ist nicht so. Sie ist ein gutes Mädchen. Ich kenn sie jetzt eine Weile, wir haben schon Zeit miteinander verbracht und sie hatte es als Kind nicht immer leicht.", verteidigte er sie.

„Das ist keine Entschuldigung. Wir haben alle Schwierigkeiten und Probleme, rechtfertigt das, körperliche Gewalt an Unschuldigen anzuwenden? Sam war ihre beste Freundin und sie hatte ihr nichts getan. Also wirklich rein gar nichts. Soweit ich weiß hatten sie sich nicht mal gestritten oder so.", Mohamed redete sich in Rage, er merkte wie er wütend wurde und versuchte inne zu halten.

„Ich frag sie heute, wenn ich sie besuche, warum sie das gemacht hat. Vielleicht war das dumm von ihr, aber begeht nicht jeder mal eine Dummheit? Kein Mensch ist perfekt.", besänftige James ihn.

„Aber eine Mörderin muss nicht perfekt sein und höchstwahrscheinlich ist sie Eine.", entgegnete Mohamed.

„Wo steht das geschrieben?! Soweit ich weiß ist sie noch nicht verurteilt. Ich glaube fest an ihre Unschuld und das solltest du auch. Ich werde dir das beweisen. Es kommt eine Zeit da kommt alles ans Licht.", sagte James zuversichtlich.

„Ich frag mich, was dich so sicher macht.", sagte Mohamed resignierend.

„Ich liebe sie. Ich vertraue ihr. Kennst du das Gefühl nicht?", James riss seine Augen auf und starrte Mohamed in einer Art Wahnsinn an. Mohamed kannte das Gefühl. Er liebte Sam so sehr, dass er immer an sie glauben würde, sei auch die ganze Welt gegen sie. Allerdings war sie seine Frau. Und sie hatte nie etwas getan, was dermaßen schräg war. Vielleicht ist es tatsächlich so, dass man sich nicht aussuchen kann, wen man liebt. Mohamed versuchte sich damit zu beruhigen.

Die Gasse war klein und es gab unzählige Läden. James hatte nicht zu viel Geld aber einen starken Willen und die pure Romantik in seinem Herzen. Er kaufte einen goldenen Ring mit einem kleinen Steinchen. Er war schlicht und schön. Er sollte reichen.

„Ich mach ihr heute einen Antrag.", sagte er voller Vorfreude.

„Ich wünsche dir nur das Beste. Und ich will hoffen, dass sie nicht die Mörderin deines Vaters ist." Mohammed klopfte James auf die Schulter und lachte leicht.

„Das wird sich alles klären. Wenn ich damals schon so klar gewesen wäre, wäre sie vielleicht gar nicht verhaftet worden. Bitte versprich mir, dass du Sam nichts davon erzählst." James steckte den Ring in seine Jackentasche.

„Nein.", stieß Mohammed fast lachend hervor. „Das kannst du schön selbst machen. Ich werde nicht freiwillig einen Streit provozieren. Das ist deine Baustelle mein Lieber. Ich denke es wird auch nochmal schwer, es deiner Mutter beizubringen.", sagte er.

James war durchaus bewusst wie absurd es für andere erscheinnen musste. Er hatte das Bedürfnis, Alehandra zu beschützen. Er wollte für sie sorgen. Er wollte, dass sie bei ihm einzieht. Er hoffte, dass sie das auch wollte.

„Wollen wir noch einen Kaffee trinken? Ich habe noch bisschen Zeit, bis ich den nächsten Patienten hab.", schlug Mohammed vor.

„Nein, sonst gerne, aber ich möchte mich jetzt verloben.", James blieb stehen, verabschiedete sich mit einem lässigen Handschlag von Mohammed und lief Richtung Justizvollzugsanstalt. Mohamed sah ihm leicht lächelnd nach „In sha allah khayr.", flüsterte er.

Sam lief den leeren Krankenhausgang, den sie hergekommen war, wieder zurück, auf der Suche nach Dr. Ruben. Wieder traf sie auf die sehr beschäftigten Schwestern hinter der Glasscheibe.

„Entschuldigung, ich suche Dr. Ruben.", sagte sie zaghaft.

„Das tun wir auch regelmäßig." Die Schwester sah sie an und lachte. „Die Ärzte entwischen uns hier andauernd oder Gundula?", sie klopfte ihrer Kollegin auf die Schulter während sie immer noch über ihren eigenen Witz lachte.

„Könnten sie mir vielleicht sagen, wo ich ihn finde?", versuchte Sam es weiter.

„Keinen Sinn für Humor, was?!", die Schwester hatte so etwas, das man eine Berliner Schnauze nannte. Sie war nicht unsympathisch, aber Sam war nicht zum Lachen. Sie hatte das Gefühl, als würde ihre Mutter auf sie warten. Darauf warten, hier rausgeholt zu werden. Sie war schon viel zu lang hier gewesen.

„Ja wartense mal." Sie griff zum Hörer und wählte eine kurze Nummer. Sam konnte das tuten hören. Während es tutete, sah die Schwester Sam an und tippte nervös mit ihren Fingernägeln auf den Schreibtisch.

„Boah. Lass das mal Lieselotte, ich kann mich nicht konzentrieren.", beschwerte sich die Kollegin, die direkt daneben am Computer saß.

„So schwierig ist deine Arbeit auch wieder nicht." flüsterte Lieselotte, aber so, dass Sam es hören konnte.

„Hallo Dr. Ruben.", sagte sie lauter. „Ich hab da eine Dame für sie, die gern mit ihnen sprechen würde." Eine kurze Pause. Dann hielt sie die Unterseite des Hörers zu, als würde es Dr. Ruben schaden, wenn er ihre Frage hörte:

„Wie heißen sie doch gleich?"

„Ich bin Samantha Regenhardt, die Tochter von der Patientin Susan Logan.", antwortete Sam leise. Sie wollte höflich sein, damit alles klappte. Sie war oft unsicher, sie hatte eine merkwürdige Angst vor Sprechstundenhilfen, Sekretärinnen, Verkäuferinnen. Das waren so launische Berufsgruppen. Manchmal war man halt auf sie angewiesen und es war demütigend, dann durch eine unfreundliche Geste oder einen unfreundlichen Ton eine Art von Zurückweisung zu erfahren. War sie zu sensibel? Ihre Mutter hatte das immer zu ihr gesagt. Sie solle sich ein dickes Fell wachsen lassen. Das seien fremde Leute, die mit ihr nicht weiter zu tun hätten. Sam wusste aber nicht wie man das machte. Sich ein dickes Fell wachsen zu lassen. Das hatte ihr niemand gezeigt.

„Ales klar.", sagte die nicht so unfreundliche Schwester und legte den Hörer auf. „Sie können zu ihm, er ist da und hat Zeit für sie. Es ist den anderen Gang runter, Zimmer 308, auf der linken Seite, nicht zu übersehen."

„Danke.", sagte Sam und lief los. Na das hatte doch prima geklappt. Das dicke Fell konnte erstmal warten.


Alehandra saß in ihrer Zelle und dachte an ihre Mutter. Ihre Mutter war eine Furie gewesen. Sie war allein mit ihr, sie war Vollzeit berufstätig und immer im Stress. Trotzdem waren sie immer arm gewesen. Vielleicht waren sie das auch nicht, aber Alehandra hatte immer das Gefühl, dass es kein Geld gab. Das Viertel, in dem sie aufgewachsen war, war das totale Ghetto gewesen. Die Drogendealer standen abends, wenn sie von einer Freundin oder vom Ballett kam, vor ihrer Tür und fragten sie, ob sie was brauchen würde. Jetzt fühlte Alehandra sich, als sei sie eine von ihnen. Sie hatte sich ihr altes zu Hause erneut geschaffen. Als würde jemand, der ausbestimmten Verhältnissen kommt, immer darin bleiben und selbst wenn es einen Weg hinausgab, so wäre es doch unmöglich, ihn bis zum Ende zu gehen. Vielleicht war es einfach vorherbestimmt.

„Ey Blondschopf!", rief ihre Zimmergenossin, die seit Kurzem bei ihr wohnte. „Ich kann dich denken hören. Was ist los mit dir?", ihr Ton mischte sich aus Aggression und Fürsorge.

„Alles gut, gar nichts.", antwortete Alehandra kurz. Sie war ihren Mitinsassinnen gegenüber verschlossen. Verschlossenheit war gut. Ihr war nicht nach reden zu Mute.

Ein lautes Hämmern an der Tür.

„Restorf, Alehandra. Besuch. Mach dich fertig."

James lächelte als er Alehandra angeschlürft kommen sah. Sie sah fertig aus. Wie ein Wrack. Sie sah traurig aus. James war davon überzeugt, sie glücklich machen zu können.

„James.", sagte sie mit einem leichten Lächeln, während sie sich hinsetzte.

„Alehandra.", sagte er hoffnungsvoll und nahm ihre Hand.

„Nicht anfassen!", ertönte eine laute tiefe Stimme aus dem Hintergrund.

James lächelte Alehandra ins Gesicht. „Wie geht es dir?"

„Es geht mir gut, James. Wie geht es dir?", fragte sie zurück.

„Es geht mir sehr gut. Alehandra.", er atmete tief ein. „Ich möchte dir eine Frage stellen,", leitete er nervös ein. „Ich möchte dich fragen ob du meine Frau werden willst. Ich kenne dich noch nicht so lange, aber du hast mich vom ersten Moment an verzaubert, ich fühl mich so wohl in deiner Nähe und ich möchte den Rest meines Lebens mit dir verbringen.", war das zu abgedroschen, zu kitschig, zu plötzlich? Ja, es war wahrscheinlich alles davon. Aber jetzt war es raus und sie war ihm eine Antwort schuldig. „Ach so, ähm hier.", er kramte in seiner Tasche nach der Schatulle und öffnete sie auf dem Tisch.

Alehandra war gerührt und so stiegen ihr langsam die Tränen in die Augen. Das war ein Liebesbeweis. Noch nie hatte sie einen Heiratsantrag bekommen. Aber war das das

218

Werk von Dr. Ruben? Vor kurzem hatte er ihr noch dazu geraten. Wie hatte er es geschafft, ihn dazu zu bringen, wo James ihn doch nicht leiden konnte?

„Hast du mit Dr. Ruben gesprochen?", sie liebte den Moment, sie konnte ihn nicht fassen. Die Zweifel übermannten sie.

„Wie bitte was?", James hatte mit allem, aber nicht damit gerechnet. „Wie kommst du jetzt auf Dr. Ruben?", er war leicht verärgert. Was hatte das mit diesem Quacksalber zu tun?

„James. Ist dir klar, dass ich im Gefängnis sitze? Vielleicht werde ich verurteilt, dann bin ich zusätzlich offiziell die Mörderin deines Vaters.", sagte sie mit ironischem Unterton.

„Was hat Dr. Ruben mit uns zu tun frag ich dich?", er wurde eifersüchtig.

„Ich weiß nicht, hattest du in letzter Zeit zu ihm Kontakt?", fragte sie erneut.

„Wieso sollte ich?", er erhob seine Stimme leicht. „Ich hab mit diesem Typen nichts am Hut. Ich hab ihn das letzte Mal gesehen, als du verhaftet wurdest. Das ist ewig her. Ich mag diesen Mann nicht. Warum fragst du mich das? Mich macht das sauer." Der Aufseher näherte sich den beiden mit langsamen Schritten. James sah beschämt auf den Boden und gab ihm damit zu verstehen, dass er seine Stimme wieder senken würde und nicht hier war, um Unheil zu stiften.

„Okay, das hab ich verstanden.", sagte Alehandra leise.

War es also wahr? Liebte James sie einfach? Konnte das richtig sein? Der Gedanke daran machte sie glücklich. Es fühlte sich an, wie eine Befreiung. Wie schlimm konnte das hier alles sein, wenn es jemanden gab, der sich trotz allem heiraten würde. Sie hatte eine Zukunft. Sie würde einen Mann haben. Vielleicht irgendwann ein Baby, vielleicht konnte sie mit ihm zusammen ihre Unschuld beweisen. Nicht eines ihrer tausend Gefühle, die sich in ihr regten würden diesen Heiratsantrag ablehnen.

„Aber was ist, wenn ich verurteilt werde James? Was ist, wenn ich 20 Jahre hier drinbleiben muss? Dann bist du mit einem Gespenst verheiratet. Dann wirst du keine Kinder haben, dann bist du verheiratet, aber immer allein. Mal ganz abgesehen davon, was die Leute sagen werden. Bist du dir sicher, dass du das willst?", sie hofft e so sehr, dass er auf irgendeine Art und Weise es schaffte, all diese Einwände wegzukicken, sich in Luft auflösen zu lassen.

„Wir schaffen das. Ich glaube an deine Unschuld und ich liebe dich. Ich liebe dich. Ich helfe dir hier raus. Und wenn sie dich verurteilen, dann gehen wir in Berufung. Und wenn sie dich wieder verurteilen, dann gehen wir wieder in Berufung, oder was auch immer. Es gibt immer einen Weg. Ich glaube an Gerechtigkeit, Alehandra. Lass mich dein Mann werden.", er hatte es geschafft.

Sie lächelte zaghaft. „Okay.", als sie das sagte, umgab sie eine Wärme, als hätte ihr jemand eine Wolljacke über die Schultern gelegt, als hätte sie sich in eine Badewanne mit heißem Badewasser gesetzt. Es umhüllte ihren ganzen Körper und sie fühlte sich rundum wohl. James war erleichtert. Er steckte ihr den Ring an.

„Bitte Alehandra, du musst mir jetzt sagen, warum du vorhin nach Dr. Ruben gefragt hast.", James hatte das nicht vergessen können. Alehandra begann zu erzählen. Sie erzählte von ihrem gemeinsamen Plan mit Dr. Ruben. Endlich konnte sie mit jemandem drüber reden.

### Dr. Ralf Ruben

Sam saß im Behandlungszimmer von Dr. Ruben. Der ließ noch auf sich warten. Sein Schreibtisch war sehr unordentlich. Überall lagen Briefe und Blätter durcheinander. Ob es bei Mohamed im Behandlungszimmer wohl auch so aussah? Das konnte sie sich nicht vorstellen. Er war eher der ordentliche Typ. Hier war es wirklich sehr chaotisch, es lag sogar eine Spritze im Regal. Sie lag da einfach so offen rum. Das war auch furchtbar unhygienisch.

„Frau Regenhardt.", Dr. Ruben kam plötzlich reingeplatzt, sodass Sam fast erschrak. „Was kann ich für sie tun?", fragte er mit leicht genervter Stimme und setzte sich auf eine überhebliche Art auf seinen Chefsessel.

Fehlte nur noch die Zigarre und der Fußhocker.

Dickes Fell, dachte Sam, reiß dich zusammen, das ist wichtig, was du hier möchtest.

„Ich wollte mal ihrer Meinung fragen, ich würde gern meine Mutter nach Hause holen.", begann sie holprig.

„Susan Logan, richtig?" schauspielerte er Desinteresse und Unwissenheit mit voller Wirkung.

„Ja genau.", sagte Sam, leiser werdend.

„Hm, lassen Sie mich mal nachsehen." Er stand auf und ging zu seinem Aktenschrank. Suchte eine Weile, setzte sich dann wieder vor seinen chaotischen Schreibtisch, um festzustellen, dass sich ihre Akte dort befand. So unwichtig konnte sie also doch nicht sein, dachte Sam.,

„Also, ihre Mutter leidet an einer akuten Psychose.", begann er, die Nase in die Akte steckend. „Sie ist laut meiner Diagnose gefährdet." Ergänzte er.

„Inwiefern gefährdet? Also wen gefährdet sie denn?", Sam durchdrang ein leichter Adrenalinstoß, während sie das fragte. Sie war normalerweise nicht so. Sie akzeptierte natürlich Diagnosen von Ärzten. Den kritischen Teil hatte bisher immer James oder ihr Vater übernommen und seit kurzem Mohamed.

„Sie gefährdet sich selbst und im weitesten Sinne dann auch andere, würde man sie jetzt ohne Weiteres entlassen. Es gibt überhaupt keinen Anlass dazu. Ich meine, haben sie ihre Mutter mal selbst gefragt? Sie kommt mir nicht so vor, als würde sie draußen ein autonomes Leben führen können. Sie hat Angstzustände, wenn sie allein rausgeht, weshalb wir ihr auch davon abrate. Sie ist nicht geschlossen untergebracht, aber wir raten ihr schon, drin zu bleiben.", erklärte Dr. Ruben weiter.

„Aber drin bleiben kann sie Hause auch.", sagte Sam.

„Das ist sicher richtig. Was veranlasst sie zu der Annahme, dass sie nach Hause könne? Wenn ich das richtig sehe, ist die

Beziehung zu ihrer Mutter eher problematisch." Dr. Ruben zog alle Register.

„Wie meinen sie das?", Sam war irritiert. Was sollte diese Aussage? Was ging ihn ihre Beziehung zu ihrer Mutter an? Was wusste er schon über sie? Und was wusste er über ihre Mutter? Hatte sie über Sam geredet? Ja wahrscheinlich. So langsam verstand Sam die Abneigung von James Dr. Ruben gegenüber.

„Sehen Sie Frau Regenhardt, ich sehe die Fragezeichen in ihrem Gesicht. Es ist nicht leicht zu verstehen. Ihre Mutter hat eine psychische Erkrankung. Viele Angehörige können damit nichts anfangen, weil es nicht greifbar ist, wie ein Beinbruch oder eine Halsentzündung, aber es ist dennoch ernst zu nehmen. Wenn sie jetzt nach Hause ginge, gebe es denn jemanden, der sie Rund um die Uhr betreut? Ich meine sie dürfte wirklich gar nicht allein sein, sie ist, wie gesagt, gefährdet.", fuhr Dr. Ruben immer weiter fort. Sie nahm es ernst. Was bildete dieser Mann sich ein?! Sie nahm es ernst. Sie studierte doch selbst Psychologie, ihr Mann war auch Psychiater. Wie konnte er so einen Blödsinn reden?

„Dr. Ruben.", sie blieb ruhig, ohne nachzugeben, „Ich habe immer noch nicht ganz verstanden, worin die Gefährdung liegt, von der sie sprechen. Vielleicht erläutern sie mir das noch einmal.", Sams Handy vibrierte. Sie sah nach. Es war Mohamed, der anrief. Sie ließ es vibrieren, das Gespräch war jetzt wichtiger.

„Es sind die akuten Psychosen. Wenn sie wollen, empfehle ich ihnen ein Buch über diese Erkrankung. Ich hoffe, dass es sich wieder gibt, aber das braucht Zeit. Ihre Mutter ist jetzt seit gut vier Wochen hier. Es sind keine großartig zu erkennenden Verbesserungen ihres Zustandes eingetreten.", sagte er.

„Na das spricht ja dann auch nicht gerade für ihre Behandlungsmethoden.", fuhr Sam etwas aus der Haut.

Dr. Ruben hielt kurz inne. „Ich verstehe, dass sie aufgebracht sind, mir würde es an ihrer Stelle ähnlich gehen. Wenn ich mir vorstelle, meine Mutter läge hier, im Krankenhaus, in diesem Zustand, ich würde ihr helfen wollen, aber es ginge nicht. Ich würde das Gleiche tun wie sie. Ich würde meine Mutter auch zu mir holen wollen." Er war sehr professionell. „Aber wissen sie, ich denke nicht, dass sie der richtige Mensch sind, sich um ihrer Mutter zu kümmern, sie hat es nicht so formuliert, aber wenn ich das beurteilen müsste, würde ich sagen, dass es einige Probleme zwischen ihnen beiden gibt, die vielleicht auch ihren Teil zu der Erkrankung beigetragen haben. Nicht dass ich ihnen die Schuld an etwas geben will. Dinge passieren und wenn Kinder erwachsen werden, ist es immer schwierig. Nun hat ihre Mutter dazu noch ihren Ehemann fast zum gleichen Zeitpunkt verloren." Schachmatt.

Das war zu viel. Sam konnte nicht mehr, die Tränen liefen und der Pflaum des dicken Fells, der angefangen hatte, sich zu bilden, war soeben gnadenlos von Dr. Ruben rasiert worden.

„Was hat sie denn gesagt?", schluchzte sie. „Ich meine, was hat sie denn über mich erzählt?", weinte sie weiter.

Dr. Ruben stand auf und kramte in einer seiner chaotischen Schubladen nach einem Taschentuch.

„Es ist alles ok, es ist nicht ihre Schuld.", jetzt hatte er sie da wo er sie haben wollte. Die Frage nach der Entlassung würde sich wohl erübrigen, auch wenn er sich jetzt auf eine ungeplante Sitzung einstellen musste.

„Ja das sagen sie jetzt nur so.", sie schnäuzte in ihr Taschentuch. Es roch nach Aloe Vera. Das erinnerte sie an ihren Vater, er hatte auch immer diese Taschentücher mit Aloe Vera Duft. Sanft zur Nase, damit die während einer Erkältung nicht rötete. Sam hatte sich immer gefragt, ob das tatsächlich etwas nützte. Aber zum Glück war sie nicht erkältet.

„Nein, Frau Regenhardt, es ist so nicht. Das ist nie so einfach, sie sind mit Sicherheit eine gute Tochter. Sie haben sicher ihr Bestes getan. Das denkt aber ihre Mutter auch. Und manchmal hat man eben verschiedene Auffassungen vom Besten. Das ist ganz normal. Und gerade in der Phase der Adoleszenz der Kinder." Erstaunlich wie wirksam das seichte Geschwätz von Dr. Ruben in einem schwachen Moment wirken konnte. Nicht, dass ihr das nicht irgendwo in ihrem tiefen Inneren bewusst war, sie hatte das Gefühl, sich in diesem Augenblick nicht dagegen wehren zu können. Sie wurde übermannt. Sie wurde überrannt. Von all den Emotionen, all diese Informationen, die Dr. Ruben über sie haben könnte. Sie war ein offenes Buch für ihn, denn ihre Mutter hatte ihm Gelegenheit zum darin blättern gegeben. Auch sie hatte einen schwachen Moment. Sicherlich hatte sie viele gehabt in den letzten Wochen.

„Wissen sie, ich liebe meine Mutter, ich wollte sie nicht verletzen, ich möchte nur, dass es ihr gut geht. Ich hatte halt das Gefühl, es wäre das Beste für sie, wenn sie nach Hause kommt. Ich fühle mich schlecht, ich war bei meiner Tante in

Amerika, müssen sie wissen, jetzt ist sie mir nach Deutschland gekommen. Ich fühle mich schlecht, wenn wir zu Hause, in ihrem zu Hause wohnen und es uns gut geht, während sie hier drin versauert.", Sam fing sich langsam wieder.

Das Thema nach Hause entlassen ist wohl noch nicht von Tisch-dachte Dr. Ruben. „Wie gesagt, ich verstehe sie, aber seien sie sicher, dass sie nicht einen groben Fehler machen, weil sie aus ihrem schlechten Gewissen heraus handeln. Sehen sie mal. Könnten sie zu Hause Tag und Nacht auf ihre Mutter aufpassen? Ich denke doch nicht. Könnten sie es sich verzeihen, wenn sie in einer ihrer akuten Psychosen durch die Straßen läuft und wohlmöglich jemanden verletzt.", er hielt kurz inne, um nach einem weiteren Beispiel zu suchen. „Oder wenn sie in ihrer Verwirrtheit auf die Straße rennt? Wollen sie wirklich die Verantwortung dafür übernehmen, wenn sie es doch nicht müssen? Sehen sie mal, ich weiß, dass eine psychiatrische Klinik nicht der schönste Aufenthaltsort ist. Und ihre Tante kann doch ihre Mutter jederzeit besuchen. Es wird ihrer Mutter ja nicht immer so schlecht gehen. Wenn sie sich erholt hat, kann sie eine Kur machen und bald wieder nach Hause entlassen werden. Aber es braucht seine Zeit." Er war überzeugend. Sam hatte nicht dem entgegenzusetzen. Sie sorgte sich um ihre Mutter, ja, aber am Ende war doch er der Profi, oder nicht?

„Dr. Ruben, wie lange denken sie, wird es noch dauern, bis es meiner Mutter besser gehen wird?", Sam hatte sich gefasst. Die Tränen hatten aufgehört zu fließen, ihre Stimme war ruhiger geworden.

Dr. Ruben schlug die Akte erneut auf. Sam sah aus dem Blickwinkel ein Foto ihres Vaters darin. Wie war das denn da reingekommen und woher hatte er das? Ausgedruckte Fotos waren doch heutzutage gar nicht mehr üblich.

„Was macht denn das Foto von meinem Vater in der Akte?", wollte Sam wissen. Sie wurde misstrauisch.

„Die Akten sind vertraulich. Es ist nicht erwünscht, dass sie dort einsehen, ohne das Einverständnis ihrer Mutter.", wich Dr. Ruben aus. Dann sah er nervös auf die Uhr und versuchte das Gespräch zu beenden.

„Ich habe jetzt auch den nächsten Patienten. Ich muss sie bitten zu gehen.", sagte er, während er anfing, die Blätter auf seinem Schreibtisch ordentlich zusammen zu stapeln. Sam hatte nichts erreicht, sie war über sich selbst frustriert. Am Ende war sie nicht schlauer als vorher und ihre Mutter würde sie auch nicht so einfach mitnehmen können. Also das ginge schon, aber Dr. Ruben hatte Recht. Sie konnte nicht Tag und Nacht für ihre Mutter da sein. Das wäre zu viel für sie. Sie führte schließlich auch noch ihr eigenes Leben.

Langsam erhob sie sich von ihrem Stuhl, nahm ihre Jacke und verabschiedete sich von Dr. Ruben mit einem Kopfnicken. Plötzlich ertönte ein Lärm. Die Tür wurde mit einem Tritt geöffnet, die Polizei stand vor ihnen. Zwei Beamte in Uniform, jeweils eine Waffe in der Hand, auf sie gerichtet.

„Dr. Ralf Ruben! Sie sind vorläufig festgenommen.", riefen sie laut. Sam war wie erstarrt, im Gegensatz zu Dr. Ruben, der geistesgegenwärtig die unhygienische Spritze aus dem chaotischen Regal in die Hand nahm, sich Sam schnappte und sie ihr an den Hals hielt. Sam ließ die Jacke fallen.

„Lassen sie die Waffen fallen!", rief er laut. „Lassen sie die Waffen fallen, oder sie haben dieses unschuldige Mädchen auf dem Gewissen.", setze er nach.

Seine Stimme war so laut, dass es Sam im Ohr dröhnte. Ihr Puls schlug so stark, dass sie Angst hatte, die Pulsader an ihrem Hals würde sich von allein in die Spritze bohren. Es ging alles so schnell. Dr. Ruben war innerhalb von Sekunden von einem höflichen, gesetzten Psychiater zu einem ungehobelten, Kriminellen mutiert. Sam spürte wie die kleine, spitze Nadel immer wieder ihren Hals streifte. Manchmal pikste es, manchmal kitzelte es. Ihr Verstand hatte sich gerade komplett verabschiedet. Die Beamten vor ihr, legten die Waffen vorsichtig auf den Boden. Sie wusste nicht, ob sie das gut oder schlecht finden sollte. Sie schienen also an ihrem Leben interessiert zu sein. Aber was hatte Dr. Ruben bloß verbrochen? Was hatte er so Gefährliches getan, dass der Einsatz von Waffen und eine Geiselnahme notwendig waren?! „La illaha illa Allah[20]", flüsterte Sam leise. Sie wiederholte es immer wieder. Wenn sie jetzt sterben würde, dann mit der Shahada[21] auf ihrer Zunge, genau wie ihr Vater.

„Halts Maul!", fuhr Dr. Ruben sie grob an und zerrte sie Richtung Ausgang. Er lief rückwärts und verschwand aus dem Zimmer. Im Flur standen Schwestern und Patienten, alle wie erstarrt und sahen die beiden an, während es Dr. Ruben gelang, mit Sam das Gebäude zu verlassen. Er war sehr schnell. Schneller als die Beamten. Sie schienen nur zu zweit gewesen zu sein. Der Streifenwagen stand in der Feuerwehreinfahrt. Es musste etwas Schlimmes gewesen sein, das Dr. Ruben da verbrochen hatte. Die Polizisten

---

[20] Lautsprache arabisch „Es gibt keinen Gott außer Allah"
[21] Das islamische Glaubensbekenntnis

nahmen ihre Waffen und folgten den beiden. Einer der beiden sprach etwas in sein Funkgerät. Er forderte Verstärkung an und sprach von Geiselnahme.

Dr. Ruben schaffte es, Sam in sein Auto zu bringen und loszufahren. Die Polizei war hinter ihnen. Sam saß auf dem Beifahrersitz. Sie schwieg. Er schwieg. Was für ein Alptraum. Wer war dieser Mann da neben ihr? Was hatte er getan?! Würde er sie je wieder gehen lassen? Sie musste Mohamed Bescheid sagen. Er musste doch wissen, dass es ihr gut ging. Sie schwieg weiter. Sie konnte nichts sagen, als wären ihr die Lippen mit Klebeband verbunden worden. Sie spürte eine große Traurigkeit, die sich in ihrem Hals zu einem Kloß zusammenformte.

Das Auto fuhr einfach. Dr. Ruben fluchte ab und zu laut, dann kam wieder minutenlang gar nichts. Die Polizei fuhr noch immer hinter ihnen. Bis jetzt noch immer nur der eine Wagen.

„Verhalte dich ruhig, dann passiert dir nichts.", das war das Erste was er zu ihr sagte. Es waren sicher zehn Minuten oder mehr vergangen. Sam hatte kein Zeitgefühl. Sie hatte einfach nur großes Heimweh. Sie wollte einfach nur nach Hause zu ihrem Mann. Sich ihre Mutter unter den Arm klemmen und nach Hause gehen. So wie es geplant gewesen war. Warum hatte sie überhaupt mit Dr. Ruben gesprochen? Rechtlich gesehen hätte sie doch ihre Mutter einfach mitnehmen können. Vertrauen. Sie hatte ihm vertraut. So wie sie auch Alehandra vertraut hatte.

„Was haben sie getan?", fragte sie, während ihr eine stille Träne über die rechte Wange lief.

„Ich hab gesagt, du sollst dich ruhig verhalten. Stell mir keine dummen Fragen. Ich muss nachdenken.", antwortete er ruppig.

Sam hatte keine Ahnung wo sie waren. Der Tag war schön gewesen. Aber die Sonne war schon am Untergehen, was bedeutete, dass es kalt werden würde. Noch kälter, als es ohnehin schon war.

„Ich habe keine Jacke.", sagte sie leise.

„Was murmelst du schon wieder?", sagte er in dem gleichen aggressiven Ton, den er draufhatte, seit er ihr die Spritze an den Hals gehalten hatte. War er so aus Show, um sie einzuschüchtern? War das sein wahres Ich? Oder war er einfach nervös und hatte die Kontrolle über sich verloren? Sam sah im Rückspiegel immer noch das Polizeiauto. Solange das da war, fühlte sie sich sicher. Es bestand die Möglichkeit schnell aus der Situation gerettet zu werden. Die Polizei müsste Dr. Ruben nur irgendwie zum Stehen bringen. Sie hatten doch sicher mehr Erfahrung mit solchen Situationen als er, da sollen sie doch im Vorteil sein. Außerdem hatten sie doch bestimmt Verstärkung angefordert. Dann wären sie auch in der Überzahl. Sie war aber eine menschliche Geisel. Damit konnte er praktisch alles machen, Lösegeld und einen Hubschrauber verlangen zum Beispiel. Hatte er sowas schon öfter getan? Nein bestimmt nicht, sonst wäre er kein renommierter Psychiater in einem Krankenhaus. Aber was, wenn er einfach noch nie erwischt wurde? Vielleicht entführte er regelmäßig Patienten, um dann Experimente an ihnen auszuführen und er brachte Sam jetzt genau dort hin. Sam hatte keine Angst, sie war nur traurig. Sie wollte nicht sterben, ohne Mohamed noch einmal gesehen zu haben. Sie wollte nicht sterben, ohne ihrer Mutter zu sagen, wie sehr sie

sie liebte. Sie hätte so gern gesehen, wie Tante Amy und ihre Mutter sich treffen. Sie hätten sich sicher so viel zu erzählen.

Sam antwortete ihm nicht. Es interessierte ihn mit Sicherheit nicht, dass sie frieren würde. Was auch immer er war. Einfühlsam war er gerade nicht.

Zur gleichen Zeit kam James nach Hause. Er war überglücklich. Die Chancen für Alehandra standen gut, jetzt wo sie endlich mit der Sprache rausgerückt war, bald wären sie verheiratet. Er würde ein Bräutigam sein. Wie unvorstellbar. Er musste sich dringend um einen Job bemühen. Schließlich wollte er Alehandra etwas bieten können. Sie auf Händen tragen. Das ganze Paket mit allem Drum und Dran. Er war ein Ehrenmann. Amy empfing ihn an der Tür. Sie sah eigenartig aus. Irgendwie durch den Wind.

„James, was ist den bloß mit deinem Handy?", fragte sie, ohne hallo ohne alles.

„Hallo auch, schön dich zu sehen.", James war noch vom Liebesglück benebelt. „Sorry Amy, der Akku war leer.", sagte er nichtsahnend und hing seine Jacke auf.

„James es ist etwas passiert.", sagte Amy im ernsten Ton. So kannte er sie gar nicht.

„Was kann schon passieren, stell dir vor, Alehandra hat meinen Antrag angenommen. Sie hat ja gesagt.", James war liebestrunken und strahlte vor Glück. Er schmiss sich lässig auf die Wohnzimmercouch und schlug die Füße auf dem Couchtisch übereinander.

Amy setzte sich vorsichtig, ihm gegenüber.

„Das freut mich für dich, wirklich.", begann sie vorsichtig. „Ich muss dir trotzdem was sagen James, das ist sehr ernst. Das Krankenhaus hat angerufen.", setze sie fort.

„Ist was mit Mama?", James nahm die Füße vom Tisch und beugte sich nach vorn.

„Nein deine Schwester. Es ist so verrückt.", Amy hielt kurz inne, „Dr. Ruben er hat sie entführt.", vollendete sie.

„Was?!", James verstand nicht. Er hörte was sie sagte, rein akustisch. Aber was das bedeuten sollte, konnte er nicht erfassen.

„Die Polizei hat auch schon angerufen. Sie werden sicher bald hier sein, um dir beizustehen und Näheres in Erfahrung zu bringen."

„Ist das dein Ernst?!", James stand von der Couch auf und lief unruhig im Raum auf und ab. „Jetzt bitte nochmal, was ist passiert?", fragte er.

„Dr. Ruben hat Sam entführt. Ich weiß auch nicht mehr, ich weiß nur, dass sie in einem Auto sind und dass die Polizei hinter ihnen her ist. Mehr weiß ich auch nicht." Amy hätte gern versucht, James zu beruhigen aber da fiel ihr rein gar nichts ein, wie sie das hätte anstellen können.

„Ich verstehe nicht, wie das passieren konnte. Ich wusste, man kann diesem Kerl nicht trauen. Wenn ich den in die

Finger kriege. Ich muss sie suchen.", sagte er und lief Richtung Haustür.

„Nein." Rief Amy und lief ihm nach, sie hielt seinen Arm fest. „Komm rein, wir warten auf die Polizei. Die wissen was zu tun ist. Vielleicht haben sie sie auch schon längst. Außerdem wollte die Polizei auch gleich kommen um Fragen zu stellen. Bitte bleib hier, ich weiß doch auch gar nichts über euch. Ich könnte die Fragen ja gar nicht beantworten." Sie zog ihn mit sanfter Schwäche ins Wohnzimmer, wo sie sich wieder auf die Couch setzten.

„Weiß Mohamed Bescheid? Wir hatten noch zusammen den Ring gekauft. Und ich glaube er wollte dann arbeiten gehen. Ich muss ihn anrufen.", wieder stand er auf, ging in den Flur und holte sein Handy.

Dr. Ruben war inzwischen aus Berlin raus. Das Polizeiauto hatten sie abgehängt. Irgendwo auf der Strecke hatte er ihr Handy aus dem Fenster geschmissen. Er fuhr in eine kleine Einfahrt. Es war mittlerweile dunkel. Was für ein Tag. Die Einfahrt führte zu einem Grundstück. Hier stand ein großes, graues Haus. War das sein zu Hause? Sam konnte es fast nicht erkennen. Es war schon zu dunkel. Das Geräusch der Reifen auf den Kieselsteinen erinnerte Sam an die kleinen Einfahrten in Dänemark, wenn sie mit ihrer Familie dort Urlaub gemacht hatte. Das war die schönste Zeit ihrer Kindheit gewesen. Das muss zur Grundschulzeit gewesen sein. Sie hatten immer drei Wochen Urlaub in Dänemark gemacht. Sam erinnerte sich daran, wie sie mit ihrem Vater angeln gewesen war. Ihr Vater hatte das Angeln geliebt. Jetzt überkam sie ein überwältigendes Gefühl der Traurigkeit. Sie vermisste ihren Vater schrecklich. Das wäre alles niemals passiert, wenn er noch leben würde. Er hatte immer ein Auge auf seine Familie gehabt. Er hatte immer auf alle aufgepasst und dafür gesorgt, dass sie in Sicherheit waren. Was war bloß passiert. War das ein Test von Allah? Ja alles war ein Test von Allah. In Schwierigkeiten sollte man Geduld haben und in guten Zeiten dankbar sein. Sam dachte an die Flitterwochen mit Mohamed. Sie waren so schön gewesen. Hatte sie Allah dafür genügend gedankt? Sie öffnete ihre Hände so unauffällig wie möglich und betete ein Bittgebet. „Ja Allah ich danke dir für den Islam, ich danke dir für meine Versorgung und ich danke dir für meinen Ehemann, bitte beschütze meine Mutter, meinen Mann und meinen Bruder.", flüstere sie so leise es ging.

Dr. Ruben hielt an und stieg aus dem Wagen aus. Lief einmal herum und öffnete ihre Tür.

„Du wartest hier!", er zeigte in bedrohlicher Weise mit dem Zeigefinger auf sie. Natürlich würde sie hier warten. Wo sollte sie auch hingehen? Es war mittlerweile fast dunkel und sie wusste nicht wo sie sich aufhielten. Jetzt da er ihr Handy hatte, konnte sie gar nichts mehr machen. Sie könnte weglaufen. Einfach drauf los. Blind. Nein, das würde keinen Sinn machen. Das könnte Dr. Ruben nur verärgern. Was immer er verbrochen hatte, er hatte ja Sam dazu genutzt, um vor der Polizei zu fliehen. Das war ihm erfolgreich gelungen. Vielleicht konnte er sie jetzt gehen lassen. Sie fürchtete nicht um ihr Leben, sie wollte nur nach Hause.

Die Spritze, mit der er sie zuvor bedroht hatte, lag nun neben ihr. Zwischen Fahrer- und Beifahrersitz. Sie könnte sie als Waffe gegen ihn einsetzen. Dr. Ruben verließ das Auto und lief in Richtung Haus. Sam beobachtete, wie in dem großen Haus ein Licht anging. Sie war nicht gefesselt und nicht geknebelt, sie könnte einfach weglaufen. Ihr Gefühl sage ihr, dass das falsch wäre. Also wartete sie. Und fror.

„Ich erreiche Mohamed nicht. Er geht nicht ran.", James wurde immer nervöser. Er lief im Wohnzimmer auf und ab und knabberte an seinen Fingernägeln. Amy wusste nicht wie sie ihn beruhigen konnte. Sie sah ihm zunächst zu, blieb neben ihm stehen und schwieg.

„Was ist eigentlich mit Mama? Sie muss da doch irgendwas mitbekommen haben.", James setzte sich auf den Sessel und wählte sie Nummer seiner Mutter.

„Ja? James?", Susan ging ran.

„Mama.", stieß er aus und im selben Moment realisierte er, dass sie im Krankenhaus war, und keinen Stress gebrauchen könnte. Was sollte sie schon wissen? Sie würden doch sicher nicht die Patienten stören mit so einer Geschichte.

„James, hast du etwas Neues von Sam gehört? Ich mach mir solche Vorwürfe.", James konnte hören, dass sie weinte und dass sie zuvor auch geweint hatte.

„Nein, Mama ich hab es gerade erst erfahren. Ich weiß nicht was ich machen soll. Ich erreich Mohamed nicht.", platzte es aus James heraus. Auf einmal war er der kleine Junge der Hilfe von seiner Mutter brauchte. So wie bei den Hausaufgaben, nachdem er sich zunächst mit Händen und Füßen dagegen gewehrt hatte sie zu machen, dann hilflos am Tisch saß und nicht wusste, was und was Adjektiv war.

„James, kannst du mich bitte abholen? Ich möchte hier nicht bleiben. Das ist der falsche Ort, um Trauer zu verarbeiten oder gesund zu werden.", Susan brach am anderen Ende der Leitung in Tränen aus.

„Natürlich Mama. Ich bin gleich da.", sagte er und legte auf. Endlich konnte er etwas tun. Tätig werden.

„Was machst du, wo gehst du hin?", Amy wurde nervös. Sie wollte nicht allein in diesem Haus bleiben, als sie beobachtete wie James sich Schuhe und Jacke wieder anzog, entwickelte sie das Bedürfnis, das Gleiche zu tun. Und das tat sie auch.

„Ich hol Mama ab. Wenn du willst, kannst du mitkommen.", sagte er mit knapper Bestimmtheit.

„Ja, ich bleib hier nicht allein.", antwortete Amy kurz. Sie gingen raus, vor der Tür kamen ihnen zwei Polizeibeamte entgegen.

„Herr Regenhardt?", sprachen sie James an. Es war so kalt draußen, dass man ihren Atem sehen konnte.

„Ja, aber ich hab jetzt wirklich keine Zeit.", sagte er und wollte an den beiden vorbeigehen, die das aber nicht zuließen und ihn vorsichtig am Arm festhielten.

„Ich befürchte, was auch immer ihnen jetzt wichtiger erscheint, muss warten.", sagte einer der Beamten und sah James mit Dringlichkeit in den Augen an. James Augen schweiften zu Amy, die ihm beruhigend zunickte.

„Wissen Sie, meine Mutter ist noch in diesem Irrenhaus, deren Doktor meine Schwester entführt hat. Ich möchte sie gern abholen. Ich befürchte, dass sie in Gefahr ist. Sie können mich ja gern begleiten und unterwegs vernehmen.", vielleicht mag seine Antwort etwas patzig gewesen sein, allerdings erlaubte die Situation ihm das.

„Herr Regenhardt, ich verstehe ihre Beunruhigung. Ich mach ihnen einen Vorschlag. Wir gehen, zurück ins Haus und mein Kollege holt ihre Mutter aus dem Krankenhaus.", der Polizist war erstaunlich nett.

„Ja aber wissen sie, sie ist doch schon in Behandlung wegen ihrer Psyche, wenn da jetzt ihr Kollege auftaucht, um sie abzuholen, trägt das bestimmt nicht zu ihrer Genesung bei. Überlegen sie mal, wie sie sich gerade fühlen muss.", wandte er ein.

„Ich kann mitgehen.", schlug Amy vor.

„Und sie sind?!", wollte der andere Polizeibeamte wissen.

„Oh Entschuldigung, ich bin Amy Logan, die Schwester der Dame, die abgeholt werden soll.", stellte sie sich vor.

Ein kurzer Moment der Stille.

„Ja ok, von mir aus.", stimmte James halbwiederwillig zu. Lieber hätte er seine Mutter selbst abgeholt. War nicht eh alles schon so schwierig für seine Mutter? Musste denn jetzt auch noch die Polizei sie aus der Klapse holen? Sie war ja eh schon psychisch labil und nachdem was gerade passiert war, ging es ihr bestimmt nicht besser. Amy hatte sie schon Jahre nicht gesehen. Aber vielleicht war das gar nicht schlecht. Vielleicht konnte seine Mutter beim Anblick ihrer engen Verwandten loslassen und sich sicher fühlen.

„Hoffentlich geht das gut.", murmelte er vor sich hin, während er mit einem der Beamten zum Haus zurücklief.

„Bitte, kommen sie herein!", sagte James zuvorkommend, während er dem Beamten die Tür aufhielt.

„Kann ich Ihnen etwas anbieten? Kaffee oder ein Glas Wasser oder etwas?", fragte er, während er den Polizisten ins Wohnzimmer führte.

„Nein danke.", sagte dieser und setzte sich auf das Sofa. „Ich möchte mich Ihnen nochmal vorstellen. Ich bin Kommissar Weiß. Ich ermittle in Mordfall ihres Vaters.

„Was hat denn der Tod meines Vaters damit zu tun? Ich dachte es geht um Sam, meine Schwester?", James verstand nicht.

„Es mag verwirrend für Sie sein, aber nach Aussage einer Alehandra Restorf haben wir eine Durchsuchung bei Dr. Ruben durchgeführt und es besteht der begründete Verdacht, dass Dr. Ruben ihren Vater vergiftet hat.", begann Kommissar Weiß aufzuschlüsseln.

James schämte sich fast, denn das erste Gefühl, das ihm bei den Neuigkeiten durch sein Herz fuhr, war Erleichterung. Es war also nicht Alehandra, die seinen Vater getötet hatte.

„Folgendes, Herr Regenhardt: Dr. Ruben hat, als meine Kollegen ihn festnehmen wollten, ihre Schwester als Geisel genommen, vermutlich um zu fliehen. Wir schätzen Dr. Ruben als äußerst gefährlich ein, denn als Motiv haben wir bis jetzt niedere Beweggründe. Wie es aussieht war er lediglich hinter ihrem Geld her. Sie müssen mir alles sagen, was sie über ihn wissen. Wann haben sie ihn das erste Mal getroffen, wie lange kennen sie ihn schon, was hat er für Gewohnheiten oder hat er mal etwas Privates erwähnt? Wie steht er zu ihrer Familie?", der Kommissar redete und James sah, dass sich seine Lippen bewegten, aber seine Stimme verhallte zu einem fast stummen Rauschen. Ja, er wusste, dass Dr. Ruben mit Alehandra diesen Plan gehabt hatte. Aber im Leben hätte er nicht damit gerechnet, dass er seinen Vater getötet hatte. Er war ein eiskalter Mörder, der sich in seine Familie geschlichen hatte. Ob Alehandra davon gewusst hatte?

„Was unternehmen sie jetzt?!", unterbrach James ihn, ohne auf die Fragen des Kommissars einzugehen.

„Wir ermitteln und es ist eine Fahndung nach Dr. Ruben und ihrer Schwester ausgerufen. Glauben sie mir, wir tun alles was möglich ist, um ihre Schwester schnell zu finden, deshalb ist es auch umso wichtiger, dass sie mir erzählen, wie ihr Verhältnis zu Dr. Ruben war.", antwortete der Kommissar geduldig und routiniert. Er war ein erfahrener Mann. Sicher Mitte vierzig, wirkte ruhig und gesetzt. James konnte nicht ruhig bleiben. Er war ja von Anfang an Dr. Ruben gegenüber skeptisch gewesen. Warum hatte er nicht auf seine innere Stimme gehört? Immer gab er nach. Das musste ein Ende haben, er hatte ja doch einen guten Instinkt.

„Ich mochte ihn nie. Ich hatte das Gefühl er schleicht sich so komisch in die Familie ein.", begann James schließlich doch zu erzählen.

„Wie meinen sie das?", fragte der Kommissar nach.

„Ja klar, er musste Fragen stellen, er ist schließlich Psychiater. Aber ich hatte das Gefühl, dass er die Situation meiner Mutter unnötig dramatisiert, wissen sie? Er fing an Probleme zu suchen, wo keine waren." James sah auf den Boden.

„Wie stand ihre Schwester zu Dr. Ruben?", fragte der Kommissar weiter.

Was war das denn für eine Frage? Das klang ja fast als hätte sie ein Verhältnis gehabt.

„Verdächtigen sie jetzt meine Schwester an ihrer eigenen Geiselnahme beteiligt zu sein?", plauzte es aus James heraus.

„Herr Regenhardt,", begann Herr Weiß mit einer beruhigenden Stimme. „ich verstehe ihre Skepsis. Ich muss gestehen, dass wir in ihrem Fall tatsächlich auch lange im Dunkeln getappt sind, aber wir haben jetzt endlich Anhaltspunkte, den Mord aufzuklären und um voran zu kommen sind alle Informationen wichtig. Wir können nichts ausschließen. Bitte versuchen sie einfach auf meine Fragen zu antworten."

Ja James verstand, aber er war so aufgewühlt. Er hatte die Kontrolle über alles verloren und fühlte sich nun von Herrn Weiß, den er gar nicht kannte, abhängig. Er weckte in ihm allerdings mehr Vertrauen als Dr. Ruben damals. James wusste nicht, ob das ein gutes Zeichen war. Es war zu schwer einzuordnen. Alles das war zu schwer einzuordnen.

„Sam hat ihm vertraut. Ich wollte erst nicht, aber am Ende hatten wir beschlossen Mama stationär von ihm behandeln zu lassen. Sie waren sich nicht nahe oder so, aber sie hat ihm halt vertraut. Wir dachten ja alle, also nicht alle aber Sam und Mohammed gingen davon aus, dass Alehandra, also Frau Restorf, meinen Vater getötet hatte. Sie sitzt ja auch im Gefängnis deswegen.", antwortete James.

„Nein nicht mehr. Was meinen sie mit ‚nicht alle'?", der Kommissar hakte weiter nach.

„Was meinen _sie_ mit ‚nicht mehr‘?", entgegnete James.

„Frau Restorf wird noch verhört soweit ich weiß, aber sie ist aus der Haft entlassen. Die Beweise, die wir gegen Dr. Ruben gefunden haben sind erdrückend.", berichtete Kommissar Weiß. Das beruhigte James zumindest etwas. Dennoch stellte er sich die Frage, wie das hatte passieren können.

„Was meinen sie mit ‚nicht alle‘?", wiederholte der Kommissar konzentriert.

„Es ist zwar etwas privat, aber Alehandra ist meine Verlobte. Ich hab eigentlich von Anfang an ihre Unschuld geglaubt."

„Und wie kamen sie darauf?", fragte Kommissar Weiß weiter.

„Ich weiß es nicht, einfach weil ich sie liebe. Ich konnte nicht glauben, dass sie so etwas macht.", antwortete James.

„Sie hat immerhin ihre Schwester niedergeschlagen. Aus Eifersucht. Sie war hinter ihrem Schwager her.", ergänzte der Kommissar provokativ.

James stützte seinen Kopf in seine Hände und sah weiterhin auf den Fußboden. Klar klang das für diesen Polizisten jetzt absurd, vielleicht war es das auch, aber dann war er eben absurd oder komisch oder sonderbar oder was auch immer. Sollte nicht jeder seine eigene Geschichte schreiben? Man konnte sich doch nicht immer so benehmen wie andere es von einem erwarteten. Oder besser noch, wie man vermutete, das andere es von einem erwarteten. James hatte bei seiner Schwester erlebt, dass sie aufgehört hatte, anderen gefallen zu wollen, nachdem sie zum Islam konvertiert war. Sie sagte immer, sie wollte nur noch Allah gefallen, alles andere käme on selbst.

„Das ist Schnee von gestern. Sie hat sich verändert. Ich denke das Gefängnis war ihr eine Lehre.", wehrte James erfolgreich ab.

„Das war sicher nicht einfach für sie, sich gegen ihre Familie zu stellen.", wandte der Kommissar verständnisvoll ein.

„Nein, das hab ich niemandem erzählt. Ich hab Alehandra nur heimlich besucht. Nur mit Mohamed hab ich manchmal drüber geredet. Er fand es zwar nicht gut, aber er war auch nie 100% davon überzeugt, dass Alehandra schuldig war. Eigentlich wir alle nicht. Sam kannte sie schließlich sehr lange, sie war ihre beste Freundin gewesen, bevor das alles passierte.", James erzählte dem Polizisten, sich fragend, was diese „Ermittlungen" bringen sollten. „Haben Sie ihn eigentlich informiert?", fragte er und runzelte dabei die Stirn.

„Wen?", fragte der Kommissar.

„Na Mohamed, Sams Mann.", antwortet James.

„Ja, doch natürlich. Meine Kollegen hatten ihn als erstes informiert. Sie waren auch auf dem Weg zu ihm nach Hause. Ihre Schwester lebte ja mit ihm zusammen nicht wahr?", wollte der Kommissar wissen.

„Ja normal, sie sind ja ein Ehepaar. Aber sie waren zum Schluss fast immer hier, damit ich nicht so ganz allein bin." James hatte das Bedürfnis zu rauchen. Seine Nervosität konnte er nicht aushalten.

„Das Verhältnis zwischen Mohammed und ihrer Mutter ist nicht das Beste nicht wahr?", der Kommissar war noch immer am Ermitteln.

„Stört es sie, wenn wir vor die Tür gehen? Ich möchte eine Zigarette rauchen.", unterbrach James das Verhör, ungeachtet der letzten Frage.

„Nein nur zu. Ich begleite sie.", der Kommissar stand auf, doch James wies ihn zurück.

„Seien sie mir nicht böse, ich brauch eine Pause, ist es ok, wenn ich kurz allein rausgehe? Ich muss den Kopf frei kriegen.", bat James, wohlwissend, dass, um den Kopf frei zu kriegen, eine Zigarette bei weitem nicht ausreichen würde.

„Sie können sich gern umsehen, wenn sie wollen, ich habe nichts zu verbergen.", sagte er und ging vor die Haustür. Draußen war es eiskalt. Er zündete sich eine Zigarette an. Sie schmeckte nicht, aber sie beruhigte ihn, auch wenn er wusste, dass sein Gehirn ihm da einen Streich spielte. Zu oft hatte Sam ihn über die fehlgeleitete Bewältigungsstrategie des Rauchens unterrichtet. Das Rauchen diene der Stressbewältigung, erzeuge aber durch die Sucht mehr Stress. Das ergab alles Sinn, aber dennoch hatte James sich bis heute nicht zum Aufhören durchringen können. Es gefiel ihm. Schon alleine die Geste. Es war zu kalt. Wie lange dieses Verhör wohl noch gehen würde? Er zückte sein Handy und versuchte noch einmal Mohamed zu erreichen. Es tutete dreimal. Dann ging die Mailbox ran.

„Ja hi, hier ist James. Bruder melde dich doch mal, ich mach mir Sorgen. Die Polizei sagte, sie hätten schon mit dir gesprochen. Ich hoffe, bei dir ist alles ok. Ruf mich zurück.", James hinterließ eine Nachricht, legte auf, drückte seine Zigarette aus und ging wieder zu seinem neuen Vertrauten. Kommissar Weiß saß immer noch, wo er vorher gesessen hatte. Auch er telefonierte. Als James das Wohnzimmer betrat, legte er auf.

„Möchten sie jetzt vielleicht etwas trinken?", fragte James noch stehend. „Ist doch anstrengend die ganze Fragerei. Ich würde mir jetzt eh mal eine Cola holen. Möchten sie auch eine?", fragte er.

„Ja gern.", Kommissar Weiß nickte.

Zurück im Wohnzimmer ging es weiter.

„Die Kollegen haben ihren Schwager nicht angetroffen. Sagen sie, wie ist das mit ihrem Schwager und ihrer Mutter?", der Kommissar machte direkt dort weiter, wo er aufgehört hatte. Mit einer Befragung. Immer auf der Lauer.

„Ich erreiche ihn auch nicht. Ich habe schon mehrmals versucht ihn anzurufen. Vielleicht hat Dr. Ruben ihn auch entführt. Vielleicht ist etwas passiert.", wich James der Frage aus.

„Beantworten Sie bitte meine Frage!", sagte der Kommissar im ernsten Ton.

„Verdächtigen sie jetzt ernsthaft Mohamed? Mit welcher Begründung? Weil er Araber ist?", fuhr James aus der Haut.

„Werfen sie mir keinen Rassismus vor, junger Mann, das sind schwerwiegende Anschuldigungen gegenüber einem Polizeibeamten.", Kommissar Weiß blieb immer noch sehr ernst.

„Sie haben gut reden, ich habe das Gefühl, dass sie uns die ganze Zeit beschuldigen. Erst Alehandra, dann Sam selbst und jetzt Mohamed. Er ist ein guter Kerl. Ich weiß das, weil er meiner Schwester immer beisteht. Meine Mutter hat ein Problem damit, dass er schonmal verheiratet war und diese ganze Islamsache. Sie hat das Gefühl ihre Tochter nicht wiederzuerkennen, aber sie hatte angesichts der ganzen letzten Ereignisse wohl auch kaum die Möglichkeit dazu oder wie würden sie das beurteilen?", James war aufgebracht. Das Koffein und der Zucker der Cola taten ihr Übriges. „Mohammed liebt meine Schwester. Er könnte ihr nie etwas antun. Da müsste ich schon eine sehr schlechte Menschenkenntnis haben.", fuhr er fort, während er nervös im Wohnzimmer auf und ab lief.

„Wie erklären sie sich dann, dass Mohamed, nachdem die Kollegen ihn über den Vorfall informiert und sich mit ihm bei ihm zu Hause verabredet hatten, ihn nicht mehr erreichen? Wussten sie, dass seine Exfrau nach der Trennung auch bei Dr. Ruben in Behandlung war?", auch bei dem Herrn Kommissar wirkte das Koffein.

„Was? Nein natürlich nicht. Ich kenne seine Ex Frau nicht. Er hat nie über sie gesprochen. Die beiden haben auch keine Kinder zusammen, sodass sie Kontakt haben müssen oder so. Sam und Mohamed sind glücklich, glauben sie mir.", entgegnete James selbstsicher.

„Glauben _sie_ mir, das würde ich gern. Ich muss es von allen Seiten beleuchten, verstehen sie mich!", das klang fast wie eine Rechtfertigung.

„Nein, natürlich sie machen nur ihren Job.", nach einer Rechtfertigung fiel Verständnis nicht schwer.

In dem Moment klingelte es an der Tür.

Es waren Susan, Amy und der zweite Polizist.

„Mama!!", stieß James erleichtert aus und umarmte seine Mutter fest. Susan weinte. Sie weinte nicht wenig, ihre Tränen liefen ohne Unterlass und das wohl schon seit einer Weile, der Rötung ihrer Augen nach zu urteilen.

## Mohamed

„Ihre Frau wurde von Dr. Ruben als Geisel genommen. Ein paar Kollegen wollen sich gern in ihrer Wohnung umsehen, ist es möglich, dass sie sie dort treffen?"

„Ok, ich brauch ca. 30 Minuten zu meiner Wohnung."

Eine Stunde zuvor. Die Polizei hatte Mohammed über die Geiselnahme informiert. Er war gerade auf der Arbeit als der Anruf kam. Er zögerte nicht, versuchte sofort Sam anzurufen. Ihr Handy war an, aber sie ging nicht ran. Er zog seine Jacke an, verließ ohne ein Wort seine Station und stieg in sein Auto. Mit seinem I Phone konnte er sehen, wo Sam sich gerade aufhielt. Ihr Standort bewegte sich Richtung Brandenburg. Er fuhr sofort los. Er würde es schaffen sie einzuholen und könnte in dreißig Minuten mit Sam bei seiner Wohnung ankommen. Er fuhr viel zu schnell, 70 km/h in der Stadt.

Er liebte Sam und wollte sie nicht verlieren. Etwas war mit ihrer Liebe, sodass sie kaum Ruhe fanden. Vielleicht hatten sie Ayn. Das war das böse Auge. Wenn jemand an einem anderen etwas bewunderte, ohne zu sagen allahumma barik[22] oder mashallah, so konnte etwas mit dem bösen Blick getroffen werden, ohne dass man es wollte. Wenn etwas vom Bösen Blick getroffen wurde, so ging es entweder kaputt, wenn es ein Gegenstand war, oder wurde krank, wenn es ein Mensch war. Die Ehe mit Sam war Mohamed das Wichtigste im weltlichen Leben. Er liebte die Zeit, die er mit ihr verbrachte und er genoss jede Sekunde nach der Arbeit bei ihr zu sein. Er hatte in seinem Leben nicht so einen Menschen wie Sam getroffen. Sie war lieb, wunderschön und sie liebte ihn. Er fühlte mit jeder Faser seines Körpers, dass sie die Frau war, die Allah für ihn bestimmt hatte. Er kam aus einem kleinen Dorf aus Ägypten, seine Eltern lebten heute noch da. Es war ihnen sehr schwer gefallen ihn nach Deutschland gehen zu lassen allerdings hatte der sogenannte „arabische Frühling" die Umstände des Studiums in seiner Heimat erschwert. So war er zum Lernen nach Deutschland gekommen und hatte nach seiner Scheidung Sam an der Uni kennengelernt. Ein Semester hatten sie noch zusammen, dann war er fertig gewesen. Er hatte es ihr nie gesagt, denn er wollte für sie stark sein, aber sie hatte vom ersten Moment sein Herz erobert. Sie hatten viele Hürden. Vor allem erschwerte Sams Mutter das Glück. Sie hatte etwas gegen Mohamed und er konnte damit leben, denn sie sah etwas in ihm, was er nicht war. Er hoffte lediglich, dass sie die Sicht auf ihn irgendwann ändern würde.

Mohamed war noch in Berlin und stand an einer roten Ampel. Er wartete ungeduldig und hätte am liebsten die rote Ampel überfahren. Die paar Sekunden fühlten sich wie Stunden an. Sein Handy klingelte. Es war James. Nein, er

---

[22] Arabische Lautschrift: Gott segne dich

konnte ihm jetzt nicht antworten. Er konnte es auch nicht riskieren, von der Polizei angehalten zu werden. Er drückte den Anruf weg. Beim Blick auf das Handy fiel ihm auf, dass Sams Standort zum Stehen gekommen war. Hoffentlich hatte Dr. Ruben nicht ihr Handy entsorgt. Endlich wurde grün. Mit quietschenden Reifen fuhr er weiter. Ein paar Kilometer weiter, immer noch viel zu schnell wurde er geblitzt. Vielleicht hätte er die Polizei über Sams Standort informieren sollen, aber er wollte dieses Schwein persönlich drankriegen. Er vertraute niemandem, denn es war seine Liebe, die er hatte, es war seine geliebte Frau, die in den Klauen dieses Verbrechers gefangen war. Die Polizei hatte lange Alehandra verdächtigt und dabei war der Schuldige ganz in der Nähe seiner Frau und seiner Schwiegermutter gewesen. Wie konnten sie also das Problem besser lösen als er selbst? Außer, dass sie mit Sirenen ganz legal die Geschwindigkeit überschreiten durften, aber damit auch Aufsehen erregen würden. Würde es Ärger geben, wenn er die Polizei nicht informierte? Die Polizei machte ihm eh immer Ärger. Er würde Sam finden. Und er würde Dr. Ruben der Polizei ausliefern. Es waren noch ca. drei Kilometer bis zur brandenburgischen Grenze. Wenn der Standort ihres Handys stimmte, dann befand sie sich circa 5 Kilometer hinter der Grenze. Das Navi zeigte nur noch ein paar Minuten an. Mohamed war nervös. Er wurde getrieben von einer Portion Wut, Liebe und Beschützerinstinkt. Wieder klingelte das Handy. Eine unbekannte Nummer. Vielleicht war das die Polizei. Aber eigentlich konnte das nicht sein. Schließlich war er noch nicht zu spät. Seit dem letzten Gespräch waren vielleicht zwanzig Minuten vergangen. Wenn überhaupt. Er hatte nie an seiner Liebe zu Sam gezweifelt, auch wenn sie seit Beginn auf einem Prüfstand war. Er wünschte sich sehr, Sam würde eines Tages seine Mutter kennenlernen und ebenso wünschte er sich, dass seine Mutter eines Tages Sam kennenlernte. Es war ihm damals schwer gefallen seine Eltern zu verlassen, aber es hatte der Familie geholfen, denn das Geld, was er in Deutschland verdiente, war in Ägypten viel mehr Wert und so konnte er seiner Familie nützlich sein, wenn auch von sehr weit weg. Sam war eine verständnisvolle Frau. Sie fragte nicht danach, wenn er Geld schickte. Sie beschwerte sich nicht über ihr Leben, im Gegenteil, sie war dankbar und geduldig. Ganz anders als seine erste Frau. Er dachte nicht mehr oft an sie, denn sie waren schon länger geschieden. Sie hatte sie einen schlechten Charakter gehabt. Sie stammte ebenso aus Ägypten und Mohamed hatte sich von ihrer Herkunft und dem Ansehen ihrer Familie in seinem Heimatland blenden lassen. Er dachte, er würde das richtige tun, eine Frau mit dem gleichen kulturellen Hintergrund zu heiraten. Aber es hatte immer Streit gegeben. Fatima war sehr herrisch und eifersüchtig, Mohamed hatte während der Ehe kaum atmen können. Er musste sie scheiden, weil er sonst krank geworden wäre. Das fühlte er schnell. Sie waren nicht lange verheiratet gewesen. Nach der Scheidung war es ihm besser gegangen. Seine Eltern hatten ihm beigestanden.

Eine Scheidung war erlaubt, aber sehr unerwünscht. Hierzu gab es eine Überlieferung:

*„Der Gesandte Allahs hat uns das Folgende mitgeteilt: ‚Der Satan errichtete seinen Thron über dem Wasser und dann schickte er seine Anhänger zu den Menschen. Der ihm am nächsten ist, ist derjenige, der die größte Fitna (Verführung) verursachte. Einer von ihnen kommt und sagt: >>Ich blieb mit ihm, bis er Unzucht trieb. <<. Der Satan sagte zu ihm: >>Du hast nichts gemacht. Er wird es bereuen.<< Ein anderer sagt:>>Ich blieb mit ihm, bis ich ihn von*

*seiner Ehefrau trennte.<< Da gratuliert er ihm, umarmt ihn und sagt zu ihm: >>Gut gemacht, gut gemacht.<<*[23]

Die Weisheit dahinter war, dass die Folgen der Scheidung mit noch größerem Übel verbunden waren als die Scheidung selbst. Aber nicht in diesem Fall. Jedenfalls nicht für Mohamed. Es gab weiterhin einen Vers aus dem Koran, der ihn glauben ließ, dass die Scheidung richtig war.

*„Schlechte Frauen gehören zu schlechten Männern und schlechte Männer gehören zu schlechten Frauen. Gute Frauen gehören zu guten Männern und gute Männer gehören zu guten Frauen. Freigesprochen sind diese, von dem, was man über sie redet. Für sie wird es Vergebung und ehrenvolle Versorgung geben."*[24]

Natürlich war es immer besser geduldig zu sein, vielleicht hätte sich im Laufe der Zeit etwas geändert. Jedoch waren die Umstände hier in Deutschland für Mohamed auch ohne seine damalige Ehefrau schon schwierig gewesen. Die Kultur und das Verständnis waren für ihn wie ein zusätzliches Studium gewesen. Seine Ehefrau hatte ihm zusätzlich alles erschwert und so hatte er nicht zu lange gewartet und sie geschieden. Er hatte danach nie wieder etwas von ihr gehört. Es hatte ihn nicht interessiert.

Jetzt war er an der Stelle angekommen, an der sich Sams Handy befinden sollte. Im besten Falle mit Sam. Es war dunkel und er befand sich mitten auf der Landstraße. Er fuhr rechts ran und stieg aus. Er sah am Rande der Straße zwei Streifenwagen stehen. Wie es aussah, war die Polizei schon genauso weit gewesen. Dr. Ruben hatte Sams Handy sicher

---

[23] Überliefert von Muslim
[24] Übersetzung des edlen Qurans, Sure 24 Vers 26

aus dem Auto geschmissen. Was jetzt? Er stieg zurück in sein Auto. Sam hatte eine Applewatch. Die konnte er versuchen, ausfindig zu machen. Er googelte wie er das machen könnte. Er brauche ihre I Cloud Daten. Die hatte er, alhamdulilahh. Er hatte all ihre Daten, Pins und Passwörter in seinem Handy gespeichert. Sam wusste das und es störte sie nicht. Einmal, als sie gemeinsam für ihn ein Konto bei der Sparkasse einrichten wollten, durfte sie das nicht auf ihrem Handy machen, weil die Mitarbeiter der Bank das nicht erlaubten. Sie sagten es seien seine Daten und sie dürfe das nicht. Dabei hätte Mohamed nicht gestört. Sie hatten keine Geheimnisse. So verstanden sie ihre Ehe. Aber so eckten sie mit ihrer Ehe an. Er gab ihre Daten ein und ja, es funktionierte. Wenn sie ihre Uhr noch trug, dann war sie 6 Kilometer vom jetzigen Standort entfernt. Er startete den Motor und fuhr los. Jetzt konnte er der Geschwindigkeit, nach der es ihm verlangte entsprechen, ohne geblitzt zu werden. Einhundert km/h ohne Unterbrechung und er wäre in sechs Minuten bei seiner Frau. Er kam zu dem Grundstück, zu dem Dr. Ruben Sam gebracht hatte. Er sah aus der Ferne das Haus und machte, um nicht aufzufallen, die Scheinwerfer seines Autos aus. Er parkte draußen auf der Straße, da er befürchtete, die Reifen auf dem Kies wären zu laut und würden ihn verraten. Schnell, aber vorsichtig lief er über die Landstraße und die Kieseinfahrt Richtung Haus. Es brannte Licht und er schlich sich zum Fenster. Er konnte beobachten, wie Dr. Ruben dabei war, Sam zu knebeln und an einen Stuhl zu fesseln. Dr. Ruben sah nicht so aus, als wäre er bewaffnet. Er sah so aus als würde er mit ihr reden. Mohamed musste seinem Impuls, sofort auf Dr. Ruben loszugehen widerstehen und machte Dua[25].

---

[25] Muslimisches Bittgebet

„Ja Rab, bitte beschütze meine Frau und hilf mir, diesen Übeltäter zu überwältigen. Allahumma Amin."

Er schlich sich langsam am Haus entlang, hin zur Eingangstür, die einen Spalt offenstand. Auf Zehenspitzen betrat Mohamed das Haus. Im Flur war es dunkel und das Licht des Zimmers, in dem die beiden sich befanden, schien rein. Mohamed schlug das Herz bis zum Hals. Er konnte hören, was Dr. Ruben sagte.

„Ich war es nicht, weißt du. Sie werden dir erzählen, ich hätte deinen Vater getötet, aber es war deine beste Freundin. Sie liebt deinen Mann und er liebt sie auch. Hast du wirklich geglaubt, dass dieser Typ es mit dir ernst meint? Denkst du, er wäre dir treu? Kanntest du eigentlich seine erste Frau? Fatima. Sie war bei mir in Behandlung. Sie war seinetwegen bei mir in Behandlung. Er ist kein guter Mann. Und ich hab es nicht umsonst auf euch abgesehen. Glaub mir, ihr bekommt, was ihr verdient. Jeder bekommt, was er vierdient." Dann lachte er künstlich.

Sam war bereits geknebelt, sie konnte nicht antworten, aber sie glaubte ihm kein Wort. Mohamed stand jetzt an der Tür zum Wohnzimmer, Dr. Ruben hatte ihn nicht bemerkt und stand mit dem Rücken zur Tür. Mohamed konnte sich nicht mehr halten und ging direkt in das Zimmer. Er tippte ihm auf die Schulter mit den Worten „Ey, Märchenonkel.", Dr. Ruben drehte sich um und Mohamed schlug ihm mitten ins Gesicht. Dr. Ruben fiel zu Boden. Er war ein großer Mann, das gab ein lautes Geräusch.

„Bist du irre?!", sagte er. „Du hast mir die Nase gebrochen."

„Jedem das, was er verdient. War es nicht so?!", antwortete er, während er ihn fesselte und anschließend Sam befreite.

252

„Alles klar. Danke.", Kommissar Weiß steckte sein Handy ein. „Sie haben Sie.", sagte er zu Susan, James und Amy.

James Augen füllten sich mit Freudentränen.

„Wirklich? Ist alles ok bei ihr? Ist sie verletzt?", fragte er besorgt.

„Nein sie sind wohlauf.", antwortete der Kommissar.

„Sie?", fragte Susan.

„Samantha und ihr Mann Mohamed. Er hat sie gerettet.", sagte der Kommissar.

### Das Weiß des Kleides

Der Frühling hatte Berlin erreicht. Endlich wurden die Temperaturen wieder milder und überall duftete es nach Flieder. Sam liebte eigentlich den Herbst, aber gegen den Frühling hatte sie auch nichts einzuwenden. Er brachte Erleichterung. Endlich musste man keine dicke Jacke mehr tragen oder früh nach Hause weil es schnell dunkel wurde.

Außerdem lagen die Gebete jetzt nicht mehr so dicht beieinander, sodass sie den Tag anders planen konnte. Heute war ein besonderer Tag. Es war der Monat Ramadan und die Sonne war schon untergegangen. Sie saß neben Mohamed und aß. Das Fasten zu brechen war eines der schönsten Gefühle, die es gab, wie Sam fand. Wenn dann der Magen nach einem langen Tag gefüllt wurde, dann erfüllte sich der ganze Körper und auch die Seele mit einer tiefen Zufriedenheit, wie sie sie vor dem Islam nicht gekannt hatte. Und dafür hatte sie nichts getan – nur gegessen.

Es war die Hochzeit ihres Bruders und ihrer besten Freundin. Alehandra war eine schöne und glückliche Braut. Und auch James war überglücklich. Das sah man ihm an. Er strahlte bis über beide Ohren, den gesamten Tag schon.

Sie hatten einen großen, runden Tisch in einem türkischen Restaurant gebucht. James und Sam liebten die türkische Küche. Es gab gegrilltes Fleisch, Köfte, Reis, Brot, Linsensuppe, Falafel, Salat und zum Nachtisch, Künefe, Eis und Backlava. Sam erinnerte sich an ihre eigene Hochzeit und ein kleiner Stich fuhr durch ihr Herz, weil weder ihre Mutter, noch ihr Bruder dort gewesen waren. Schnell ließ sie von dem Gedanken ab und beschloss diese alten Gefühle ruhen zu lassen. Schließlich war das der große Tag ihres Bruders und sie liebte ihren Bruder. Sie wünschte ihm alles Gute. Nur das Beste.

„Hey, kann ich kurz mit dir reden?", plötzlich stand Alehandra neben ihr. Sie hatten seit ihrer Haftentlassung nur sporadisch Kontakt gehabt. Sam mied sie nicht, aber sie suchte sie auch nicht auf. Alehandra selbst tat das Gleiche.

„Ja klar, aber schlag mich nicht.", sagte sie lächelnd und stand auf. Sie liefen ein wenig abseits von den anderen Gästen, wo es etwas ruhiger war.

„Ich wollte mich aufrichtig bei dir entschuldigen.", begann Alehandra. „Ich weiß nicht wie ich so fies sein konnte, ich war glaub ich einfach so eifersüchtig auf dich. Das tut mir sehr leid.", fuhr sie fort.

„Du wolltest meinen Mann." Ergänzte Sam mit hochgezogenen Augenbrauen und verschränkten Armen.

„Ja, das stimmt.", gab Alehandra zu. Aber das war nur eine Schwärmerei. Ich glaub der Neid auf dich war krasser. Ich wollte dich fragen, ob du mir verzeihst und ob du mir eine zweite Chance gibst. Sodass wir nochmal Freunde werden können? Vielleicht wird es nicht so wie früher, aber du fehlst mir.", bat Alehandra und sah Sam dabei in die Augen. Sam freute sich über das Kompliment, aber ihr Gefühl war verhalten. Ihr Vertrauen war noch gebrochen. Sie hatte ihr verziehen und sie hatte sie verstanden, aber es fühlte sich komisch an. Komisch distanziert.

„Ja, kein Problem, alles gut.", antwortete sie. Sie wollte sie nicht verletzten und so schwieg sie über den Rest.

„Ich danke dir Schwägerin.", sagte die Braut mit einem strahlenden Lächeln und umarmte ihr neugewonnenes Familienmitglied.

Alehandra hakte sich bei Sam unter und brachte sie zu ihrem Tisch zurück. Da saß James mit Mohamed. Susan war auch da. Es ging ihr viel besser, als die letzten Monate. Ihr Gesicht war klar und ihr Lächeln war freundlich. Sie trug ein wunderschönes bordeauxfarbenes, langes Kleid, mit einem goldglitzernden Blumenmuster. Sam setzte sich zu ihr. Die Hochzeit war im vollen Gange. Es war eine warme, gemütliche Atmosphäre. Jeder unterhielt sich, das Essen war sehr gut. Die Leute lachten. Alehandra und James waren ein schönes Paar.

Susan bat Sam um einen Spaziergang. Draußen war es stockduster, aber die Kulisse war sehr schön. Das Restaurant befand sich in der Nähe eines großen Sees, um den herum ein kleiner Weg, beleuchtet durch romantische Straßenlaternen, führte. Susan und Sam liefen gemeinsam diesen Weg entlang.

„Wie geht's dir?", fragte Susan offen.

„Mir geht es gut und wie geht es dir?!", Sam wunderte sich über die Förmlichkeit.

„Alehandra und James werden bei mir wohnen.", begann Susan.

„Das ist eine gute Idee.", fand Sam.

„Ja, finde ich auch. Ich wusste nicht ob das für dich ok ist. Schließlich hatte sie dir gegenüber nicht immer die besten Absichten.", wand Susan ein.

„Ja, dir gegenüber ja auch nicht.", bemerkte Sam. „Nein. Das ist ok für mich.", fuhr sie fort. „Ich bin ja auch nicht glücklich, wenn du allein bist. Ich find es gut. James hat sie ja hoffentlich im Griff.", beendete sie schmunzelnd.

„Da ist noch etwas.", begann Susan zögerlich. „Du weißt ja, dein Vater war Muslim und ich Christin. Als er damals konvertiert ist, hat er mir das lange nicht gesagt, weil er

Angst vor meiner Reaktion hatte. Also, Angst ist vielleicht das falsche Wort. Er scheute die Auseinandersetzung. Ich muss auch ehrlich sagen, ich fand es anfangs nicht so gut, man hört so viel Schlechtes. In den Medien wird das irgendwie immer mit etwas Schlechtem in Verbindung gebracht. Ich hatte mit ihm darüber gestritten. Besonders, als du dann auch konvertiert bist, hatte ich große Angst um dich musst du wissen. Ich habe ihm daraus einen Vorwurf gemacht. Ich habe schon die Veränderung an ihm gemerkt. Er hatte sich wirklich zum Guten verändert. Er trank keinen Alkohol mehr und er war mir gegenüber viel aufmerksamer und respektvoller als vorher. Ich hätte das aber nie offen zugegeben. Insgeheim hatte ich immer das Gefühl, er erwartete von mir, dass ich auch konvertiere.", Susan erzählte frei und fließend. Sam verstand den Auftakt nicht, aber sie hörte aufmerksam zu, denn sie hatte das Gefühl, ihre Worte waren ehrlich, selbstreflektiert und aufrichtig.

„Dein Vater hat dich sehr geliebt. Ich hab deinen Vater auch sehr geliebt. Es ist so schwer für mich, dass er plötzlich weg ist, aber …" Susan kamen die Tränen. „…ich denke, dass es auch sein Gutes hatte." Sie schniefte in ein Taschentuch.

„Wie meinst du das?", wollte Sam wissen.

„Ich habe so viel geweint und getrauert. Und ich hab mich gleichzeitig gefragt wo er jetzt ist, oder was mit ihm passieren wird.", antwortete Susan.

„Naja, du weißt ja, was wir Muslime glauben.", begann Sam zögerlich, denn immer wenn es um den Islam ging, gab es Streit zwischen den beiden, auch wenn sie jetzt das Gefühl hatte, das sich etwas verändert hatte.

„Ich habe gelesen, dass die Toten jetzt in Gräbern sind. Und wenn sie gut waren, dass das Grab schon wie ein kleiner Paradiesgarten ist. Und dann habe ich etwas über das Paradies gelesen. Dass wird dort nicht altern. Dass wir nicht schlafen und nicht auf die Toilette müssen. Dass dort Flüsse fließen aus Milch und Honig. Dass wird dort nicht krank werden und dass wir alles haben was wir begehren.", erzählte Susan weiter.

Sam sagte nichts, in ihr stieg eine angenehme Wärme auf. Sie hatte ein gutes Gefühl. Sie hatte das erste Mal, seitdem sie konvertiert war das Gefühl, ihre Mutter käme einen Schritt auf sie zu. Sie hatte das erste Mal das Gefühl, ihre Mutter würde sie akzeptieren.

Eine kurze Weile schwiegen die beiden sich an. Es war kein unangenehmes Schweigen, es war eher wie eine Pause.

„Und weißt du was ich am schönsten fand?!", fuhr Susan fort.

„Was?", fragte Sam kurz.

„Dass es im Paradies keine Traurigkeit gibt.", antwortete sie.

„Ja.", sagte Sam.

„Es geht deinem Vater gut und es gab nur einen Weg wie ich ihn wiedersehen werde." Susans Stimme zitterte etwas, denn sie wusste, dass Sam sich sehr darüber freuen würde. „Ich hab gestern zusammen mit James das Glaubensbekenntnis gesprochen. Wir sind konvertiert.", sagte sie mit erheblicher Freude in ihrer Stimme.

Sam stiegen die Tränen in die Augen. Sie war überglücklich. Ihre Gebete wurden erhört.

„Mama, das ist einfach wunderbar.", sie umarmte ihre Mutter fest. Die Tränen liefen über ihre Wange und sie spürte eine enorme Erleichterung in ihrem Herzen.

„Ich wusste, dass du dich freust, deswegen wollte ich es dir in Ruhe sagen." Sie lösten die Umarmung und liefen zurück zur Hochzeitsgesellschaft.

„Ja das hast du ganz richtig gemacht.", Sam strich sich die Träne von der Wange und lächelte ihrer Mutter ins Gesicht.


Zurück bei den anderen Gästen fiel Sam ihrem Mann in die Arme.

„Ist alles okay bei dir? Du hast ja geweint.", sagte er leicht erschrocken als er sie ansah.

„Ja, es ist alles gut. Es ist alles in bester Ordnung. Lass uns nach Hause gehen, ich bin sehr müde.", sagte sie, nahm seine Hand und sie machten sich auf den Heimweg.

Ihre kleine gemütliche Einzimmerwohnung nahe des Britzer Gartens. Ihr zu Hause.